KB163099

Re:제로
Re: Life in a different world from zero
부터 시작하는 이세계 생활

하인켈
Heinkel
라인하르트의 아버지이자
빌헬름의 아들.
루그니카 왕국 근위기사단 부단장.
Heinkel
Sirius
시리우스
Sirius
온몸에 붕대를 감고,
손에는 사슬을 쥔 괴인.

Characters

Re: Life in a different world
from zero

The only ability I got in a different world "Returns by Death"
I die again and again to save her.

『가희(歌姬)』. 직업은 음유시인.
스바루 일행과도 면식이 있다.

요슈아

Joshua

율리우스의 동생.
형을 몹시 존경하고 따른다.

「……처음에 물의 도시라는 말에서
떠올린 인상이 딱 맞았어.」
그곳에 펼쳐진 광경은
물의 감옥이라고 의심한 것을
사과하고 싶어질 만큼 끝내줬다.
──파란 도시. 물의 도시. 『수문도시』 프리스텔라.
「원래 프리스텔라는 400년 전 기술을 결집해
호수 위에 건설한 도시인 것이야.」
그 감동을 보충하듯 별안간
베아트리스가 수문도시에 관해 해설하기 시작했다.

「——오오.」
눈부셔서 한순간 눈을 가늘게 뜬 스바루는
저도 모르게 감탄 어린 한숨을 흘렸다.
이는 스바루만이 아니라
옆에 있는 에밀리아도 마찬가지였다.
에밀리아는 남보랏빛 눈을 크게 뜨며
눈앞의 아름다운 광경에 말을 잃고 있었다.

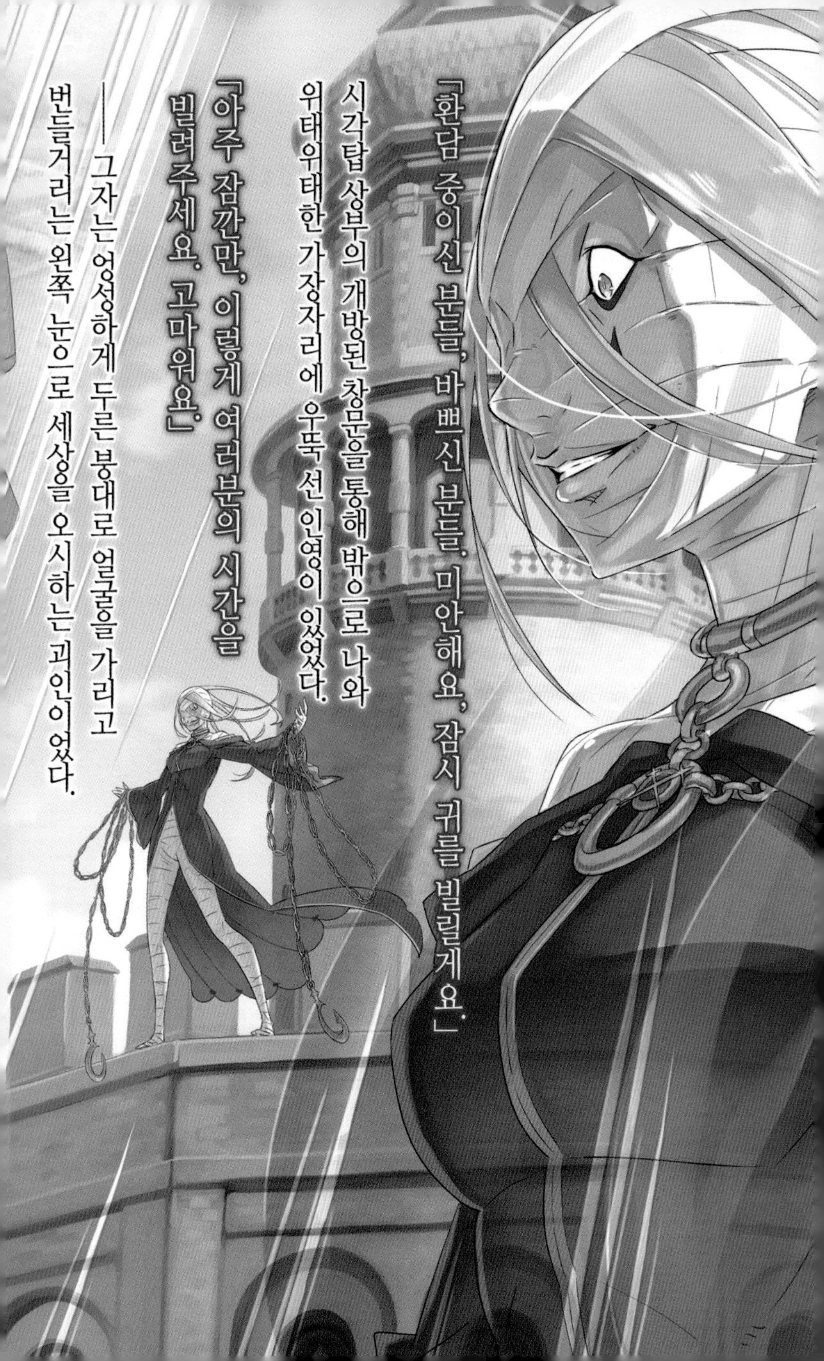
「환담 중이신 분들, 바쁘신 분들. 미안해요, 잠시 귀를 빌릴게요.」
시각탑 상부의 개방된 창문을 통해 밖으로 나와
위태위태한 가장자리에 우뚝 선 인영이 있었다.
「아주 잠깐만, 이렇게 여러분의 시간을
빌려주세요. 고마워요.」
── 그자는 엉성하게 두른 붕대로 얼굴을 가리고
번들거리는 왼쪽 눈으로 세상을 오시하는 괴인이었다.

Re: Life in a different world from zero

The only ability I got in a different world "Returns by Death"
I die again and again to save her.

CONTENTS

Re:제로부터 시작하는 이세계 생활

Re: Life in a different world from zero

나가츠키 탓페이 지음
오츠카 신이치로 일러스트

표지 · 본문 일러스트

오츠카 신이치로

제1장 『시작은 언제나 방문자로부터』

1

——힘차게 하얀 선을 넘은 순간, 나츠키 스바루의 하늘과 땅은 뒤집혔다.

"——얍! 탓! 핫!"

전력질주한 직후이다. 차든 사람이든 갑자기 멈추지 못하기는 매한가지.

다리가 휘청이고 스바루는 머리부터 수풀에 처박혔다. 잽싸게 손을 짚어 몸을 앞으로 굴리고는, 이제는 습관이 된 낙법으로 충격을 죽이자마자 땅바닥에 드러누웠다.

숨이 차오르고, 산소가 부족한 탓에 시야가 가물거린다. 등에는 풀의 감촉이 느껴진다. 스바루는 숲 사이로 보이는 하늘을 올려다보고 초목 냄새가 감도는 공기를 가슴 가득 빨아들였다.

그리고 하늘을 향해 쭉 뻗은 손을 움켜쥐었다.

"푸하—! 아— 힘들다! 죽겠다! 하지만 끝났다! 골인, 골인이다!"

철철 흐르는 땀도 아랑곳하지 않고, 스바루는 얼굴을 엉망으로 구긴 채 달성감을 외쳤다.

도중에 자꾸 마음이 꺾일 뻔했지만, 그럴 때마다 스바루는 불굴의 근성을 발휘해 끝내 목표를 달성했다. 실패한 횟수만큼 감회가 남다르다.

이제야 여러모로 교육해 준 스승을 볼 면목이 섰다.

"——스바루, 수고한 것이야."

그때, 뿌듯한 달성감을 가슴에 품은 스바루의 눈에 한 소녀가 거꾸로 들어왔다.

색이 은은한 머리카락을 화려하게 꼬고, 장식이 다소 많은 드레스를 입은 어여쁜 소녀다. 연청빛 눈에 특징적인 무늬가 담긴 앳된 소녀의 모습을 본 스바루는 입가에 미소를 지었다.

"뭐야. 왔어? 베아코."

"왔어. 이렇게 매일 노력하는 스바루를 달래는 것도 파트너의 책무 아닐까? 그리고 왜 있잖아, 페트라가 수건 좀 가져가라고 말이 많았어."

"오, 고마워. 이 수건, 조금 시원해서 숨이 트이는데."

"고맙다는 말은 페트라에게 직접 하는 것이야. 그 아이는 껑충 뛰고 좋아할걸."

시원한 수건을 받아 머리에 얹는 스바루의 말에 소녀—— 베아트리스는 새침한 얼굴로 대꾸했다. 다만 그 입가에는 미소가 있어서 스바루는 흐뭇했다.

베아트리스와는 그야말로 하루 내내 함께 지내는데, 이렇게 매일 나누는 소박한 대화는 아직도 새로운 놀라움을 준다. 친근함도 날마다 커진다.

"……나랑 베아코가 계약한 지 벌써 1년이 지났는데 말이지."
"——? 갑자기 무슨 말이야?"
"아니, 시간은 참 빨리 가고, 우리 베아코가 오늘도 귀여워서 감동이다 싶어서."
"스바루가 하는 말은 여전해. 하지만 베티가 귀여운 건 당연한 것이야."
이렇게 으스대듯 말하는 구석이 베아트리스가 순조롭게 스바루에게 물들었다는 증거다.
——1년. 『성역』을 둘러싼 사건에서 그만큼 시간이 지났다.
짧은 것 같으면서도 길고, 긴 것 같으면서도 짧은 시간이다. 그동안 변한 것도 있거니와 변하지 않은 것도 있다. 변하지 않은 것의 대표가 베아트리스를 비롯한 동료들과 스바루의 관계라면, 변한 것의 대표는——.
"요 1년 동안 몰라보게 튼튼해진 나라고 할까."
"푸웃—인 것이야. 하, 한 방 먹었어……. 이번 농담은 재미있었지 뭐야."
"이건 농담하려고 한 말이 아닌데!"
베아트리스가 입에 손을 대며 크게 웃자 스바루는 대단히 섭섭하다고 어깨를 으쓱였다.
"그야 몰라볼 정도는 아니겠지만, 그렇게 웃을 정도는 아니잖아. 자, 봐라. 베아코. 내 알통을! 딴딴하다고!"
"알았어, 알았다고. 베티만큼은 스바루를 편들어 줄게."
"안다는 녀석이 할 소리냐! 매일 이만큼 노력하는데."

시원한 수건을 목에 두른 스바루가 땅바닥에 다리를 꼬고 앉아 등 뒤를 턱짓으로 가리켰다. 그쪽으로 눈길을 돌린 베아트리스는 "하기는." 하고 한쪽 눈을 찡긋했다.

스바루와 베아트리스의 뒤에는 숲속에 탁 트인 공터가 있었다. 그 개척지에 스바루가 조금 전까지 과감하게 도전했던 시련 —— 이른바 『비밀 특훈 시설』이 만들어져 있었다.

한 식구의 사유지인 걸 이용해 숲을 넓게 활용해 확보한 공간. 그곳은 채벌한 나무로 만든 다양한 기구가 있어서, 뛰어넘거나 기어올라 장애물을 극복하는 체력단련장이 되어 있었다.

"겉보기에는 재미있어 보이지만 제한시간 내에 모든 기구를 돌파하려면 어른이라도 가볍게 두 손 드는 귀축 사양……. 내가 생각해도 무시무시한 걸 만들었군."

"허풍이 심한 것이야. 애당초 스바루와 가필만 비밀 시설이라고 부르거든. 근처 마을 애들이 곧잘 놀이터 삼고 있어."

"애들은 공원 취급이냐? 뭐, 안 다칠 수준이라면 놀아도 상관없고, 이 기구의 설계도를 그려 준 스승님도 만족해 주겠지."

진지하게 도전하면 단련이 되고, 놀 생각으로 임하면 일상의 즐거움이 된다. 체력단련장에는 그런 꿈과 희망이 가득 있다. 아이들의 반응은 기쁜 오산인 셈이다.

"아니지. 스승님이라면, 어쩌면 처음부터 일석이조를 노렸을 가능성도……."

"그것도 잘 모를 남자지 뭐야. 하지만 베티를 대하는 태도를 봐서는 주제를 아는 것이야. 똑바로 대정령 대우하는 점은 칭찬해도 좋아."

"스승님의 베아코 대응은 그런 거하곤 좀 다를걸."

모르는 게 약이란 말이 현실로 나타난 전개에 스바루는 괜한 딴죽을 걸었다고 반성했다.

스바루가 스승——이라고 맘대로 부르는 인물은 오래전부터 메이더스 가문을 섬기는 만능 집사 클린드다. 실제로 만능 집사라는 별명이 우습지 않을 만큼 많은 스킬을 터득한 인물로, 스바루는 이 1년 동안 단련하는 법을 포함해 많은 것을 배웠다.

능력으로나 인격으로나 존경해 마땅할 인물이지만——.

"스바루는 왠지 베티가 클린드에게 가까워지지 못하게 하려는 것 같아서 이상해."

"너만이 아니라고. 페트라도 그렇고, 경우에 따라선 에밀리아땅도 그래."

참고로 람이나 프레데리카는 걱정할 일 없다. 노파심에 말해두자면 스바루와 로즈월, 오토와 가필에게도 무해하다. 나머지는 잘 짐작해 주길 바란다.

"뭐, 이곳이 이름만 비밀 특훈 시설이어도 상관없어. 멋있으니까."

"그런 식으로 부르자마자 가필이 눈을 빛내며 숲 개척을 돕기 시작해서 놀랐지 뭐야. ……베티는 스바루랑 가필의 센스를 이해할 수 없는 것이야."

"그건 남자밖에 모르는 영역이라고. 어? 그럼 오토는 남자가 아닌가."

기본적으로 스바루와 가필이 의기투합하면 뜨뜻미지근한 눈으로 볼 때가 많은 오토를 떠올리고 스바루와 베아트리스는 크게 갸우뚱했다.

어쨌든 숲에 있는 이 비밀 특훈 시설이야말로 스바루가 요 1년 동안 자기 자신을 단련하고 또 단련하는 데 크게 기여한 주요 팩터다. 위치 또한 저택에서 걸어서 10분 거리에 있으며, 덤으로 저택 관계자 외에는 훼방을 놓을 일이 없는 우량 조건. 빈번하게 저택 사람이 훼방하러 오는 게 옥에 티다.

"훼방이라니 당치도 않아. 베티는 어디까지나 스바루의 파트너로서의 책무를 다할 뿐이야. 후, 못 말리겠네."

"오, 말하는 거 봐라. 요렇게 맹랑한 레이디는 이렇게 해 주마!"

"꺄—인 것이야—!"

너무나 맹랑하고 귀엽기에 스바루는 단련한 힘을 최대로 발휘해 베아트리스를 잡아다가 자기 무릎에 앉히고 내키는 대로 그 머리를 마구마구 쓰다듬었다.

"너무해—. 정령 학대인 것이야—. 스바루는 극악무도한 계약자야—."

"크헤헤헤, 그런 놈하고 계약서도 없이 계약한 네가 바보였던 거지."

입술을 삐죽이며 엉망이 된 머리카락을 만지는 베아트리스의 말에 스바루는 웃었다.

베아트리스와 계약했을 때만 해도 그녀에게 품는 친근함이 그때가 최대치인 줄로만 알았으나 그 생각은 매일 경신되고 있다.

베아트리스와 함께하는 나날 동안 쌓인 추억을 엮은 『베아코 성장기록』은 이미 다섯 권째로 돌입했다. 앞으로도 그 성장을 지켜보고 싶을 따름이다.

기왕 소중히 안고 살 거라면 백지 책보다 추억이 담긴 앨범이 훨씬 낫다.

그리고 앨범이라면 사진과 찍은 사람이 많을수록 좋다. 그래서 스바루는 되도록 베아트리스의 마음에 남을 추억을 늘려주고 싶었다.

"즉, 베아코. 내가 널 놀리는 건 전부 애정표현이라고."

"방금 놀린다고 그랬어! 똑똑히 들었거든!"

"이럴 때는 애정 쪽을 또렷하게 들어줬으면 했어."

"그쪽은 새삼스러운 것이야. 사랑받는 데에는 자신 있어."

베아트리스가 당연하다는 듯한 얼굴로 말하자 스바루는 아무 말도 없이 눈웃음 지었다.

이렇게 당당할 만큼 베아트리스가 하루하루를 힘껏 살아 줘서 감개가 무량하다.

그렇게 스바루가 뭐라 말하지 못할 감동에 가슴이 훈훈해졌을 때——.

"스바루 님—! 베아트리스—!"

문득 카랑카랑하게 부르는 목소리에 장난치던 둘은 동시에 고개를 들었다. 보자니 스바루와 베아트리스를 향해 손을 흔들며 한 소녀가 달려오고 있었다. 귀에 익은 목소리에 눈에 익은 얼굴, 그 양쪽에 '귀엽다' 고 형용사를 달고 싶어지는, 메이드 차림을 한 깜찍한 소녀였다.

"둘이서 놀고 있어서 다행이야. 엇갈리지 않아 한숨 돌렸어."

그러면서 스바루와 베아트리스 앞에서 가슴을 쓸어내린 사람은 예쁘게 웃는 페트라다.

페트라는 1년 전에 있었던 사건에도 굴하지 않고 새로운 로즈월 저택에서도 메이드로 일해 주고 있다. 성장기 소녀답게 살짝 키가 자란 페트라는 부쩍 매력적으로 변한 것 같다. 그래도 스바루에게는 아직 귀여운 여동생이나 마찬가지다.

"야야, 놀고 있었다고 말하면 섭섭한걸. 성실하게 단련하고 있었는데."

"방금 베아트리스를 무릎에 앉히고 마구 쓰다듬어 놓고서?"

"베아코를 쓰다듬으려면 요령이 필요하다고. 우선 불타오르는 저택에서 데리고 나와 친해지는 부분에서 시작해야만 하지."

"그거, 스바루 님 말고 아무도 안 했지……?"

너스레에 어이없다는 표정이 돌아와 스바루는 쓴웃음을 지었다. 그때, 목에 두른 수건이 떠올랐다.

"아, 맞다. 페트라, 수건 고마웠어. 차갑게 해 주다니 눈치도 좋아."

"진짜? 좋아해 줘서 다행이야. 원래는 얼음 가지고 제대로 식히려고 했는데, 시간이 없어서 에밀리아 언니한테 부탁했어."

"난 페트라의 그런 합리적인 면이 좋더라."

메이드 신분임에도 주인의 힘을 빌리는 걸 망설이지 않는 자

세는 바람직하다.

스바루의 칭찬에 페트라는 "에헤헤." 하고 쑥스럽게 웃었다.

"아참. 난 스바루 님이랑 베아트리스를 부르러 왔었지."

"왜? 혹시 타르트를 무지무지 맛있게 구웠다거나?"

"우! 그건 큰일인 것이야. 급하게 부르러 온 것도 이해가 돼."

"아유, 그런 이야기일 리 없잖아. 둘이서 놀리지 마."

볼을 부풀린 페트라가 속 편한 스바루와 베아트리스에게 한 소리 했다. 그리고 땅바닥에 앉은 스바루의 손을 잡아 일으켜 세우더니.

"타르트는 나중에! 그보다 에밀리아 언니가 스바루 님을 찾았어. 저택에 손님이 와서…… 이야기하는 자리에 함께해 달래."

"저택에 손님이?"

페트라의 보고에 짚이는 구석이 없는 스바루가 갸우뚱했다. 옆에서는 베아트리스도 스바루와 똑같이 갸우뚱하고 있다. 그리고 나란히 갸우뚱한 채로.

"예정에 없는 방문객, 날 부르는 귀여운 에밀리아땅……. 사건의 예감만 드는데?"

"성가신 일이 날아드는 패턴인 것이야. 페트라, 어떤 손님이었는지 말해 봐."

같은 각도로 고개를 기울인 스바루와 베아트리에게, 페트라는 "응, 그게." 하고 같은 각도로 갸우뚱하더니.

"한 사람은, 엄청 딱 부러진 남자분이야. 너무 빠릿빠릿해서 무섭더라."

"딱 부러지고 빠릿빠릿. 옳거니. 그 사람은 뭔가 곡절이……
아니아니, 그래도 사람을 외견으로 판단하면 안 되지."

"나도 전에 반성해서 사람을 외견으로 판단 안 하거든?"

"오, 장한데. 페트라. 전에 무슨 일이 있었는지는 모르겠지만 그건 훌륭한 거야."

"작년에 마을에 온 인상 사나운 신입이 이상한 사람인 줄 알았는데 전혀 안 그랬으니까."

"혹시나 했던 부메랑이! 응, 충격적인 첫 대면 이야기는 다음에 하자……."

생각지 못한 곳에서 대미지를 받고 스바루는 페트라에게 한쪽 눈을 찡긋했다. '한 사람은' 하고 말을 꺼낸 이상, 페트라의 이야기는 아직 끝내지 않았으리라.

"손님이 더 있지? 그 딱 매운맛 같은 사람의 동행은?"

그 물음에 페트라는 살며시 볼을 붉혔다.

그리고 뭔가 행복한 눈치로 표정을 풀더니.

"——귀여운 고양이랑 같이 왔어."

2

신 로즈월 저택의 외관은 불탄 구 로즈월 저택과 같은 서양식 저택이었다.

원래 새 저택과 옛 저택은 본관과 별관 같은 관계이고, 본관에 해당하는 것이 새 저택이다. 그런 만큼 새 저택은 건물의 호화

로움과 부지 넓이 면에서 이전보다 스케일이 커서 메이드로서 일하는 페트라의 고생도 눈에 선했다.

“자, 그런 넓고 큰 저택에 돌아온 노릇인데…….”

걸어서 10분 걸리는 숲에서 돌아와 대문을 열어젖힌 스바루 일행은 저택 현관 홀에 발을 디뎠다. 아마도 방문객은 응접실에서 대접받고 있을 것이다.

“일단 그쪽에 얼굴을 내밀어 보고…….”

“오—! 오빠야다—! 잘 지냈어—?”

“응, 어어?!”

그런 스바루의 상상을 심히 기운찬 목소리와 충격이 배신했다.

목소리는 높은 곳에서, 충격도 가슴 높이보다 높다. 말 그대로 얼굴에 날아드는 바람에 스바루는 허둥지둥 받아 냈다. 가볍다. 그 상대를 확인하고 스바루의 놀라움이 수긍으로 바뀌었다.

푹신푹신 부드러운 털, 바보처럼 환한 웃음은 낯이 익었다.

“페트라 말 듣고 혹시나 싶었지만…… 역시 미미 너냐!”

“으헤헤헤—. 오빠야. 엄청 오랜만. 얼마 만이지? 1년쯤—?”

그렇게 말하고 웃으며 스바루에게 안긴 것은 밝은 주황색 털에 하얀 로브를 두른 수인(獸人), 자묘인(子猫人)이라고 불리는 아인(亞人) 소녀였다. 그 체격은 페트라나 베아트리스보다 작고, 말 그대로 새끼 고양이처럼 깜찍했다.

“그러게. 1년쯤 됐지. 넌 되게 건강해 보여서 무지무지 안심했다.”

“그래! 미미 되게 건강해! 그리고 미미, 키 컸어! 이미 어른 여자야!”

“만나자마자 남의 머리에 달려드는 녀석이 어디가 어른 여자야?!”

소녀—— 미미는 바닥에 내려서고는 긴 꼬리를 살랑살랑 흔들며 가슴을 폈다.

천진난만한 태도와 붙임성 있는 성격을 가진 미미지만 이래 보여도 수인 용병단 『철 어금니』의 부단장을 맡고 있는, 스바루의 열 배가 넘는 전투력을 지닌 강자다. 한때 백경(白鯨) 토벌 및 마녀교와의 전투에서 협력한 사이로, 스바루 자신은 멋대로 전우처럼 여기고 있다.

“뭐, 멀리서 오느라 고생 많았어. 맞다. 소개할게. 이쪽의 귀여운 메이드 아가씨가 페트라, 내 뒤에 숨어서 낯가림을 발휘하는 로리가 베아트리스야.”

“오— 알겠습니다! 페트라라는 메이드 아가씨랑 오빠 아이!”

“왜, 왠지 무지무지 마땅찮게 인식당한 느낌이 드는 것이야!”

미미의 엉성한 이해력 앞에서 페트라는 우아하게 커티시를 선보이고, 절찬 낯가림 중인 베아트리스는 떨떠름한 표정을 지었다. 그러자 베아트리스를 본 미미가 “오오—!” 하고 고양이 눈을 빛냈다.

“그거 뭐야, 그 머리 짱—! 왜 그렇게 뱅글뱅글해? 미미, 깜짝 놀랐어!”

"이건 베티의 어머니께서 고안한, 기능적이고도 우아한 최고의 머리 모양이야."

"아니, 우아한 건 몰라도 기능적이지는 않지. 내가 요 1년 동안 네 머리가 여기저기 걸리는 탓에 도대체 몇 번이나 고생한 줄 알아?"

저택에서, 행선지에서, 스바루의 품속에서 베아트리스의 머리카락은 요란하게 엉겼다. 현재 엉킨 머리카락을 푸는 스바루의 기술은 국내 제일. 『베아트리머』라고 불러 주길 바란다.

"아항. 기능적이고 우아! 하나도 모르겠어!"

"너 같은 어린이는 모를 눈높이의…… 야, 잡아당기지 마!"

호기심 왕성한 미미는 베아트리스의 롤 머리에 흥미진진하다. 쥐를 노리는 고양이 같은 미미의 움직임에 베아트리스가 도움을 청하듯 안절부절못하고 스바루를 쳐다보았다.

그러나 스바루는 베아트리스가 친구를 만들 기회라고 일부러 못 본 체하기로 했다.

"저기, 스바루 님. 베아트리스가 엄청 무서운 눈으로 보고 있는데?"

"사람은 싫은 것과 싸우며 성장하는 법이야. 베아코는 좀 가리는 게 많으니 여기서 도전해야지. 우리는 잠자코 지켜보기로 합시다, 여보."

"여, 여보라니…… 아, 알겠어요."

없는 수염을 만지는 몸짓과 함께 스바루가 말하자 페트라는 빨개진 얼굴로 입을 다물었다. 그렇게 둘이서 베아트리스와 미미의 훈훈한 교류를 바라보는 것도 좋지만.

“그런데 페트라가 말한 고양이가 미미란 말은, 같이 있던 딱 부러지고 빠릿빠릿한 남자가…… 설마 율리우스 자식은 아니겠지.”

팔짱을 낀 스바루가 싫은 예감에 진저리를 치며 두려운 추측을 입에 담았다.

앞서 말한 대로 미미 개인에게는 호감이 있다. 하지만 그녀는 왕선에서 에밀리아의 라이벌인 아나스타시아 호신의 진영에 가담한 입장이다.

그리고 미미와 마찬가지로 아나스타시아 진영에서 기사를 맡고 있는 율리우스 유클리우스와 스바루의 관계는 복잡하다. 적어도 만나서 쉬이 우호를 확인할 관계가 아니다.

그러므로 가능하면 마음의 준비 없이 조우하는 건 피하고 싶었다.

“오빠, 걱정 안 해도 돼—. 오늘은 율리우스 같이 안 왔어. 그리고 헤타로랑 티비랑 단장도 아가씨도 없답니다! 미미가 혼자서 호위하고 왔어!”

“그래. 그럼 일단 안심이군. 그나저나 아나스타시아 씨네도 선수층이 두꺼운데.”

대표와 그 첫째 기사의 부재 소식을 듣고 스바루는 도리어 경계심을 품었다.

아나스타시아도 왕선 후보인 에밀리아 측에 어설픈 인재를 사자로 보낼 일은 없을 것이다. 대상인인 아나스타시아가 이끄는 호신 상회는 서쪽 나라 카라라기 도시국가에 본거지를 둔 큰 조직. 그 진영이든 인맥이든 결코 얕잡아 볼 게 아니다.

이 사자와의 대면은 침착하게 받아들일 필요가 있을 성싶다.

"그런 이유로 이번에야말로 응접실로 고…… 하면, 되지?"

"응. 손님은 응접실로 안내했어요. 에밀리아 언니가 상대하고 계세요."

"그럼 손님 상대는 에밀리아땅과 오토와 가필, 람인가. …… 오토가 속이 쓰려서 죽기 전에 구하러 가자."

"그치도 딱한 남자인 것이야. 스바루에게 잡힌 게 운이 다한 거지."

"내가 걔를 잡고 안 놓아주는 것처럼 말하지 마."

스바루는 어이없어하는 표정의 베아트리스에게 오른손을, 까닭 없이 신난 미미에게 왼손을 잡혔다. 그리고 앞장서는 페트라를 따라 저택 2층에 있는 응접실로 갔다.

그리고 발걸음을 맞춘 네 명이 응접실에 도착하니 방 앞에 한 소녀가 서 있었다.

"람? 왜 방 밖에 있어?"

"이제 왔구나, 바루스. 너무 늦었잖……."

목소리를 알아채고 고개를 든 사람은 고운 용모에 전혀 안 어울리게 면도날처럼 날카로운 메이드 소녀 람이다. 뭔가 거만한 태도로 스바루 일행을 마중한 람은 말을 도중에 끊고 그 연홍빛 눈을 가늘게 떴다. 그리고 깊은 한숨을 지었다.

"엉큼해."

"이 구성과 상황에 그런 트집을 잡는 네가 더 엉큼하다! 건전한지 불건전한지는 몰라도, 훈훈한 광경 말고 뭘로 보인다고 그래!"

"그런 식으로 뭐든 자기 주관으로 매사를 판단하는 버릇을 집어치워. 기억해 두렴, 바루스. ——람의 평가는 람의 주관이 전부야."

"지금 전반하고 후반하고 주장이 모순되지 않았냐?!"

주관적인 의견을 주관적으로 부정당하는, 지독한 유아독존에 스바루는 말도 못 꺼냈다. 그런 스바루의 모습을 아랑곳하지 않고 자기 팔꿈치를 안은 람의 시선이 미미 쪽으로 돌아갔다.

"손님, 슬슬 자리에 돌아가셔야죠. 동행하신 손님께서도 대단히 불안한 내색이더라."

"아— 그건 돌아가야 하겠구려—. 안 되긋다 그려—!"

"네, 부탁드립니다. 안 그러면 찾아오겠다고 방을 나간 람의 실책이 되니."

그 말을 듣건대, 아무래도 미미는 집주인에게도 동행에게도 무단으로 저택을 뛰어다녔던 모양이다.

미미라면 아무 짓도 안 하리라고 여기는 거야 인덕 덕택이겠지만, 그렇다고 해도 곤란한 이야기였다. 덤으로 스바루는 "잠깐만." 하고 람을 쳐다보았다.

"너, 하나도 안 찾았지? 방 앞에서 팔짱 끼고 있었잖아."

"핑계지. 안의 분위기가 못 버티겠더라. 빨리 안 가면 오토가 죽을걸."

"그걸 알면서도 전혀 찔리는 게 없는 모습, 존경한다."

손님이 왔음에도 전혀 메이드답지 않은 람에게는 도리어 감탄할 지경이다.

람이 그런 말까지 하는 실내 분위기란 것도 솔직히 무섭지만, 스바루에게는 그 일에서 빠지는 쪽이 더 무서울 것이다. 그러므로 각오를 다졌다.

"부르러 와 줘서 고마워, 페트라. 페트라는……."

"앗, 난 맛있는 타르트 굽고 기다릴 테니까 열심히 일하고 와, 여보."

"욱…… 당신이 그렇게 말하면 못 물러서겠구먼."

베아트리스의 보호자 시늉을 하던 대화가 역효과를 내서 스바루는 페트라에게 찍소리도 못했다.

그렇다고는 해도 페트라에게는 페트라가 할 일이 있다. 여기서 스바루의 억지에 말려들면 불쌍하다. 버림받은 게 아니라고 생각하고 싶다. 아마도. 메이비.

"에잇, 가자. 호랑이 굴에 들어가야 호랑이를 잡지."

"굴? 구멍—?"

"천박해라."

"하지도 않은 소리다! 가자고?!"

순수한 미미와 고의적인 람이 찬물을 끼얹었음에도 스바루는 응접실의 문을 노크했다. 그러자 문은 바로 열리고 안에서 짧은 금발의 인물이 얼굴을 내밀었다.

"여어, 늦었잖아. 대장. 오토 형의 위장에 빵꾸 뚫릴 차였다고."

"알아. 솔직히 그건 시간문제지만 조금이나마 늦추고 싶으니 말이지."

"누가 아니라냐! 『아르케르 강의 범람』인 꼴이지."

그렇게 말하고 스바루와 악동 같은 웃음을 주고받은 사람은 가필이다. 문 바로 옆에서 대기 중이던 가필은 웃으면서 실내를 턱짓으로 가리켰다.

"들어가 봐. 대장이 없으면 이야기도 시작할 수 없다며 손님도 난처해하더라고. 오토 형이랑 에밀리아 님의 환영으론 만담밖에 안 돼."

"그건 그거대로 잠시 지켜보고 싶은 공연인걸…… 끄엑!"

"허튼소리 말고 얼른 들어가. 뒤에 밀렸어."

뒤에서 람에게 엉덩이를 걷어차인 스바루는 억지로 방에 밀려 들어갔다. 그렇게 고꾸라지며 방에 들어간 스바루에게 사람들의 시선이 쏠렸다.

"――――."

안도와 기막힘, 그리고 의아함. 쏠린 시선은 얼추 그런 느낌일까. 그중 두 시선은 친숙한 얼굴에서 나왔기에 스바루는 마지막 하나, 의아해하는 시선과 마주했다.

시선이 교차한 사람은 얼굴이 갸름하고 잘생긴 청년이었다. 호리호리한 몸을 고급스러운 예복으로 두르고 색소가 옅은 보라색 머리카락을 길게 내려 묶었다. 나이는 스바루 또래. 살짝 긴장한 표정이며 왼쪽 눈의 단안경도 그 딱딱한 인상을 부추기고 있었다.

"여기 계신 분이……?"

청년이 딱딱한 목소리로 확인하자 그 맞은편에 앉은 미소녀가 끄덕였다.

"응, 그래."

가련함과 정교함, 그 극치 같은 미모와 넘치는 건전함이 반영된 매력적인 표정. 미소녀로서 한층 빛나는 은빛 소녀, 에밀리아였다.

에밀리아는 희미하게 웃으며 함께 가녀린 손가락을 살며시 뻗어 스바루를 가리키고 말했다.

"기다리게 해서 미안해요. ——나의 기사님, 나츠키 스바루입니다."

에밀리아의 그 '나의 기사님' 이라는 소개에 스바루는 속으로 감동해 울었다. 이 말 덕택에 스바루는 몇 번이나 기사로 임명받은 그날 밤의 감정으로 돌아갈 수 있었다.

그 고마운 밤은 언제나 약하고 무른 스바루의 마음을 힘차게 지탱해 주고 있다.

"뭐, 뭔가 황홀한 표정을 띠시는 것 같은데요……."

"스바루, 묘한 표정 짓지 마. 당당하게 굴지 않으면 이상하게 여기…… 조, 좀 힘이 센 것이야. 잠깐, 잡은 손이 아파! 아파, 아프다고!"

"——헉! 아, 미안해. 잠깐 정신이 딴 데 팔렸어."

감동을 곱씹은 나머지 베아트리스의 귀여운 손을 무의식중에 찌부러뜨릴 참이었다.

어쨌든 베아트리스의 말은 틀리지 않아 손님의 시선은 오로지 수상쩍다는 인상뿐. 이러면 안 된다고 헛기침한 스바루는 차분하게 기사의 예의에 따라 인사했다.

몸을 곧게 펴고 표정을 다잡는다. 가슴에 오른손을 얹고 마음을 다스리며 입을 연다.

"대단히 실례했습니다. 소개를 받은 에밀리아 님의 기사, 나츠키 스바루입니다."

"————."

스바루의 그 인사를 보고 청년이 살며시 숨을 죽이는 기척이 전해졌다.

복장이 체육복인 건 감점이지만, 스바루의 예절은 이 또한 만능 집사의 지도를 받아서 거의 완벽하게 완성되었다는 보장을 받았다.

예전의 스바루는 연기하는 듯한 기사의 예의를 삐딱하게 봤었지만, 직접 해 보니 생각했던 것보다 '푹 빠졌다'. 출신이 아니라 예의와 마음가짐이 나츠키 스바루를 기사에 다가서게 한다.

——겉치레도 허투루 볼 게 아니다.

그런 스바루의 인사에 기분 탓인지 실내에 있는 손님을 제외한 이들은 만족스러운 눈치다. 특히 에밀리아의 으스대는 미소에는 스바루도 당당하게 굴어야겠다는 기개가 샘솟았다.

사람들의 반응에 둘러싸인 청년은 그 이상의 침묵을 꺼리듯 일어나서 고개를 숙였다.

"——정중하게 인사해 주셔서 감사합니다. 저…… 본인은 아나스타시아 호신 님의 사자 자격으로 온 요슈아 유클리우스라 고 합니다."

"저야말로 정중하게 말씀해 주셔서 감사합니다. 좋은 이름이네요, 요슈아…… 유클리우스?"

이름을 밝힌 손님—— 요슈아에게 격식을 갖춰 답례하는 도중에 스바루는 낯익은 성을 입에 담다가 갸우뚱했다. 스바루의 그 반응에 에밀리아가 가슴 앞에서 손을 맞대고 말했다.

"아, 스바루도 놀랐나 보구나. 맞아. 요슈아는 율리우스의 동생이래. 형제 모두 아나스타시아 씨를 돕고 있다니 엄—청 멋지지?"

남보랏빛 눈을 감탄으로 채운 에밀리아가 보충하는 말에 스바루의 뺨이 실룩거렸다. 확실히 미미 말마따나 직접 율리우스가 찾아온 건 아니지만——.

"나츠키 님……이시죠? 형님께 들었습니다. 여러 소문도."

스바루의 동요에 편승하듯 눈이 가늘어진 요슈아가 말했다. 날카로운 눈빛과 우아하면서도 가시 돋친 분위기에 스바루는 그가 율리우스와의 혈연임을 확실하게 느꼈다.

그리고 스바루는 미간을 손가락으로 주무르며 천장을 쳐다보고 말했다.

"그 녀석이 가족한테 나를 뭐라고 설명했을지, 무서워서 들을 맘이 가시는군."

"걱정 마시길. 형님은 매우 공정하신 분이니까요."

요슈아의 말에 스바루는 쓴웃음을 짓고, 청년은 그 반응을 이해 못해서 눈썹을 치켜세웠다.

——그래서 그렇지. ……라고 스바루는 말하지 않았다.

"그건 그렇고 율리우스의 동생이라. 듣고 보니, 밉살맞은……이 아니라 날카로운 눈초리나, 비꼬는……이 아니라 우아한 입이나, 악마…… 아리따운 머리색이 똑같은데 그래."

"무리하는 게 은근슬쩍 티가 나니 쓸데없는 칭찬은 삼가 주시지 그래요?"

스바루가 고치려는 말 중에 슬금슬금 무리하는 티가 나자 이 자리에 동석한 마지막 한 사람—— 에밀리아 진영의 필두 내정관, 오토가 식은땀을 숨기지 않고 딴죽 걸었다.

오토의 지적에 스바루는 그가 있는 방향을 돌아보고 다시 갸우뚱했다.

"너, 잠깐 못 봤다고 야위었네?"

"불과 몇 시간이지만요. 여기에서 보낸 나날은 지나치게 자극적이라서요! 식은땀과 위통으로 언젠가 쓰러지겠다고요! 그리고 아까 가필과 하던 말도 들렸거든요!"

"그야 숨길 맘이 없으니까. 난 되도록 너한테 비밀을 안 만들려고 하거든."

"숨기는 게 좋은 일은 좀 숨겨 주실래요?!"

해쓱한 낯으로 오토가 항의하자 스바루는 "알았어, 알았어." 하고 흘려들으며 자연스레 에밀리아 옆에 앉았다. 그리고 베아트리스를 무릎 위에 올리고 그 배에 손을 둘러 받쳤다.

이로써 응접 소파에 에밀리아, 스바루(베아트리스), 오토와 나란히 앉은 모양새가 됐다.

"자, 그럼 기다리게 해서 미안하니 하던 이야기를……."

"자, 잠깐만요! 그 여자애는?!"

"——? 베티가 무슨 문제인 것이야?"

당황하는 요슈아의 손가락질을 받은 베아트리스가 스바루의 무릎 위에서 갸웃거렸다.

"무슨 문제냐니…… 어? 이건 제가 이상한 건가요?"

"아니요. 죄송합니다. 이상하지 않아요. 오히려 저희 상식이 말살당해 있었습니다."

단안경이 벗겨질 기세로 앞으로 고꾸라진 요슈아의 물음에 오토가 왠지 동류를 보는 눈으로 사과했다. 아무래도 요슈아는 형만큼 태연자약한 성격이 아닌 모양이었다.

그편이 어울리기 쉽다고 생각하면서 스바루도 "미안." 하고 사과했다.

"무릎에 베아코 올리는 게 너무 당연하다 보니 그냥 쑥 넘어가려 했구만."

"오토도 깜빡 잊고 말 안 했을 정도니까. 나도 기절초풍해 버렸어."

"기절초풍이라니 요즘 못 듣는 말일세……."

변함없이 사어(死語)를 교묘하게 활용하는 에밀리아지만 그 내용에는 스바루도 동감했다. 이건 오토가 상식적인 딴죽을 잊을 만큼 일상적인 풍경이 되었다.

"아유— 요슈아는 사람이 낡았구려—."

그때 요슈아 앞에 쏙 앉아 있었던 미미가 끼어들었다. 미미는 테이블에 놓인 다과를 자유롭게 먹으면서 긴 꼬리로 요슈아의 볼을 찌르고는 말했다.

"저 아이는 베아코! 오빠랑 언니 애야!"

"어엉?!"

"그래그래. 이 애는 나랑 에밀리아땅의 귀여운 베이비, 베아트리스."

요슈아의 경악에 편승하는 스바루. 그 어깨를 옆의 에밀리아가 "아이참." 하고 때렸다.

"아니잖아. 요슈아가 놀라고 있잖니. 내가 스바루와 뽀뽀는 했지만 뽀뽀로는 아기 안 생기잖아. 공부했거든."

"아, 미안, 에밀리아땅. 왠지 엄청 적나라하게 폭로당할 것 같아서 부끄러우니까 그러지 마. 내가 잘못했으니까 평범하게 소개합시다요."

악의 없는 에밀리아가 적나라하게 고백하자 수치심에 패배한 스바루가 백기를 들었다.

참고로 에밀리아의 아이 만들기 지식의 숙련도는 '뽀뽀로는 아기가 안 생긴다' 는 지점에서 멈춘 상태다. 그다음 단계로 들어가는 건 스바루에게 벅차고, 다른 사람들도 '에밀리아가 성장하기를 기다린다' 로 의견이 일치했다. 결국 전원이 과보호였다.

"참, 베티를 핑계 삼으니까 그렇지. 크나큰 반성을 요구하는 것이야."

"네, 깊이 반성했습니다. 앞으로는 더 따져 보고 장난칠게."

"저기, 그래서 실제로 여기 계신 베아트리스 양은 어떠한 관계이신지……."

"이크, 이야기가 휙휙 새서 미안. 베아트리스는 나랑 계약한 정령입지요."

"계약한, 정령……."

삐뚤어진 단안경을 제자리로 옮기던 요슈아가 스바루의 설명에 목소리를 살짝 낮추었다. 그 음성의 변조, 왠지 복잡한 감정이 밴 변화에 스바루는 눈썹을 모았다.

"여어, 손님. 우리 대장이 정령 데리고 있으면 뭐 문제 있냐?"

그 위화감에 가필이 주저 없이 파고들었다.

가필의 물음에 요슈아는 "아니요." 하고 짧게 고개를 가로저었다.

"소문으로는 들었습니다만 나츠키 님이 정말로 정령기사임을 알고 놀랐을 뿐입니다. 아시겠지만 형님도 정령기사…… 이 왕국의 유일한 정령기사였기에."

"그래. 물론 알지. 그 녀석에게는 신세를…… 윽, 신세를, 많이, 졌, 으, 니, 까……."

"댁은 도움받은 걸 인정하기가 그렇게 싫은 거래요?!"

그렇게까지 찌질한 이야기는 아니지만 율리우스와 협력했었던 기억을 떠올리면 이래저래 멋쩍고, 연병장에서 흠씬 두들겨 맞았던 상처가 도지기 때문에 쉽지가 않다.

"그렇구나. 베티랑 스바루 말고도 정령을 부리는 기사가 있다

고는 들었지. 그게 네 형이라면 애통하다고 말해 두겠어."
"애통하다라. 그건 대체 무슨 의미죠?"
"뻔한 것이야. 앞사람은 언젠가 추월당하기 마련이지. 스바루랑 베티의 화려한 활약의 발판이나…… 냐냥!"
"대뜸 시비 걸지 마. 그리고 나랑 율리우스로 치면 바탕이 다르다고. 같은 분야에서 붙어도 승산 없어. 퍼즐이 특기인 놈한테 퍼즐로 도전하는 게 아니라, 퍼즐이 특기인 놈에게 스매시브라더스로 도전하는 식의 승리가 우리 방식이지."
스바루는 지기 싫어하는 베아트리스의 머리를 휘젓고 요슈아에게 고개를 숙였다. 머리가 흐트러진 베아트리스의 고개도 같이 손으로 숙이면서.
"미안하다. 너희 형님을 무시할 마음은 없어. 그보다 내가 능력 면에서 뒤떨어지는 건 인정해. 살짝 귀여운 허세쯤은 용서해다오."
"네, 물론이죠. 우리 형님과 비교해서 자신을 비하하는 거는 당연한 감정이니까요."
"어라?"
어른스럽게 서로 양보해서 대화를 원점으로 돌리려고 했는데 요슈아가 갑자기 고압적인 말을 꺼내는 바람에 다시 낌새가 이상해졌다.
그런 주위의 곤혹스러움을 깨닫지 못하고 요슈아는 단안경을 수상하게 빛냈다.
"그래요. 형님은 대단한 분이세요. 스물두 살의 젊은 나이에 왕국기사단의 유망주. 근위기사단에서 실질적인 2인자를 맡고 있죠. 지금은 아나스타시아 님을 섬기기 위해 책무에서 벗어났지만 아나스타시아 님께서 즉위하시는 날이면 근위기사단 단장 자리는 확실합니다. 당대의 『검성』인 라인하르트 님이라도 형님의 기사다움에는 못 미쳐요. 그야말로 형님은 진정한 기사! 당신 따위 상대도 안 됩니다."

"……어, 그래."

엄청나게 빠르고 정열적으로 던지는 말에 스바루는 압도당할 수밖에 없었다. 무릎 위에 있는 베아트리스도 질겁했다.

"죄송해요. 말할 기회를 놓쳤어요. 이거, 두 번째예요."

옆에서 머리를 붙잡은 오토가 스바루에게 살짝 귀띔했다. 쳐다보니 가필은 기가 막힌 표정, 람은 "거보라지." 하고 입술로 말하는 판국이었다.

오호라. 람이 도망친 실내 분위기란 이걸 말한 것인가. 확실히 이건 왕선 무대에서 스바루가 저지른 짓과 동등하게 분위기 파악을 못하고 있다.

그렇다면 유일한 아군인 미미가 다과에 푹 빠져 대화에 관심이 없는 이상, 누군가가 요슈아를 때려눕히는 역할을 맡아야만 하는데——.

"후훗. 요슈아는 진짜로 형을 엄—청 좋아하는구나."

언젠가의 재탕이 되기 전에, 에밀리아가 열기를 띤 요슈아에게 미소를 지어 주었다. 그릇이 큰 천사만이 요슈아의 노도 같은 실례에도 전혀 주눅 들지 않았다.

그 말에 제정신을 차린 요슈아는 부끄러움에 얼굴을 붉히고 자신의 묶은 머리를 만졌다.

"죄, 죄송합니다. 가족 이야기만 나오면 저도 모르게 자제를 못해서……."

"아니야. 끄떡없어. 나도 율리우스에게는 신세 많이 졌으니 괜찮으면 요슈아랑 율리우스의 이야기를 더 들려줘도……."

"이이크! 그 이야기는 다음 기회에 하고, 지금은 본론으로 들어가는 게 낫지 않을까! 야, 안 그래? 오토! 가필!"

"——응?!"

중간에 끼어들어 억지로 화제 변경을 시도한 스바루의 말에 두 사람이 '끌어들이지 마!' 라는 표정과 목소리로 대꾸했다. 하지만 금세 두 사람도 고개를 위아래로 흔들어 스바루의 의견에 동의했다.

한순간 눈을 빛낸 요슈아도 그 분위기에 자제심을 되찾은 듯 헛기침했다.

"그, 그럼 형님의 영광스러운 이야기는 다음 기회에 다시 하죠. 저…… 본인도 용건을 전하고 아나스타시아 님과 합류해야만 하는지라."

"응. 기대하고 있을게. ……그래서, 계속 미루어 두었던 본론 말인데."

겨우 사자다운 행동으로 돌아온 요슈아의 앞에서 에밀리아는 한결같이 자연스럽게 왕선 후보 모드로 이행했다. 그 순간 실내 분위기가 살며시 엄숙해지고 그때까지 에밀리아가 두르던 분위기가 달라졌다.
요 1년 동안에 변화가 있었던 건 씩씩해진 스바루와 러블리해진 베아트리스만이 아니다. 에밀리아 또한 1년 동안 부쩍 왕선 후보로서 질이 높아졌다.
"——아나스타시아 호신 님의 사자로서 주군이신 아나스타시아 님의 말씀을 에밀리아 님께 전해드립니다."
그 변화에 요슈아도 표정을 다잡고는 품에서 한 장의 서찰을 꺼냈다. 테이블에 펼친 서찰에 검은 잉크로 적힌 내용은——.
"아나스타시아 님께선 에밀리아 님을 수문도시『프리스텔라』로 초대하고 싶으십니다."
"프리스텔라……."
말을 입에 담고 중얼거린 에밀리아의 눈에 곤혹감이 떠올랐다. 하지만 그건 스바루도 마찬가지였다.
난데없는 아나스타시아의 권유. 그 진의는 무엇인가.
"수문도시 프리스텔라 말이군요. 대체 무슨 용건이실까요?"
대답을 망설이는 주종을 대신해 오토가 대표로 요슈아에게 되물었다. 그 말에 요슈아는 노란 눈을 가늘게 뜨며 희미하게 웃었다.
그 이목구비와 표정이 정말로 율리우스와 많이 닮아서 스바루는 꺼림칙한 예감을 느꼈다.
"파티 권유라고 합니다. 아나스타시아 님께서는 친히 에밀리아 님을 초대하신다고 합니다. ——에밀리아 님께서 찾는 물건을 찾아냈다더군요."

"내가, 찾는 물건?"

"——큭."

에밀리아가 낚이는 반응. 그 순간 오토의 표정이 '당했다!' 로 변화했다. 오토의 반응에 스바루도 진영 내에서 상담하기 전에 주도권을 빼앗겼음을 이해했다.

하지만 정작 무슨 이야기인지 이해할 수 없다. 늦어지는 이해가 완전히 주도권을 놓치게 했다.

"——도시 프리스텔라의 마석 상인이 에밀리아 님께서 소망하시는 고순도 마정석을 소유하고 있답니다. 지금 대정령님을 도로 불러낼 촉매를 찾고 계시죠?"

——그리고 주도권을 놓친 시점에서 이 자리의 추세는 결정이 난 거나 마찬가지였다.

3

"어쩐지 여러모로 멋대로 결정해서 오토에게 미안해."

자기 방에서 스바루와 둘만 남자, 에밀리아가 눈꼬리를 내리고 말했다.

에밀리아의 반성에 맞은편 의자에 앉은 스바루는 쓴웃음과 함께 대답했다.

"오토가 허둥대는 모습은 볼만했지만, 나도 에밀리아땅의 의견에 꽤 찬성했으니까. 단단히 준비한 상대의 손바닥 안에 뛰어들어야 한다는 게 불안한 거지."

“하지만 율리우스의 동생을 사자로 보낸 아나스타시아 씨가 그런 짓 할까? 엄—청 위험한 도박에 나선 건 그쪽도 마찬가지라고 봐.”

“그러게. 기사의 가족을 사자로 보냈다는 점에서 제대로 적으로 인정받았다는 거지. 난 옛날부터 역사 드라마 같은 데서 중요한 인물이 사자가 되면 ‘왜 안 베이는 거지?’ 하고 생각했었는데, 그 의미를 현장에서 체감하게 될 줄은 몰랐네.”

요컨대 체면 문제인 것이다. 도리에 어긋난 행동이 널리 퍼지면 주위에는 적만 남는다. 그래서 난처한 건 전국시대의 호족이나 왕선 후보나 마찬가지. 권력자일수록 암투에 주의를 기울이는 법이다.

——이미 요슈아 유클리우스를 사자로 맞이한 회담은 끝났고, 신 로즈월 저택에는 느긋한 밤이 찾아왔다.

차마 일찍 돌려보낼 수 없다고 요슈아 일행에게 묵고 가도록 권했지만, 그는 제의를 거절하고 미미와 함께 급히 저택을 떠났다.

이 또한 요슈아가 바람직한 답신을 받아 사자의 역할을 다했기 때문이리라.

“그럼 프리스텔라에 도착하시면 『물의 날개옷 여관』을 방문해 주십시오. 그곳에서 저…… 본인은 아나스타시아 님과 함께 기다리고 있겠습니다.”

“그럼 잘 있어, 가프! 프리프리에서 기다릴 테니까 꼭 와—!”

헤어질 때, 요슈아는 노골적으로 안도한 표정을 내비쳤다. 한

편으로 미미는 한결같이 신난 기색으로 왠지 가필에게만 특별한 인사를 건네고 떠났다.

호위로서 두 사람의 동향에 눈을 빛내던 가필은 미미의 그 언동에도 모종의 꿍꿍이를 의심하고 경계한 것 같지만——.

"저 미미한테 꿍꿍이가 있을 리 없으니까 그냥 가필이 마음에 든 거 아니려나."

"미미 걔, 엄—청 가필을 따랐으니까. 좀 부럽더라."

"하긴. 껴안으면 최고로 기분 좋을 것 같고 말이야. 요슈아도 이야기한 시간은 짧았지만 형님보다는 훨씬 호감 가는 타입이던데."

"진짜 스바루는 고집쟁이야. 성에서 싸웠던 거 아직도 안 잊었구나?"

스바루의 중얼거림을 듣고 에밀리아가 장난스러운 표정으로 옛 상처를 찔러댔다.

그 말에 스바루는 떫은 눈치로 뺨을 일그러뜨리고 대꾸했다.

"웃으며 말할 추억이 못 되는 건 사실이지. 그때는 나도 젊었어. 반성도 했어. ……근데 그놈도 지나쳤다고!"

"화해도 했는데 마냥 꽁한 거 꼴사나워."

"으그윽…… 사람이니까 어쩔 수 없어!"

귀여운 얼굴이 째려보지만 그래도 스바루는 오기를 부려 고개를 홱 돌렸다. 그 얼굴을 옆에서 잠시 바라보던 에밀리아는 도중에 참다 못해 웃음을 터트리고 말았다.

"그래그래. 아유, 스바루는 아주 옹고집이야. 하지만 프리스텔라에서는 율리우스랑 싸우면 안 돼. 스바루는 어엿한 기사가 됐으니까. 기사는 함부로 그 힘을 휘두르진 않는 법이라고."

"예—이. 주인 나리께는 못 당하겠심더."

스바루는 익살을 떨어 쑥스러움을 얼버무리고 코 아래를 손가락으로 문질렀다.

"맞다. 난 프리스텔라란 도시를 잘 모르는데, 무슨 유명한 동네야?"

"아, 공부 안 했네. 프리스텔라는 루그니카의 5대 도시 중 하나로, 카라라기 도시국가와의 국경 근처에 있는 도시야. 온 도시에 수로가 지나서 엄—청 예쁜 도시래."

"호오, 가이드북에 싣고 싶어지는 설명인걸. 그나저나 수상도시란 말이지. 내 지식으론 베네치아가 비슷하려나? 그럼 정말로 굉장할 것 같군."

원래 세계에서 물의 도시라면 이탈리아의 도시 『베네치아』가 유명하다.

도시 안에 종횡으로 운하가 깔려서 돌로 된 거리에 당연한 듯이 물의 경관이 끼어든다는, 한 번은 가고 싶은 낭만이 넘치는 관광지였다.

그런 인식에 기초해서 스바루는 프리스텔라의 거리 풍경을 머리에 떠올렸지만.

"으응, 아니야. 스바루. 프리스텔라는 수상도시가 아니라, 수문도시."

"수문?"

“응. 프리스텔라는 호수 안에 있는 도시라 비가 내리면 온 거리가 물에 잠기거든. 그래서 도시 주위를 높은 담으로 감싸서 물의 양을 조절하는 수문을 여럿 두고 있대. 그 수문 때문에 유명해서 수상도시가 아니라 수문도시라고 불리는 거야.”

“왠지, 갑자기 이미지가 물의 도시에서 물의 감옥으로 변하는데…….”

풍광 좋은 도시의 상상도가 높은 담장에 둘러싸여서 대번에 망가진다. 왜 또 그렇게 의미심장한 구조가 필요한 토지에 도시를 만든 것일까.

“결국 그 도시에 불러내는 상대의 노림수를 모르는 건 변함없군. ……그냥 친절하다고는 생각하기 어렵지만.”

“응, 그냥 친절하다고 믿으면 안 돼?”

“안타깝지만 왕선 후보들은 하나같이 여간내기가 아니니까. 주종 모두란 조건까지 달면 백퍼 신뢰할 수 있는 상대는 솔직히 없어.”

만만하게 볼 수 없는 인물뿐인 왕선 후보와 그 첫째 기사들을 떠올리며 스바루는 진지하게 생각했다.

크루쉬 진영은, 크루쉬의 인품은 신용할 수 있었다. 하지만 『폭식』의 피해를 봐 기억을 잃은 그녀는 도리어 인품 말고 안심할 곳을 잃었다. 페리스는 그런 크루쉬를 위해서라면 뭐든지 할 위태로운 구석이 있고 빌헬름에게도 죽은 아내 때문에 불안감이 있다.

아나스타시아 진영은 그냥 아나스타시아 본인의 동향과 생각을 전혀 가늠할 수 없다.

이번 초대 역시 그렇다. 엄청나게 양보해서 율리우스를 신용할 수 있다고 쳐도 진영 내의 주도권은 아나스타시아에게 있다. 그녀의 사병『철 어금니』도 얕볼 수 없는 강적이다.

펠트 진영 역시 라인하르트와 롬 영감은 신용할 수 있을지 모르지만, 역시 중요한 펠트의 생각을 가늠할 수 없다. 적어도 왕선에 의욕을 내는 이상, 그 씩씩하고 끈질긴 소녀가 무엇을 지침으로 삼을지 경계를 풀 수 없다.

만약 펠트가 라인하르트와 확고하게 결합하면 승산은 한없이 희박해질 것이다.

그리고 프리실라 진영 말이지만, 솔직히 여기가 제일 어떻게 나올지 모르겠다.

주종 다 신뢰나 신용 같은 말과 인연이 먼 건 틀림없다. 알과 스바루는 동향이라는 공통점이 있지만 그래 보여도 프리실라에 대한 충성심이 강한 남자다. 스바루를 봐주지는 않을 테고, 프리실라 본인의 변덕도 천재지변에 가깝게 부조리하다.

요컨대 왕선이 개시하고 1년이 지난 현재도 후보들의 본색은 알려지지 않았다.

왕성에서 만난 시간 이상으로 그녀들을 알려면 더욱 밀접하게 엮일 수밖에 없다. 그런 의미로도 이번 초대에 응하는 건 '해 볼 만하다'.

"솔직히 아나스타시아 씨에게 빚을 지는 건 무섭지만 말이야. 애초에 걔네는 어디서 에밀리아땅이 원하는 걸 알았는지."

입술을 뒤틀고 스바루는 요슈아가 교섭 건수로 삼은 『마정석』에 대해 중얼거렸다.

고순도 마정석. 그것이 아나스타시아가 에밀리아를 프리스텔라로 초대하는 구실이자, 에밀리아가 바라 마지않는 팩과의 재계약에 필요한 촉매였다.

힘이 고갈되어 깊은 잠에 빠진 팩을 깨우려면 강대한 힘을 간직한 마정석이 필요 불가결. 그 때문에 1년 동안 조건에 걸맞은 마석을 찾아다녔지만——.

"팩은 성에서 모두가 봤고, 내가 정령술사란 것도 알려졌는걸. 촉매 이야기는 비밀로 했었는데 역시 끝까지 숨길 순 없었나 봐."

"사람 입을 막을 수는 없다는 거지. 이걸로 순조롭게 팩이 부활해도 다른 진영 쪽에서는 원래대로 돌아왔을 뿐이고, 빚을 지운 만큼 플러스이니 말이야."

물론 팩이 돌아오면 에밀리아의 정신에 줄 은혜는 헤아릴 수 없다.

그 밖에도 순수하게 에밀리아의 개인 전력이 강화되지만, 이건 덤 같은 셈이다. 에밀리아 개인의 무용은 왕선의 추이에 별로 영향을 주지 못한다.

끽해야 허풍이라고들 여기는 『대토(大兎)』 토벌에 설득력이 생기는 정도일까.

——『성역』에서 3대 마수 중 하나인 『대토』를 토벌.

이 사실은 『백경』이나 『나태』의 토벌과는 달리 공적으로 공인되지 못했다. 여하튼 관계자 외의 목격자는 없고, 정작 중요한 대토는 다른 차원으로 쫓아 보냈다.

이걸 대놓고 주장해 봤자 신용받을 리 없다는 게 진영 내의 판단이었다.

이후 몇 년 단위로 대토의 출현이 확인되지 않으면 재차 왕성에 보고를 올리고 싶은 바지만 그 무렵에는 왕선이 끝났을 가능성이 크다.

"뭐, 단기간에 3대 마수 중 둘과 조우하고, 하물며 쓰러뜨렸다니 믿을 리가 없나. 하다못해 마지막 한 마리만은 맞닥뜨리지 않기를 빌어 보자."

"——응, 그러게."

마지막 3대 마수는 『흑사(黑蛇)』라고 했던가. 언령의 힘을 믿으며 스바루는 그 흑사와 대적하지 않기를 진심으로 빌었다. 하지만 그 기도에 대한 에밀리아의 대답에는 뜸이 있었다.

마치 『흑사』에 뭔가 감정이라도 있는 것 같은 태도로.

"그래서, 프리스텔라 말인데."

그러나 그 부분을 추궁하기보다 먼저 화제가 다음으로 진행되었다.

그러한 태도는 에밀리아가 이야기하기 싫다는 기분을 표현하는 것이었다. 여자의 심리도 아닌 에밀리아의 심리를 약간 학습한 스바루는 이럴 때 억지로 캐묻지 않으려고 한다.

"초대는 받는다 치고, 같이 가는 사람들은 아까 이야기한 대로 해도 괜찮을까?"

"괜찮을걸. 에밀리아땅이 참가 확정에 당연하지만 기사인 나랑 파트너인 베아코가 동행. 나머지는 무력의 가필, 내정관 겸 딱한 처지 담당으로 오토가 같이 가고. 사실은 페트라나 프레데리카가 있어 주면 에밀리아땅이 불편하지 않게 보낼 텐데……."

"어쩔 수 없어. 서방 귀족을 모은 회합 때문에 로즈월이 바빠졌잖아. 페트라가 공부하러 따라가는 건 결정 사항이고…… 그 애는 엄—청 억울해했지만."

"페트라는 로즈월을 뼛속 깊이 싫어하니까. 로즈월이 재미있어 해서 람도 아무 말도 안 하지만 난 콩닥콩닥하며 지켜보고 있다고."

『성역』 이래로 페트라의 로즈월에 대한 불신은 뿌리가 깊다. 뒤에서 몰래 로즈월의 차에 걸레 짠 물을 넣어도 이상하지 않을 수준이다.

물론 만약 들킨다 해도 스바루는 페트라를 위해 못 본 척하겠지만.

"그런 페트라의 자제 및 교육 담당인 프레데리카는 회합에 같이 가 줬으면 좋겠으니, 그러면 저택에 남는 건 람인가. ……불안해졌다만."

"그렇게 걱정 안 해도 괜찮아. 왜냐면 저택에는——."

거기서 말을 흐리고 에밀리아가 그 남보랏빛 눈을 살며시 내리깔았다. 이어지지 못한 말. 그녀가 무슨 말을 하려던 것인지 스바루는 잘 알 수 있었다.

람이, 이 저택에서 일을 어설프게 할 리가 없다. 그만한 이유가 있으니까.

"뭐, 저택 일보다 우리 발등이나 걱정해야……. 그렇지? 에밀리아땅."

"응, 그렇지. 나중에 오토에게도 맘대로 이야기를 진행한 거 사과해야겠다."

"체면에 먹칠했다고 생각할 타입은 아니지만 질질 끄는 타입이긴 하니까. 나도 말해 둘게. 에밀리아땅이 울 때까지 내가 야단쳤다고."

"후후, 고마워."

주먹을 치켜드는 시늉을 하는 스바루의 말에 에밀리아가 미소를 지었다. 그러고 나서 에밀리아는 자기 가슴에 있는, 하얀 살결을 꾸미는 파란 마정석 펜던트를 만졌다.

그 파란 빛이야말로 대정령 팩을 잠 속에 가둔 요람이었다.

지금은 말도 주고받지 못하고 존재를 확인하는 것밖에 할 수 없는 가족과의 연결고리── 그것을 애타게 찾듯이 에밀리아는 가는 손가락으로 살짝 마정석의 표면을 어루만졌다.

"팩이랑 하고 싶은 이야기도, 묻고 싶은 이야기도 많아. 그러니까……."

입을 다물고 속눈썹이 긴 눈꺼풀을 감은 에밀리아는 이어지는 말을 입 밖에 꺼내지 않았다.

스바루는 그 눈꺼풀이 희미하게 떨리는 모습을 보면서 조용히 머리를 긁었다. 에밀리아가 무슨 생각을 하는지 어렴풋이 이해할 수 있을 뿐이지만.

"얼른 돌아와라, 고양이 정령. 나도 너한테 할 원망이 산더미처럼 쌓였거든."

에밀리아의 기사답게 그녀의 소원에 불평을 섞어 동의했다.

4

"전 말이죠! 이래 보여도 여러분 생각을 많이 했거든요!"

술잔을 테이블에 내리친다. 오늘 밤의 오토 스웬은 매섭게 흐트러졌다.

에밀리아와의 대화 및 저녁 식사를 마치고 밤의 일과 전에 오토의 방을 방문한 스바루는 고주망태가 된 내정관의 넋두리에 어울리는 중이었다.

"계속 이 꼴이야. 아무리 이 어르신이라도 귀가 따가워."

오토의 집무용 책상에 앉아 깃털 펜을 한 손에 든 가필도 질린 표정이었다. 가필은 수중에 있는 우유를 할짝거리면서 형님 뻘 사람의 넋두리에 귀를 기울이고 있었다.

참고로 1년이 지나 15세가 된 가필은 왕국법상 술을 마실 수 있는 나이지만, 그 기질과 정반대로 알코올에는 된통 약했다. 한 번 오토가 꼬드기는 바람에 거나하게 취했다가 람에게 싸늘한 눈길을 받은 이래로 술병만 봐도 인상을 쓰는 처지다.

물론 스바루도 원래 세계의 법률에 따라 미성년자일 동안의 음주 NG를 마음먹고 있었다. 전에 한 번 저택에서 술판을 벌인 건 젊은 날의 실수로 치고.

그런 이유로 스바루는 실내에서 홀로 술에 취해 넋두리하는 오토를 보고 한숨을 쉬었다.

"그렇게 툴툴대지 마. 이번 일은 에밀리아도 반성 중이더라. 상담도 없이 낚여서 미안하다고. 뭐, 상담했어도 결과는 똑같았겠지만."

"세상일은 결과만이 아니라 과정도 중요하다고요. 대화의 결판이 대화하기 전에 나는 일도 쌔고 쌨으니까요. 그 때문에라도 주도권은 절대로 넘기면 안 되는데……. 그런데 상대의 손바닥 위! 이건 안 돼효오!"

어떻게든 달래려는 스바루에게 엉겨드는 오토의 혀가 위태롭다. 덤으로 취해 있어도 옳은 말은 옳았다. 그 주장에 스바루는 목을 꼬며 말했다.

"왠지 슬슬 너도 내정관 다 됐는데. 매번 부정하는 것도 필수 요소고."

"엉. 뭔가 색다른 맛이 없어서 심심해. 안 좋아, 오토 형."

"댁들은 만났을 때부터 징그러울 정도로 변함이 없는데요?!"

호흡이 딱 맞는 연계에 오토가 따지고 들자 스바루와 가필이 손을 짝 마주쳤다.

나이도 가깝고 일종의 우정으로 연결된 세 사람은 저택에서 같이 있을 때가 많다. 대화의 흐름이 지금 형태로 정착된 것도 양식미 같은 셈이었다.

현재 오토는 에밀리아 진영에서 날마다 필두 내정관의 직무에 시달리고 있다.

원래 장사꾼 집안의 아들로서 그만한 교육을 받았고, 행상인 노릇을 해서 경험도 있었다. 계산이 빠르고 머리 회전도 빠른 오토는 재야의 우량 인재다. 어디서 홀랑 속아서 길바닥에 나앉거나 노예 꼴이 되기 전에 오토와 만날 수 있었던 건 기적 같은 행운이라고 할 수 있다.

물론 당사자는 아직도 서류 작업을 하면서 "이럴 리가 없었는데 말이죠……." 하고 투덜댈 때가 많다. 깨끗하게 승복할 줄 모르는 녀석이다.

"뭘 그렇게 불쌍하게 봐요?"

"그게, 이만큼 왕선 후보 진영에서 뒷사정에 머리를 들이댔으니 이제 와서 발을 뺄 수도 없는 노릇인데…… 나 원, 넌 불쌍한 녀석이야."

"진짜로 불쌍하게 여기지는 마시죠?!"

"진정하라고, 오토 형. 술 흘리겠다. 대장도 너무 놀려 먹는 게 아니야. 전에 하루 10오토까지라고 정했잖아."

"무슨 단위죠?! 하루 10오토는 무슨 단위예요?!"

얼굴을 붉히고 소리치는 오토. 이걸로 1오토가 가산되는 식이다.

물론 스바루와 가필도 무의미하게 오토를 골리는 건 아니다. 이렇게 소리 지르게 해서 매일 격무에 애쓰는 오토의 스트레스를 빼 준다. 그게 목적인 남자만의 모임이다.

"이렇게라도 안 하면 넌 먹고 자는 것도 잊으니까. 스트레스

발산은 우리에게 맡겨!"
"역효과일 가능성도 다분히 있다고 보는데 말이죠!"
"어허, 오토 형. 떠들지 마. 너무 시끄러우면 편지를 못 쓰잖아. 할머니한테 재촉받는다고."
말과 함께 가필이 깃털 펜을 겨누자 오토는 입을 다물었다. 고주망태 상태여도 제정신을 잃지 않는 점에서 체질적으로도 손해 보는 남자다.
쓴웃음 지으면서 스바루는 책상에서 작업하는 가필의 손 주변을 살폈다.
"글씨 참 못 쓰네. 이런데 류즈 씨가 제대로 읽을 수나 있대?"
"핫, 대장. 웃기지 말라고. 이 어르신과 할머니 사이가 얼마나 오래됐는지 알아? 이 어르신이 왼손으로 쓴 글씨라도 할머니라면 해독해 줄 거다."
"그건 류즈 씨가 대단한 거지 네가 잘난 게 아니거든."
스바루는 으스대는 가필에게 딴죽을 걸면서 살며시 눈꼬리를 내렸다.
가필의 할머니이자 『성역』의 대표자였던 류즈―― 그녀는 현재 이 저택에 체류하지 않고 이전 저택 근처에 있는 아람 마을에 몸을 의탁하고 있다.
그 이유는 그녀가 자신과 같은 내력을 가진 복제체, 류즈 메이엘로부터 파생한 24명의 소녀들에게 『일상』을 주는 역할을 맡았기 때문이다.
류즈와 마찬가지로 그 몸이 마나로 구성된 복제체들은 마치

갓난아기처럼 티 없는 상태로 『성역』에서 해방되어 이 세상에 던져졌다. 류즈는 그런 그녀들에게 인생을 가르치는 것이 자기 역할이라고 두 손주 곁을 떠난 것이다.

언젠가는 역할을 마치고 가필하고 프레데리카와 다시 한 가족으로 함께 사는 것이 최선이겠지만, 지금은 아직 그 행복을 뒤로 미룬 상황이다.

가필의 편지는 그런 류즈 앞으로 쓴 것이다. 이래 보여도 글을 쓰기 좋아하고, 숨기지 못하는 할머니 사랑도 있는 까닭에 가필이 편지를 쓰는 빈도가 심상치 않다.

"전에 말했지만 프레데리카 씨도 편지를 보내고 있다더라고요. 아무래도 가필 정도는 아니겠다 싶지만요."

"뭐, 가필은 농담 아니라 매일 쓰고 있으니 편지가 산더미처럼 쌓였겠지."

그런데도 류즈가 둘의 편지를 기뻐하며 소중히 보관하는 모습은 똑똑히 떠오른다.

"이런 건 류즈 씨 생각에 편승한 내가 할 말이 아닌가……."

복제체들의 장래를 염려한 류즈. 그녀의 의견에 처음으로 찬동한 사람이 스바루였다. 표현 방식은 안 좋지만 스바루는 그녀들을 『인형』으로 두는 것이 싫었다.

어쩌면 루프 중에 한 번 그녀들을 버리는 수로 써먹은 적이 있는 스바루의, 몹시 이기적인 죄책감이 그렇게 시켰을지도 모른다.

"대장?"

"——암것도 아니야. 오늘은 류즈 씨에게 쓸 말 많으니까 편지도 잘 써지겠지. 별달리 쓸 게 없으면 뭔가 재미있는 짓 해달라고 엄한 요구나 하고."

"그거 좀 난처하단 말이죠. 막상 해 보니 '오토 형이 재미없더라.' 라고 편지에 적혔을 때는 진짜로 패 줄까 검토했다고요."

"안심해 주셔. 오늘의 오토 형은 재미있더라고 써놨어. 아, 그리고 말이야. 대장, 물어보고 싶은 게 있는데."

가필이 오토를 언급한 부분을 깃털 펜으로 가리켜 오토가 떫은 표정을 짓게 만든 다음 스바루에게 화제를 돌렸다.

"이번에 적은 뭘 노리고 자빠진 거야? 여태까지 다른 후보 패거리하고 실랑이도 없었는데 대뜸 정면으로 싸움을 걸고 앉았잖아?"

"싸움이라니…… 네 세상은 알기 쉽고 단순해서 좋겠다."

"싸움질에 구질구질한 이유가 필요하냐. 상대방도 당연히 그럴 맘 먹고 있지. 그 희멀건 형씨야 어쨌든…… 같이 있던 묘인 꼬마, 그래 보여도 상당히 세다고."

꼬마라고는 말하지만 미미의 연령은 가필과 비슷한 또래일 터다. 말을 중간에 끊는 셈이라 뭐라 하지 않았지만, 스바루를 보는 가필의 눈은 진지함 그 자체였다.

"처음에 얼굴 맞댔을 때부터 이 어르신을 노려보더군. 그다음 이야기하는 중에도 계속 말이야. 그거, 이 어르신한테 싸움 걸 기회를 엿보던 게 틀림없어."

"……그래? 그야 미미가 강한 것도, 전투광 같은 발언이 많은 것도 사실이지만."

그런 의도를 속에 숨길 수 있을 만큼 영리한 캐릭터로는 도저히 안 보인다. 동행하던 요슈아도 좋은 의미로 흉계에는 안 맞을 인재로 보였는데.

"좌우간 초대받을 거라면 경계나 해둬. 거기에서는 대장하고 에밀리아 님은 되도록 단독행동 금지다. 오토 형은 몰라도 대장이 빠지면 끝장이야."

"말해 두겠는데요. 제가 없어져도 이 진영이 끝장이거든요?! 그 부분을 좀 더 이해해서 소중히 여겨 줬으면 좋겠네, 진짜!"

오토는 툴툴대지만, 물론 가필은 그를 경시하지 않았다.

공공연히 말하지 않을 뿐이지 가필이 오토를 존경하는 건 사실이다. 그렇지 않다면 어떻게 가필의 성격으로 상대를 '형' 이라고 부르겠는가.

만난 당시 기억을 돌아보면 용케 여기까지 왔다고 감개가 무량하다.

"뭐여? 눈빛을 흐리고, 왜 그래? 대장."

"네가 있어서 든든하다고 생각했을 뿐이야. 믿는다, 가필."

"헹, 맡겨 두시지. 쓸데없이 복잡하게 생각하는 건 질색이지만 그 생각에 필요한 시간은 이 어르신이 만들어 주마. 그러니까 그만큼 여차할 때는 대장한테 맡기겠어."

그렇게 말하고 우유를 쭉 비운 가필이 하얘진 입가에 웃음을 띠었다.

에밀리아도 그렇지만 가필이 보내는 신뢰 어린 눈초리도 제법 강제력이 강하다. 그 신뢰에 부응하게 노력해야 한다는 마음이 생긴다.

"그래서, 가필이 있으면 전력 면에서 안심인데…… 오토는 진짜로 오려고?"

"당연하잖아요! 제가 없으면 에밀리아 님이랑 나츠키 씨가 뭔 괴상한 이야기를 하고 올지 속이 탄다고요!"

교섭에 관해 이토록 신뢰가 없는 것도 오히려 개운하다.

에밀리아는 보다시피 솔직하며 순진하고, 스바루도 성격과 고집이 못된 것에 비해서는 세상살이가 서툴다. 오토가 보기엔 호박과 넝쿨의 콤비로 보여서 환장할 판국일 것이다.

"그리고 프리스텔라라면 그 『황무지의 호신』과 연이 있는 땅이니까요. 장사꾼의 전설 같은 사람이라서 저도 한 번쯤은 가보고 싶었죠."

"그런데 너, 진즉에 장사꾼에서 손 씻었잖아. 이제 와서 뭘 하려고?"

"안 씻었는데요?! 저기 말이죠. 제가 줄곧 여기서 내정관 하고 있을 줄 알면 큰 착각이거든요! 제 꿈은 자기 가게를 가진 대상인! 잠시 샛길로 빠져서 여기 있을 뿐이죠!"

"샛길로 빠졌다가 생애를 마칠 땅에 갈지도 모른다만."

즐겁게 말꼬리를 잡는 가필의 말에 오토는 떫은 표정임에도 반론하지 않았다.

물론 오토의 동행은 스바루에게도 바라 마지않은 바다. 이러니저러니 해도 그가 없으면 교섭이든 진영이든 안 돌아간다. 그런 건 진영 사람들이 모두 이해하고 있었다.

그 평가를 본인도 잘 알기에 오토는 고생을 짊어져 주고 있는 것이다.

"뭐, 단순한 고생보다 더 짊어진 것 같지만 그건 무시하고."

"왠지 실례되는 방식으로 수긍한 것 같은데, 기분 탓일까요?"

"기분 탓이야. 어쨌든 상대는 수완이 있는 대상인이야. 믿어본다, 오토. 무(武)의 가필, 문(文)의 오토, 그리고 내가 분위기 띄우기 담당이다."

"더 힘내요!!"

적재적소를 파악한 판단이다. 지금부터 죽도록 힘내 봤자 스바루는 가필보다 강해질 수 없고, 자는 시간을 아껴 봤자 오토만큼 이바지하는 문관은 될 수 없다.

하지만 그렇다고 낙담할 수 있을 만큼 나츠키 스바루의 위치는 만만하지 않다.

"나는 내가 할 수 있는 일을 해야지. 그쪽은 베아코랑 상담해서 긍정적으로 진행해 보마."

"실제로 에밀리아 님이랑 베아트리스가 있으면 대장은 일단 문제없겠지. 그리되면 역시 오토 형은 이 어르신이 지켜 줘야겠네. 조심해 줘."

"왜 제가 가장 큰 불안 요소인 것처럼…… 받아들이기가 어려운데요."

양심도 없이 떳떳하게 구는 스바루와 보모 같은 가필의 말에 오토는 푸념하면서 술을 홀짝홀짝 마셨다.

그렇게 중요한 이야기와 하잘것없는 이야기를 나누고 있으려니, 적당히 밤도 깊어졌다.

"그럼 슬슬 나는 접지. 가필은 어쩔래?"

"이 어르신은 좀 더 오토 형이랑 붙어 있겠어. 편지 다 쓰면 샤트란지판에서 슬슬 승점을 달고 싶거든. 고주망태인 지금이라면 가능할걸."

가필이 자리에서 일어난 스바루에게 대꾸하고 책상 위에 있는 놀이판을 손가락으로 가리켰다. '샤트란지' 라고 불리는, 체스나 장기에 가까운 보드게임이다. 이래 보여도 오토는 이 방면의 게임에 강해서 아등바등 도전하는 가필은 패배를 거듭하는 모양이었다.

참고로 스바루도 오셀로 계열이라면 강하지만 샤트란지판은 피라미급이었다.

"뭐, 힘내봐라. 너무 밤새지 말고. 키 안 커."

"그거, 진짜 맞아? 믿고서 일찍 자고 있는데 요 1년 동안 별로 효과 없던데."

"너는 프레데리카에게 빨린 몫이 있으니까 좀 모르겠다."

"망할 누님!"

가필은 이를 드러내고 분노의 힘을 샤트란지판에 발산하고자 부리나케 준비에 착수했다. 꼼꼼하게 말을 놓는 가필의 등짝을 보는 스바루에게서 쓴웃음이 흘러나왔다.

"오토도 과음하지 말고. 숙취 때문에 무용지물이 되면 페트라의 눈치가 따가울걸."

"그 아이 요즘 저한테 엄하니까 나츠키 씨가 말 좀 해 주세요."

"더 세게 해달라고?"

"더 살살 해달라고 부탁해 주실 수 없나요?!"

"그건 불가능한데. 잘 자."

손을 흔든 스바루는 놀이판을 끼며 마주 본 두 사람을 남기고 방을 나섰다.

저택 복도 벽에 걸린 마각결정의 색조가 슬슬 날짜도 바뀔까 싶은 시간을 알렸다. 좀 오래 머무는 바람에 평소보다 늦고 말았다.

"남자들의 대화라고. 그 부분은 너그럽게 봐주셔."

그런 변명 같은 말을 남기고 스바루는 자기 방이 있는 동관이 아니라 여성진의 방이 있는 서관 쪽으로 발길을 돌렸다.

그리고——.

"——실례합니다."

그 방에 들어가기 전에 스바루는 반드시 문을 노크한다.

대답이 없는 건 안다. 그래도 희망을 품지 않을 수가 없기 때문일까.

아니면 대답이 없는 것을 확인함으로써 잊지 않으려는 것일지도 모른다.

——이 가슴속에 끊임없이 타오르는 불길, 그 열기를 결코 잊지 않으려고.

대답이 없는 방. 그곳은 꾸밈이 없는 간소한 방이었다.

저택에 다수 있는 객실과 실내 양식은 다를 바 없으나 비치된 가구 등은 명확하게 적다. 방 중앙에 침대, 창문에는 커튼, 간이 탁자에 꽃병이 있는 것만이 특징일까.

꽃병의 꽃은 정기적으로 바꾸며 물도 매일 갈고 있다. 이 꽃의 향기에, 아름다움에 마음이 편해질 이가 없다고 알아도 그 행동은 스바루의 일과였다.

감상적인 스바루의 행위를 저택 사람들은 아무 말도 없이 지켜봐 주고 있었다.

『——그런 식으로 마음을 쉽게 정리할 수 있는 사람이라면 난 스바루랑 몇 번 싸우든 서로 이해 못했을 것 같아. 그러니까 변함이 없는 스바루를 난 엄—청 좋아해.』

『못 미치는데 욕심부리는 건 좋지 못한 버릇이지. 스바루 혼자라면 무모한 헛짓에 불과한 것이야. ……그러니까 혼자가 아닌 지금은, 욕심 부리더라도 어떻게든 해 줄게.』

이는, 스바루의 태도에 지금은 가장 가까운 두 소녀가 건넨 말씀이시다.

"어리광을 받아 주는 거지. 그리고 에밀리아땅은 의미심장한 발언으로 날 너무 미혹시켜."

너무 가볍게 '좋아해' 라느니 '멋있어' 라느니 그러지 말았으면 좋겠다.

마음을 또렷하게 전한 관계이지만 스바루와 에밀리아 사이가 연애적으로 진전하지는 않았다. 에밀리아의 정신은 고백을 받아들일 단계가 아니고, 스바루도 마음의 준비가 전혀 되지 않았다. 2년, 하다못해 3년—— 아니지. 가능하다면 좀 더. ……라는 쫄보 상태였다.

“뭐, 너 있는 곳에 와서 다른 애들 이야기나 하는 건 실례겠지. 페트라가 들었다간 진짜로 한 소리 듣겠다.”

상황에 따라선 페트라가 에밀리아 진영에서 가장 인간적인 그릇이 큰 사람 아닐까. 이러니저러니 해도 인간관계가 서투른 작자들이 모인 게 스바루 일행의 특징이다. 아직 열세 살짜리 소녀만도 못한 어른들. 참으로 한심한 이야기였다.

“그렇게 생각하자니 글쎄. 네가…… 렘이 일어나도 왠지 그 상황은 별로 안 변할 것 같은데. 내가 쫄보라서 그런가. 네가 나를 존중해 줘서 그럴까.”

말을 걸면서 의자를 뺀 스바루가 침대 옆에 앉았다.

침대에 누워 잠자는 소녀의 얼굴이 커튼 틈새로 비치는 희미한 달빛을 받아 어렴풋이 밤에 도드라졌다.

달빛을 받는 하얀 뺨. 분홍빛 입술. 짧고 파란 머리카락. 뜻밖에 여성적인 기복이 풍부한 몸을 얇은 네글리제로 감싸고 규칙적인 호흡으로 가슴이 오르락내리락하는 스바루의 잠자는 공주님.

——벌써 1년 넘게 이렇게 잠들어 있는 소중한 소녀, 렘이다.

“오늘도 할 이야기는 많이 있다고. 여하튼 초대받지 않은 손님이 터무니없는 문제를 들고 와 줬거든. 우선, 나는 아침부터 평소처럼——.”

잠자는 렘에게 스바루는 표정을 부드럽게 풀고 말을 건넸다.

말투는 평소처럼 가벼운 척하면서도 어조는 몹시 자상하다. 잠이 선하게 든 어린아이를 배려하는 것만 같은 음색으로 오늘

하루 있었던 일을 신나게 들려준다.

렘은 대답하지 않는다. 그래도 달밤의 밀회는 매일 밤 이어지고 있다.

유달리 할 이야기가 많은 이날 밤은, 달이 다시 크게 기울 정도의 시간까지 스바루와 잠자는 공주의 조촐한 꿈 이야기가 이어졌다.

제2장 『수문도시 프리스텔라』

1

“나로서는 에밀리아 님의 의사를 존주—웅해야지. 다행히 현재 촉박한 책무는 없고. ……상대의 노림수가 안 보이는 건 걱정되긴 한다마—안.”

사자의 방문과 프리스텔라로의 초대. 그 일의 사후 보고를 받은 로즈월은 스바루와 에밀리아에게 자기 의견을 그렇게 표명했다.

장소는 로즈월의 집무실. 사자가 찾아온 다음 날이었다.

집무실에서 어제 일의 보고를 받은 로즈월은 가까운 시일에 열리는 서방 변경백령의 회합—— 로즈월 본인과 주변 유력자들과의 대화를 위한 사전 교섭을 하느라 바쁘게 뛰어나고 있었다.

왕선에서는 대체로 로즈월의 방침에 따르기로 뭉친 유력자들이지만 역시 아인과 하프엘프는 별개라고 에밀리아를 지지하는 데 불안해하는 마음은 뿌리가 깊다.

그런 의견을 1년 들여 대화 및 조건부 교섭으로 겉으로나마 따르게 한 게 여태까지 거둔 성과다. 이번 회합은 그 총결산. 본격적으로 에밀리아에게 따를 것을 약속하도록 하는 전초전이었다.

"미안해. 그런 중요한 때 저택에 있을 수 없어서."

"아뇨. 상관없어요. 애초에 이번 회합은 다가올 실전을 대비한 사전 조정. 여기서 에밀리아 님을 내놓으면 기습 공격이나 마찬가지……. 아니면 에밀리아 님의 명연설로 흥분한 권력자들의 입을 막아 보겠습니까? 제 멱살을 잡고 용감하게 질타한 것처럼."

"그건…… 무리일 거야. 알았어. 얌전히 있을게."

에밀리아가 입술을 다물고 분하게 눈을 내리깔자 로즈월은 만족스럽게 끄덕였다.

비꼬는 기색이 섞인 그 말투에 스바루는 한마디 해 주고 싶어지는 기분을 참아냈다. 로즈월은 예전보다 에밀리아를 똑바로 대하고 있다. 예전의 장식물 포지션과 비교하면 지금이 훨씬 낫다. ――이는 에밀리아가 밝힌 속내였다.

로즈월도 왕선을 시야에 두고 정력적으로 일해 주고 있어서 후원자로서는 예전보다 훨씬 믿을 맛이 난다. 진의가 위험스러운 만큼 최종적인 수지는 그게 그거지만.

"――참 내, 주인어른은 정말로 반성하는 기색을 엿볼 수 없는 분이어요."

그 대화를 지켜보고 과장스럽게 한숨을 쉰 사람은 키가 큰 메이드였다.

로즈월 옆에 시립한 메이드, 프레데리카다. 긴 금발에 아름다운 녹색 눈을 가진 그녀는 어쩐지 기분이 좋아 보이는 로즈월의 얼굴을 옆에서 째려봤다.

"주인어른은 관심받는 게 기뻐서 어쩔 줄 모를지도 모르겠지만, 자꾸 과거를 들쑤시는 건 꼴사납답니다."

"어이쿠. 따끔한데, 프레데리카."

"당연하지요. 내친김에 더 말하자면 페트라를 놀리는 것도 그만두시고요. 그 애는 착하니까 맞춰 주고 있지만 너무 응석 부리지 마시어요."

주인의 태도에 딱 부러지게 항의하는 프레데리카. 그 지적에 어깨를 으쓱인 로즈월은 "못 당하겠는데에—." 하고 더더욱 유쾌하게 입술에 웃음기를 띠었다.

——『성역』에서 있었던 사건에서 1년이 지나 저택 사람들이 로즈월을 대하는 태도도 변했다.

예전처럼 접하는 사람. 예전보다 거리를 두는 사람. 도리어 예전보다 허물이 없어진 사람 등이 있는 가운데, 프레데리카의 태도는 그나마 부드러운 편이라고 할 수 있으리라.

"아무튼 고칠 방법이 없는 로즈월의 품성이야 제쳐 두고, 회합의 반응은?"

"그럭저럭이지. 페트라를 걱정하는 거겠지만 이번 회합에는 안네로제도 참가하지. 즉, 클린드가 있다는 뜻이야."

어깨를 들썩인 로즈월의 말에 스바루는 한 소녀의 모습을 떠올렸다.

안네로제 밀로드──. 로즈월의 먼 친척에 해당하는 인물로, 나이가 아직 열 살쯤 된 어여쁜 소녀다. 나이에 안 어울리게 높은 귀족 의식을 지니고 있으며, 집안의 관리자인 클린드의 보좌를 받으면서나마 밀로드 가문의 당주로서 부족함 없이 집안을 지휘하고 있다.

안네로제는 극단적인 에밀리아 편애자이기도 하기에 회합에서는 든든한 아군이리라. 그 편애가 너무 심한 바람에 스바루로서는 순 골치만 아픈 상대지만.

"페트라를 감싸는 스승님도 같이 있으면 안심도 되고, 불안하기도 하고."

"걱정된다면 그 아이의 공부 기회는 미룰래? 바루스의 말이라면 들을 테고."

목소리를 낮춘 스바루의 말에 방에 있는 마지막 한 명이 참견했다.

자기 팔꿈치를 안은 람은 메이드답지 않게 불손하게 소파에 앉아 홍차 컵을 기울이면서 곁눈질을 보냈다.

"전보다 더 거리낌이 없어졌다는 표현이 이토록 어울리는 녀석은 달리 없을 거다."

"그래. 예전의 람은 어설펐어. 지금은 그만큼 마음을 터놓았다는 뜻이지. 끔찍해."

"자기가 한 말로 날 멸시하지 마!"

혐오 어린 눈초리를 보내는 람은 스바루의 반론에도 까닥하지도 않았다.

"그러나 람의 주장에도 일리가 있군. 스바루 네가 불안하다면 인원은 재검토하겠다만?"

"……아니, 됐어. 페트라 본인도 괜찮다고 했고, 그랬다간 아무래도 과보호지."

아끼는 아이일수록 경험을 쌓게 하라는 정신이다. 성장할 기회에 정면으로 마주 보아 자발적으로 배워 가는 페트라의 자세에는 절로 감복한다. 최소한 방해만은 할 수 없다.

"네, 그렇지요. 스바루 님. 안심하시어요. 페트라는 제가 책임지고 지켜볼게요. 절대로 그 남자를 접근시키지 않겠어요."

"물론 페트라는 소중하지만 스승님 상대로 그렇게 말하면 내 심정도 복잡한데."

페트라를 대놓고 사랑하는 프레데리카는 회합 장소에서 맞닥뜨릴 클린드를 경계하느라 여념이 없다. 두 사람의 격돌은 양자에게 우위를 점한 페트라의 신들린 대응에 기대하겠다.

이상하다. 페트라를 걱정한다는 대화가 아니었던가.

"그리되면 저택에는 필연적으로 람이 남게 되겠어. 그래도 상관없을까아―?"

"네. 로즈월 님의 뜻대로. 람이 없어서 외롭더라도 참아 주세요."

"그래, 알다마다. 저택은 부탁하자고오―?"

로즈월이 한쪽 눈을 찡긋하며 파란 눈으로 바라보자 람은 의젓하게 고개를 당겼다.

람과 로즈월, 둘의 관계에도 변화가 있었다. 람의 로즈월 지상

주의는 여전하지만 그 기세가 전보다 더 거침이 없다. 로즈월도 그 변화를 나무라지 않고 받아들이고 있어서 의존과도 비슷하던 전의 관계와는 다르게 보였다.

노골적으로 말하자면 서로 이해자가 되었다. ──그런 느낌일까.

"뭘 빤히 바라보고 그래. 아무나 상관없이 발정하지 말아 줬으면 해. 엉큼해라."

"언니분은 속으로 나를 얼마나 앞뒤 못 가리는 놈으로 보고 있다냐?"

"────."

스바루의 물음에 람의 눈에 복잡한 빛이 스치는 게 보였다.

대답하기 어려운 질문을 꺼려서 그런 게 아니다. 그저 람은 스바루가 '언니' 라고 부를 때마다 항상 눈동자가 흔들렸다.

그 반응은 아직껏 그녀에게 자매의 실감이 없다는 표현이었다. 렘과 자매 관계라는 기억은 아직도 안 돌아오고 망각된 상태. 가장 사랑하는 언니라고 흠모를 받던 나날은 공백의 저편에 있다.

그런데도 스바루가 람을 '언니' 라고 부르는 건 다분히 그녀에게 어리광을 피우는 것이리라.

"아무튼, 솔직히 에밀리아 님과 스바루만을 보낸다면 불안스으─럽지만, 가필과 오토가 같이 간다면 괜찮겠죠. 오토라면 교섭에서 섣부른 실수할 걱정도 없고 최악의 경우 가필이 다 때려 부수고 도망칠 수 있고요."

"그건 그거대로 엄—청 문제가 될 것 같으니 나도 되도록 노력할게."

"걱정할 필요 없어, 에밀리아땅. 상대가 아나스타시아 씨든 율리우스든 간에, 대화 중에 얼을 빼놓기로는 내가 일급이야. 시답잖은 소리 좋아하는 마녀가 보증했어."

"아유, 그건 자랑할 일이 아니지."

스바루는 옅게 미소 짓는 에밀리아에게 엄지를 세우고서 이를 빛냈다. 물론 에밀리아도 스바루의 방금 넉살이 자신을 안심시키고자 꺼낸 말임을 이해하고 있었다.

그 대화에 로즈월은 노란색 쪽의 눈을 감았다. 그리고 방 입구를 쳐다보고 말했다.

"이야기는 정리된 모양이군. ——그럼 네 사람의 보호는 베아트리스, 네게 맡겼어."

"뮤!"

그 말에 비명을 지른 건 집무실 문에 몰래 숨은 베아트리스였다. 문틈으로 대화를 엿보던 소녀는 로즈월의 지적에 머뭇머뭇 얼굴을 내밀고 대답했다.

"어, 언제부터 베티가 있는 걸 눈치챘던 것이야……?"

"처음부터. 흐뭇하게 못 본 척하고 있었지만 생각해 보면 400살 먹은 아이가 보일 태도는 좀 아니군. 전직이긴 해도 금서고의 사서란 이름이 우는 게 아닌가아—?"

"시끄러워! 400살 먹은 아이가 어쩌니 하지 마! 참 내! 참 내!"

방에 뛰어 들어온 베아트리스가 심술궂은 로즈월의 말에 발을 굴렀다. 그 대화를 다른 사람들은 그저 흐뭇하게 지켜보았다.

이 둘의 관계도 전보다 거리낌이 없어졌다고 봐도 될 것이다.

이윽고 베아트리스는 실컷 로즈월에게 분노를 발산한 다음, 팔짱을 끼고 말했다.

"아무튼 네 말을 들을 필요도 없어. 베티가 없으면 이놈이든 저놈이든 하나도 안심하고 맡길 수 없는 말썽꾸러기들이야."

"호오, 그건 든든한데. 그럼 중요한 아이들 인솔은 단단히 부탁했어."

"항, 부탁은 받아 주겠어."

베아트리스가 가슴을 펴고 인솔 담당을 받아 든 순간에 마침내 이야기는 정리되었다.

스바루, 에밀리아, 베아트리스. 그리고 가필과 오토.

——이것이 수문도시 프리스텔라로 가는 최종 멤버였다.

2

"용차를 서둘러 몰아도 열흘 넘게 걸리는 긴 여행이에요. 딱히 서두를 이유도 없으니 충분히 시간을 들여서 안전제일로 가 보죠."

그렇게 말하고 여정을 결정한 오토에게 전원이 아무 군소리도 없이 따랐다.

프리스텔라로 가는 멤버에서 가장 여행에 이골이 난 사람은 오토다. 오히려 다른 멤버가 그와 비교해서 지나치게 여행에 서

먹하다고도 할 수 있다.

"등교 거부아인 나, 14년 동안 고향에서 생활한 가필, 100년쯤 냉동수면한 에밀리아땅, 400년 은톨이인 베아코……. 이거 좀 아니구만, 이 일당."

"자자, 잘 들어요. 용차는 제 플르푸하고 파트라슈 양이 둘이서 끌고 갑니다. 야영은 안 할 예정이니 필요한 도구는 최소한으로 챙기죠."

"오토 형, 내내 용차 위에 실려 가면 몸이 무뎌질 것 같은데."

"그럼 가필은 가끔 내려서 달려도 돼요."

"그럼 그러지."

"그럴 거구나?"

오토와 가필의 늘 하는 대화에 에밀리아가 무심코 놀라는 한 장면 등을 끼워 넣으면서 프리스텔라 여행의 막은 올라갔다.

그래도 여정은 순조롭게 소화되어 여행길 자체는 별일 없이 지나갔다.

정비된 가도를 나아가 역마을을 다수 통과한다. 들른 곳에서 다른 여행자와 트러블이 생길 뻔한 적은 있어도 메이더스 변경백의 이름 덕에 웬만한 일은 온건히 넘어갔다.

물론 거기에는 에밀리아의 존재도 크다. 왕선에 관해서는 이미 온 나라가 아는 바이며, 후보자인 에밀리아에 관해서도 많은 사람이 알고 있다.

호오 중 어느 감정을 품을지는 별개로 쳐도 노골적인 악의를 보이는 패거리는 나오지 않을 정도로.

이러니저러니 약 열흘. 여행길은 순조롭다. 너무나 순조로운 바람에——.

"——응. 이 지룡, 제법 대견해. 베티가 칭찬해 주는 것이야."

차부석에서 고삐를 잡은 스바루 옆에서 다리를 흔들거리는 베아트리스가 태평하게 말했다.

놀랄지도 모르지만 여행 도중 고삐를 잡는 건 오토의 역할만이 아니다.

노력한 보람이 있어서, 느낌을 알 만큼 익숙한 지룡이라는 조건이기는 해도 스바루 역시 감독하는 사람 없이 용차를 맡을 정도의 조룡 기술을 터득했다.

단, 그 조건을 만족하는 건 애룡인 파트라슈와 오토의 애룡인 플르푸, 그 밖에 저택에서 기르는 러스칼과 페터 정도지만.

그런 조건부 차부(車夫)인 스바루는 옆에서 거들먹대는 베아트리스에게 쓴웃음 지었다.

"또 잘난 척 해설자 행세나 하긴. 너도 좀 교대해 볼래? 모성으로 넘치는 파트라슈라면 베아코라도 부드럽게 대해 줄걸."

"그건 관두겠어. 아니 그보다 그 지룡의 눈매는 틀림없이 베티를 적대시하는 것이야. 아군을 보는 눈이 아니야. 모성이라니 거짓부렁인 것이야."

"야야, 아무리 너라도 파트라슈를 나쁘게 말하면 용서 못한다. 난 에밀리아땅과 렘과 베아코, 그리고 파트라슈의 험담만은 누구에게도 허용 안 해."

"그 안에 베티가 있는데 용서 못 받는 게 이상해."
"이 안에 들어가는 멤버의 경우, 말한 애가 잘못한 거야."
스바루는 변명하는 베아트리스의 목덜미를 잡고 억지로 자기 무릎 위에 실었다. 그대로 간지럼 형벌에 처하려고 하자 바동대는 베아트리스의 머리카락이 스바루의 코를 스쳤다.
무심코 요란하게 재채기——. 용차가 크게 흔들렸다.
"나츠키 씨, 제발! 이상하게 몰지 말아요!"
"미안, 미안! 베아코가 너무 까불어서 그래. 주의 줄게. 간질간질—."
"베티 탓이 아닌 것이야! 스바루가 맘대로…… 잠깐, 간질이지 마! 그만…… 푸— 키득키득!"
차부석에서 장난치는 둘의 목소리에 객차 안에 있는 오토가 요란한 한숨을 쉬었다. 오토의 그 모습에 정면에 앉은 에밀리아가 자그맣게 웃었다.
"저 둘은 진짜로 사이좋구나. ……스바루랑 베아트리스가 저런 식으로 친하게 지내다니 얼마 전에는 상상도 못했는데."
"전 오히려 저 둘이 함께하지 않은 기간 쪽을 못 믿겠지만요. 베아트리스의 응석도 나츠키 씨가 응석 받아 주는 것도 속이 더부룩할 지경이에요."
"그건 맞는 것 같아. 근데 그러면 된 거야. 베아트리스는 저런 식으로 웃는 얼굴이 어울린다고, 다들 항상 생각했었으니까."
남보랏빛 눈에 웃음을 띠고 차부석에 있는 소녀를 떠올리는 에밀리아. 오토의 눈에는 그 표정이 언니나 어머니 같은 자애를 띠는 것처럼 보이기도 했다.

물론 스바루보다는 세상을 아는 오토는 그 말을 입 밖에 꺼내지 않았다.

"뭐 저쪽은 놀게 놔두고, 우리는 중요한 이야기나 하죠. 몇 번씩 말하지만 이번은 왕선 후보와의 직접 대결……. 준비는 아무리 해도 모자라요."

"그냥 빚졌다는 이야기로는 안 된다는 거구나."

"3년 내로 판가름 날 예정인 왕선도 1년이 경과했으니 각각 토대를 다지는 작업은 막바지에 접어들었을 테죠. 우리는 준비 중인 서방 영주 회합에서 단숨에 지지를 굳힐 겁니다. 다른 진영도 비슷한 방침을 취할 건 틀림없겠죠."

"그건 지금부터 만나러 가는 아나스타시아 씨 쪽도?"

다른 진영의 동향에 관한 상세 사항은 의도적으로 에밀리아에게 덮어 두고 있었다.

그녀는 주위를 경계하는 것보다 우선 위정자로서 자기 마음가짐을 가꾸는 쪽이 우선이다. ——그것이 로즈월과 오토, 내정 담당 팀의 공통 견해였기 때문이다.

따라서 이번에 오토는 로즈월과 상담해서 한 단계 진행하는 역할을 떠맡았다.

"먼저 현재 왕선 상황에 대해서 설명 드리죠. 당초, 왕선은 크루쉬 칼스텐 공작과 아나스타시아 호신, 그 두 명이 유력 후보와 대항마의 형국으로 보였습니다. 에밀리아 님을 포함한 다른 세 명은…… 함부로 말하자면 머릿수나 채운다는 인식이었죠."

"……그건 부정 못하겠어. 그런데 그렇게 말한다는 건."

"네. 적어도 요 1년 동안에 저간의 인식이 변한 건 사실입니다. 이건 유력하던 두 분 외의 세 명, 에밀리아 님을 포함한 분들의 공적이 이유죠."

에밀리아 진영의 두드러진 공적은 역시 『백경』과 『나태』의 토벌이 크다.

백경의 토벌을 주도한 것은 크루쉬 진영이었지만, 이 일에 기사 나츠키 스바루가 공헌했다는 사실은 다름 아닌 크루쉬 본인부터 공언하고 있다. 그다음에 이어진 마녀교 토벌은 양 진영의 힘을 빌렸다고는 해도 스바루가 주도해서 세운 공훈이다.

이 공적들은 온 나라의 사람들이 에밀리아의 존재를 크게 주지하게 했다.

이는 동시에 하프엘프라는 에밀리아의 출신이 퍼지는 현상이기도 하며, 좋든 나쁘든 에밀리아의 이름은 왕선의 주목 후보로서 기억되었다.

그리고 에밀리아 외의 머릿수 채우기 멤버—— 펠트와 프리실라도 잠자코 있진 않았다.

특히 프리실라의 수완은 눈부셔서, 죽은 남편인 라이프 바리에르의 소유 영지를 물려받은 그녀는 왕국과 오랜 세월 실랑이가 이어지던 볼라키아 제국과의 국경이라는 악조건을 역이용해 불안한 정세에 흔들리는 주변 유력자를 단숨에 아군으로 끌어들였다.

마법 같은 솜씨로 제국의 태도를 가라앉히고 제후를 아군으로 끌어들인 프리실라는 그 기세로 피폐한 마을 등 지역 회복에 진력, 영민은 하루하루 활력을 되찾아가고 있다.

추켜세우면 세울수록 신바람을 내는 본인의 기질과 범상찮은 미모도 있어 왕국 남방에서의 프리실라는 『태양희』라고 흠모받으며 날마다 기세를 더해간다고 한다.

한편, 펠트 진영은 어필할 곳이 기사인 『검성』 라인하르트 반 아스트레아뿐이라는, 다른 진영과 비교해 궁색한 상태에서 도전이 시작되었다.

기사와 국민 사이에서 절대적인 지지와 지명도를 끌어 모으는 『검성』의 이름도 그 주군을 왕으로 섬길지 말지 판단할 요소로서는 썩 힘이 있는 건 아니다. 본거지로 삼은 아스트레아령을 비롯해 주변 제후의 태도는 신중하다기보다 불신하는 기색이 농후했다.

그러나 그 맞바람을 받는 상황을, 펠트라는 소녀는 생각도 못한 방법으로 타파했다.

드센 그녀는 처음부터 태도를 보류하는 기회주의자들을 믿지도 않았다. 펠트가 눈독을 들인 것은 이른바 『소외자』라는 재야의 사람들이었다.

능력은 있어도 성격에 문제가 있거나, 혹은 구린 구석이 있는 이를 적극적으로 끌어들여 필요한 인재를 필요한 곳에 보내는, 유연한 발상과 시점으로 펠트는 영지의 대개혁을 시작했다.

퍼져 나간 『왕족이 남긴 아이』라는 뜬소문에 의지할 필요 없이, 펠트는 다른 이의 자질을 간파해 적절한 일을 주는 지도력

—— 가장 왕족에게 중요한 모종의 자질을 지녔던 것이다.

그러한 작은 불씨를 계기로 아스트레아령과 주변 지역에는 융성의 조짐이 보이기 시작했다. 그 현상은 태도를 보류하던 제후도 무시하지 못할 영향력이 되어가고 있었다.

확실히 역사에 새겨질 그 자그마한 발자국. 그것을 얕잡아 볼 사람은 왕국 사람 중에 전무했다.

"이런 움직임을 각처에서 찾아볼 수 있습니다. 적어도 요 1년 동안에 반상에서 탈락한 후보자는 없어요. 아아, 다만……."

"다만?"

"칼스텐 공작 쪽만은 좋지 못하네요."

에밀리아의 되물음에 오토는 어조를 낮추고 말했다. 그 대답에 에밀리아의 뺨이 굳었다. 그녀의 반응에 오토는 한쪽 눈을 감고 말을 이었다.

"최유력 후보 취급이던 크루쉬 칼스텐 공작 말인데요. 요 1년간 사람이 바뀐 것처럼 활기를 잃었다더군요. 전에는 공사 양면에 걸쳐 엄격하고도 활동적이라 선대 공작님을 지지하던 층도 인정 안 할 수 없었다고 그랬는데 말이죠."

왕선의 활동도 통치에 관해서도 전과는 질이 전혀 달라졌다고 한다.

여태까지 보였던 과감함이 잠잠해지고 왠지 부드럽게 느껴지는 판단이 두드러진다. 여자답지 않게 공작이라는 큰 역할을 맡고 있었지만 마각을 드러냈느냐는 소문이 무성하다.

"지금은 은퇴해서 후견자 입장이던 선대 공작님까지 뛰어다니고 있다고. 백경을 토벌한 공적도 있어서 왕선의 결과는 결판 났다는 견해도 있었는데……. 무얼 계기로 주춤할지 모를 노릇이네요. 에밀리아 님도 충분히 조심해 주세요."

"——그……래."

오토의 충고에 에밀리아가 눈을 내리깔았다. 그 남보랏빛 눈에 슬픔이 차오른다.

라이벌에게도 동정을 금치 못하는 모습이지만 오토는 그 모습을 위태로운 약점이라고 생각했다. 언젠가는 서로 밀어낼 관계다. 지나치게 편들면 부조화를 부른다.

"너무 마음에 두지 마세요. 앞으로도 이런 이야기는 반드시 나옵니다."

"응, 고마워. 오토의 배려는 모르는 게 아니야."

"그건 천만다행입니다. ——그리고 방금 한 이야기를 감안해 본다면 왕선이 시작되고 나서 한 번도 주춤한 적 없는 유력 후보, 아나스타시아 진영의 무서움을 알아주시리라 싶습니다."

"아나스타시아 씨 쪽은 호신 상회라는 큰 가게가 힘을 보태고 있지. 원래 카라라기의 가게였지만 왕국에도 진출했다고."

"네. 즉, 그녀들의 무기는 재력……. 경제로 후려치는 건 최강의 한 수예요."

오토는 에밀리아의 이해도를 보충하고, 전전긍긍하던 심중에 따라 턱을 주억였다.

같은 장사꾼이었기에 편파적인 게 아니다. 장사꾼을 아군에 끌어들인다 함은, 경제계의 동료를 늘린다는 의미와 같다. 그리고 경제가 그 사회를 유지하는 한, 그 바닥에서 힘을 지니는 건 최고의 창과 방패를 가지는 거나 다름없다.

"그래서 저는 현재 가장 무서운 건 아나스타시아 진영이라고 생각 중이에요. 그 진영의 초대에, 종국에는 빚을 질 듯한 상황……. 제 속이 얼마나 쓰린지 알아주시겠어요?"

"……겨우, 엄—청 절실히 느꼈어. 함부로 행동해서 미안해."

"알아주셨으면 일단 괜찮아요. 앞으론 섣부른 짓은 안 할 거라고, 꼭, 꼭…… 알아주셨다고, 믿으니까요……!"

머리를 숙인 에밀리아의 말에 오토가 지끈지끈 아픈 배를 문지르며 탄식했다. 그 꼼꼼한 설명 덕분에 에밀리아도 조금씩 자신이 놓인 상황을 이해했다.

역시 여러모로 정치 세계는 어렵고 복잡하다.

진심을 담은 '노력하겠습니다', '함께합시다' 만으로는 안 끝나는 거야 일찌감치 알고 있었지만, 여태까지 이상으로 자각하지 못하면 사정을 따라잡지 못하리라.

지금까지 가르쳐 주지 않던 사정을 알아서 기쁘지만 대신에 불안도 커질 것만 같다.

"——딱히, 혼자 고민을 떠안을 필요는 없어요."

오토가 그런 에밀리아의 낯빛에서 속마음을 짚어내고 쓴웃음 지었다.

"에밀리아 님은 중심인물이긴 하지만 그건 뭐든 다 에밀리아 님이 해야만 한다는 말하곤 달라요. 이 용차랑 똑같죠."

"용차랑 똑같다니?"

"지금 고삐를 쥐고 있는 사람은 나츠키 씨죠. 나츠키 씨가 땡땡이치지 않게 감시하는 건 베아트리스. 위에서 주위를 경계하는 건 가필이고, 그 용차의 여정을 계획한 건 저죠. 그리고 에밀리아 님은 그 전원에게 수고했다고 말해 주고, 뭐 헥헥대며 프리스텔라로 가는 중인데."

오토의 빙빙 돌리는 이야기를 듣고 에밀리아의 눈이 동그래졌다. 그리고 동시에 그 에두른 말투가 누구랑 판박이라 우스워졌다.

"지금 오토가 하는 말, 왠지 엄—청 스바루 같아."

"으잉?! 진짜요? 싫은데……. 혹시 관계가 길어지는 사이에 옮았나……. 무, 무서운 소리 하지 마세요."

"야, 오토! 에밀리아땅이랑 뭘 재미나게 이야기하고 있어? 에밀리아땅의 귀여운 미소는 내 주식이니까 훔쳐 먹지 마라!"

거기서 화제의 인물이 지른 소리가 끼어들어 오토가 저도 모르게 어깨를 흠칫거렸다. 그 모습을 본 에밀리아가 웃음을 터트리자 오토도 청승맞은 표정으로 웃었다.

"잠깐! 웬 신난 분위기야?! 뭐냐고, 치사해! 베아트리스, 잠깐 고삐 잡아 봐. 난입하고 올게!"

"싫어! 무리인 것이야! 하지 마! 베티론 못…… 아, 뒤집힌다! 분명히 뒤집힐 것이야! 이 지룡, 뒤집을 눈초리야!"

"여보쇼, 대장! 뭐해? 엄청 흔들리는데 괜찮은 거냐고!"

차부석과 머리 위가 소란스러워지는 소리를 듣고 오토는 못 말리겠다며 몸을 일으켰다.

슬슬 참을성 없는 기사님의 인내심이 한계이리라. 지금은 얌전히 자리를 양보하고, 자신이 지룡의 비위를 맞춰야 한다고 판단한다.

"오토."

그렇게 객차에서 차부석으로 옮기려는 오토를 에밀리아의 목소리가 불러 세웠다. 오토는 그 목소리에 고개를 돌렸다가 무심코 숨을 죽였다.

에밀리아의 믿음이 어린 미소가 그 가슴을 깊이 찔렀기에.

"많이 폐 끼치겠지만 나도 노력할게. 오토만 믿고 있어."

"——네, 그래 주세요. 저는 저대로 그 떡고물을 기대하죠."

"그 대답도 어쩐지 스바루 같아."

쓴웃음 짓고 오토는 차부석 쪽에 발을 디뎠다.

——그래서 노력하게 된단 말이죠.

스바루도 그렇고 에밀리아도 그렇고, 이 주종은 하나같이 사람을 홀리려 든다. 기대받으면 부응하고 싶어지는 병에 걸린 오토에게는 참으로 치명적인 주종이다.

그런 대화를 거치면서 로즈월 저택을 출발하고 12일.

——에밀리아 일행은 무사히 수문도시 프리스텔라에 도착했다.

3

수문도시 프리스텔라에 들어가려면 도시의 출입을 관리하는 대정문을 지날 필요가 있다.

루그니카 왕국과 카라라기 도시국가의 국경. 그곳을 흐르는 바다처럼 광대한 하천을 『티그라시 대하(大河)』라고 부르며, 도시는 그 강의 지류가 흘러드는 호수 위에 건설되었다.

도시에 들어가려면 하천에 놓인 대교를 건너 시내를 원형으로 빙 두르는 외벽의 한쪽, 도시의 안팎을 연결하는 대정문에 서류를 제출해야 한다.

직접 용차를 대정문에 대면 담당 감독관이 도시법을 설명하고, 제출 서류를 쓰라고 요구한다. 내용은 서약서에 가까운 것으로, 기본적으로는 '도시 내의 행동에 관해서는 도시법에 따르겠습니다.' 라는 동의 확인이다.

도시법이란 왕국법이나 영지법과는 다른 종류의 구속력을 가진 규정이지만, 대강 훑어본 바로 프리스텔라의 도시법에 문제는 없었다. 소란을 일으키지 않는 것이나 도시 내에서 이유 없는 마법 사용 금지 등. 재빠르게 슥슥 사인하고 서류를 제출한다.

덧붙여 에밀리아가 이름을 밝히자 감독관이 당황하는 상황도 있었는데, 그들은 아나스타시아가 체류하는 것도 알 터이니 내심 무슨 일인가 의문의 폭풍우일 것이다.

"뭐 왕선 후보자가 같은 시기에 나란히 나타나면 저만치 당황해도 어쩔 수 없겠지."

"하지만 사전에 아나스타시아 씨가 알려 줬나 보더라. 금방 해방해 줬는걸. 어쩌면 요슈아랑 미미 중 한쪽일지도 모르지만."

“묘한 대항심을 무시하고 말하자면, 요슈아는 그럴 만도 한데 미미는 아니라고 봐.”

그 고양이 소녀가 그런 배려를 할 줄 알 것 같지가 않다. 악담이 아니라 순수한 감상이다.

“어쨌든 귀여우니까.”

“그러게. 미미 귀여우니까.”

수수께끼의 설득력으로 에밀리아와 둘이서 수긍했다. 스바루는 솔직히 그 밖에 말할 도리가 없다고 생각했다. 그리고 왠지 그 말을 들은 베아트리스에게 발을 밟혔다. 영문을 모를 노릇이었다.

뚱한 베아트리스의 심기를 달래고 있으려니 오토와 가필이 용차를 이끌고 합류했다. 용차의 화물 검사 등에 시간을 다소 빼앗긴 형국이었다.

“출입만으로도 유난히 엄중하군. 더욱더 물의 도시가 아니라 물의 감옥 같다.”

“또 그렇게 여행 경험이 적은 사람티가 나게 말하네요. 행상을 하다 보면 이렇게 발목 잡히는 일은 쌔고 쌨어요. 찔러 달라고 요구하지 않는 것만으로도 양심적이죠.”

“찔러 달라? 싸울 생각은 없는데…….”

“선물을 말하는 거야……라고 말하려 했는데, 고스란히 믿으면 곤란하니 나쁜 말이라고 정정할게. 에밀리아땅은 쓰면 안 돼.”

넓은 의미로는 옳지만 에밀리아의 경우에는 입장상 장난으로 안 끝난다.

그런 한 장면을 거쳐 스바루 일행은 대정문 뒤에 있는 내문으로 가 마침내 프리스텔라에 방문했다. 천천히 내문이 열리고 서서히 프리스텔라의 시가지가――.

"――오오."

눈부셔서 한순간 눈을 가늘게 뜨던 스바루는 저도 모르게 감탄 어린 한숨을 흘렸다.

이는 스바루만이 아니라 옆에 있는 에밀리아도 마찬가지였다. 에밀리아는 남보랏빛 눈을 크게 뜨며 눈앞의 아름다운 광경에 말을 잃고 있었다.

"……처음에 물의 도시라는 말에서 떠올린 인상이 딱 맞았어."

그곳에 펼쳐진 광경은 물의 감옥이라고 의심한 것을 사과하고 싶어질 만큼 끝내줬다.

처음 도시 설명을 들었을 때, 스바루는 원래 세계의 『베네치아』를 상상했다. 그리고 그 기대와 상상은 틀리지 않았다.

원형으로 지어진 도시의 구조는 규모의 크고 작음을 무시하면 스포츠 관전 등이 열리는 경기장에 가깝다. 도시 중심으로 갈수록 고저차가 생기며 각 층계에는 돌로 지은 건물이 정연하게 붙어있다. 시가지 곳곳에 수로가 흐르고, 유달리 큰 수로―― 아니, 운하가 도시를 중앙에서 넷으로 가르고 있다. 그 수로에는 나룻배가 뜨문뜨문 보여서, 이른바 뱃사공 안내인이 존재한다는 사실에 스바루의 호기심과 낭만 회로가 전율했다.

――파란 도시. 물의 도시. 수문도시 『프리스텔라』.

"원래 프리스텔라는 400년 전 기술을 결집해 호수 위에 건설한 도시인 것이야."

그 감동을 보충하듯 별안간 베아트리스가 수문도시에 관해 해설하기 시작했다. 그녀는 스바루 일행이 설명에 귀를 기울이는 모습을 흘긋대며 재차 말을 이었다.

"이상하게 지었지만 도시 자체가 함정이었다는 성립 과정을 감안하면 거리 중앙에 물이 모이기 쉬운 것도 당연한 구조지."

"도시 자체가 함정이었다니, 엄청 사연이 있음직하군. 마수라도 노렸던 거냐?"

"뭘 노린 함정이었는지까지는 기록에 남지 않았어. 단지 이렇게 실물을 보면…… 그런 감상이야 아무래도 좋아지는 것이야."

베아트리스의 파란 눈이 스바루 일행과 같은 광경을 비추고 가늘어졌다. 그 반응이 마치 지식과 실상은 별개라는 감동에 떠는 것처럼 보였다.

"……뭐야. 왜 베티 머리를 쓰다듬는 것이야?"

"거기에 베아코가 있기 때문……이려나. 난 시간이 허용하는 한 너를 쓰다듬어 주고 싶어."

"왠지 모르겠지만 생색내는 것 같은 데다가 쓸데없는 오지랖이야!"

툴툴거리긴 하지만 그래도 머리에 얹힌 손을 내치지는 않는다. 그런 베아트리스의 머리에 손을 둔 채로 스바루는 새삼 도시의 경치에 감탄이 서린 숨결을 흘렸다.

"끝내준다……."

그 솔직한 감상에 내문을 연 문지기 병사의 입가를 회심의 미소가 장식했다. 이 광경에 감동하는 사람들의 반응이 바로 그들의 직무에서 최고의 부수입이리라.

그 심정도 이해하지 못할 건 아니다. 이건 자랑하기에 충분한 광경이며, 그럴 만한 직무다.

"오호라. 확실히 이건 장관이구만. 오토 형의 허풍이 아니었단 말이지."

"영 수긍이 안 가게 수긍하는데 말이죠……. 아아, 여러분, 계속 여기 서 있으면 뒤에서 기다려요. 일단 용차에 타세요."

한발 앞서 감동에서 회복한 가필이 코끝을 문지르고, 그 말에 이어 오토가 다른 사람들을 용차로 몰았다.

"뭐야, 감동이 없는 놈일세. 너도 동경하던 땅 아니었어?"

"물론이죠. 장사의 신이라고 하는 호신의 연고지니까요. 눈요기한 건 틀림없죠. 그야 물론 감동하고 있어요."

"다만 그것과는 별개로 현실적인 생각도 있다 이건가. 너도 참 손해 보는 성격이다."

오토는 쓴웃음을 지었지만, 눈에는 확실히 감격의 여운이 존재한다. 왜 손을 맞대고 있는지 이유는 묻지 않겠지만 그 갸륵함을 봐서 순순히 지시에 따르겠다.

"그래서, 요슈아가 말하던 곳이 『물의 날개옷 여관』……. 아나스타시아 씨 일행은 거기서 기다린다고 했었지?"

"네. 장소는 감독관한테 물어봤으니 제가 안내하죠. 도시 안은 용차보다 용선(竜船)이 주류라서 혼잡한 길을 용차 임시면허인 나츠키 씨에게는 못 맡기고요."

"말해 두겠는데 파트라슈는 내가 떨면서 응시하면 전부 알아서 해 주거든?"

오토의 평가에 질세라 스바루는 파트라슈에게 윙크했다. 고상한 칠흑의 지룡은 슬쩍 고개를 돌렸다. 기분 탓인지 한숨을 쉰 느낌이다.

"자, 그럼 가 보자고. 출발이다!"

"응, 수문도시 안으로!" "가는 것이야."

완전히 특등석으로 탈바꿈한 용차의 지붕 위에서 거리를 손가락으로 가리킨 가필의 출발 선언에 에밀리아와 베아트리스가 목소리를 겹쳤다.

그 말에 용차가 천천히 프리스텔라의 시가지를 거닌다. 살짝 경사가 진 길. 창문 밖의 경치가 서행이라고 해야 할 속도로 천천히 흐르며 눈을 즐겁게 해 주었다.

"그나저나 위에서 봤을 때도 생각했지만 진짜로 용차는 거의 눈에 안 띄는데."

"응, 그러게. 이 거리는 평범한 길보다 수로가 더 많고 넓은 걸. 거리 모양도 수로에 맞춰서 만들었으니 육로는 엄—청 붐비나 봐."

"아— 옳거니. 그래서 미로처럼 모퉁이가 많은가."

에밀리아의 말마따나 도시의 구조는 수로를 우선한 까닭에 도보나 용차가 오가기 위한 길은 자연히 수로를 우회하거나 아니면 건너는 형태가 될 수밖에 없다. 살짝 불편하게도 느껴지지만 나룻배가 수로를 쭉쭉 나아가는 모습을 보면 뜻밖에 그렇지도 않은 것 같다.

"흥흥, 흐흥—."

그 한가로운 경치에 마음이 뿌듯해진 에밀리아가 행복하게 콧노래를 부르기 시작했다. 음치다.

가락이 어긋난 콧노래를 BGM 삼아 스바루는 뺨을 괴고 시가지를 바라보았다. 옆의 베아트리스는 좌석에 무릎을 세워 앉고 밖을 바라보고 있다. 참으로 어린애다운 몸짓이다. 그때.

"아, 스바루, 봐봐."

"응? 오, 오오—!"

베아트리스의 말에 스바루는 수로를 건너가는 나룻배—— 그것을 끄는 뱀과도 비슷하게 몸통이 긴 생물의 모습을 보고 탄성을 터트렸다.

미끈미끈한 파란 체표면에 짧은 팔다리를 갖춘 몸통. 그 머리는 뱀이 아니라 도마뱀에 가깝고 날카로운 이빨과 메기 같은 수염이 나 있다. 물가에 사는 용—— 수룡이다.

"공룡 같은 지룡과 다르게 수룡은 동양용 같군. 신룡이라고 불러도 돼?"

"관두는 편이 현명한 것이야. 사람에게 길들기 쉬운 지룡과 다르게 수룡은 까다로운 걸로 유명해. 알 때부터 키워서 성체가 되어야 겨우 주인이라고 인정하는 수준인 것이야."

"건 또 수고가 드는군. 나랑 파트라슈는 한눈에 통했는데."

"저게 스바루를 그토록 따르는 이유가, 베티는 신기하기 짝이 없더라."

유감스럽지만 그건 스바루도 의견이 같다. 원래 크루쉬가 소유하는 지룡이었던 파트라슈는 백경 토벌 뒤 포상으로 그녀에게 받았다.

파트라슈 없이 지금의 스바루는 없다. 그건 과언이고 뭐고 아닐 것이다.

"흥. 뭐가 수룡이어요. 우리 파트라슈가 더 품위 있게 생겼사와요."

"스바루, 갑자기 안네 같은 투로 말하고 왜 그래?"

우아하게 헤엄치는 수룡에게 묘한 대항심을 불태우는 스바루의 말에 에밀리아가 이상하게 쳐다보았다.

그 대화가 들린 건 아니겠지만 수룡이 불현듯 돌아보았다. 그러고 나서 수룡은 수면에 얼굴을 내밀더니 날카로운 울음소리를 용차 쪽으로 터트렸다.

그건 '어서 오세요, 프리스텔라에!' 같이 우호적인 것이 아니라 '외지인이 어딜 빤히 쳐다봐!' 같은 위협처럼 느껴졌다.

"저 자식, 아마 우리 깔본 거야! 자기 동네라고 으쓱대고……."

"크엉———!"

앙갚음하겠다고 스바루는 오토에게 부탁해 무익한 말다툼으로 발전시키려 했지만, 그 성질을 가로막은 것은 날카롭고 늠름한 울음——파트라슈의 포효였다.

그녀는 수룡의 도발적인 태도에 주인의 대리로서 당당하게 답례했다.

그 울음소리에 무슨 의미가 있었는지는 모르겠지만 수룡은 파트라슈의 답례에 두려움을 느낀 기색으로 자그맣게 울더니 수중에 잠수해 나룻배를 데리고 서둘러 도망치기 시작했다.

"잠깐, 나츠키 씨! 갑자기 파트라슈 양한테 이상한 짓 시키지 마요! 오자마자 말썽이라니 전 진심으로 사양하걸랑요!"

차부석에서 오토의 목소리가 들려 스바루는 창문으로 손을 흔들어 대답했다. 그리고 파트라슈를 향해 감사의 손피리를 불었다. 칠흑의 숙녀가 꼬리를 흔들어 대답해 주었다.

"심쿵거리는데. 수룡도 외모는 멋있지만 역시 파트라슈가 최고야."

"……뭐, 베티도 저 품위 없는 수룡보다 우리 애가 낫다고 봐."

기쁜 내색의 스바루에게 찬동하는 베아트리스도 기분 탓인지 뽐내는 눈치다. 그런 그녀를 무릎 위에 싣고 한동안은 거리에 환성을 지르는 시간이 이어졌다.

"그러고 보니 이 거리, 커다란 수로에 도시가 넷으로 쪼개진 것 같은데."

"응, 맞아. 프리스텔라는 한복판의 큰 대수도로 구획을 나누고서 각각 1번가, 2번가, 3번가, 4번가라고 불리고 있대."

"색다른 맛이 없구만. 사신(四神)에서 따서 주작, 청룡, 백호, 현무란 건 어때?"

"어어, 그거 멋있는데. 이 어르신은 찬동한다."

"스바루랑 가필의 취미는 모르겠어. 아차차."

창문으로 안을 엿본 가필이 스바루와 의기투합했다. 그런 둘의 모습에 어깨를 으쓱인 베아트리스가 갑작스러운 진동에 놀랐다.

『바람막이의 가호』의 효과 때문에 용차에는 험한 길이나 진동의 영향은 오지 않아야 한다. 그런데도 영향이 왔다면 그건 용차가 옆으로 쓰러졌든지 추돌했든지, 아니면——.

"——목적지에 도착해 정차했을 경우……네요. 그런 이유로, 도착입니다."

차부석에서 객차로 얼굴을 내민 오토가 용차를 세우고 그렇게 알렸다.

"생각보다 빠르군. 아직 하나도 거리를 못 즐겼다고."

"그건 자유 시간에나 해 주세요. 전 여관 사람한테 말해서 용차랑 지룡들을 구사에 두고 올 테니까 여러분은 먼저…… 아니, 역시 입구에서 기다리세요."

"왜 말을 고쳤어? 우리를 먼저 보내면 불안한 거라도 있냐!"

"왜 없겠어요. 여관에서 곧장 아나스타시아 님하고 마주쳐서 제가 합류하기 전에 목줄 잡히기라도 하면 못 배긴다고요. 변경백에게 뭔 소리를 들을지."

오토의 말에 전과가 있는 사람들은 전원이 고개를 떨굴 수밖에 없었다. 그대로 짐만 들고 용차에서 내리자 오토는 안내하는 종업원의 인도를 받아 용차와 함께 가게의 뒤편으로 사라졌다.

그 모습을 지켜보다가 스바루 일행은 간신히 여관——『물의 날개옷 여관』 쪽으로 돌아섰다.

"자, 어떤 여관에 초대해 주셨는지……."

의기양양하게 여관을 올려다본 스바루의 입이 쩍 벌어지고 경직했다.

그런 스바루 옆에서 같은 여관을 쳐다본 에밀리아가 자기 뺨에 손가락을 대고서 말했다.

"왠지 엄—청 신기한 모양의 건물이네. 나, 이런 데 처음 본 것 같아."

에밀리아의 가벼운 감상은 대체로 베아트리스와 가필의 감상과도 일치했다. 그러나 스바루만은 다른 사람들과 다른 감상을 품지 않을 수 없다.

당연하다. 왜냐하면 그곳에 있던 건——.

"이거, 여관이랄까…… *료칸……이잖아."

눈앞에 있는 건 평평한 목조 건물이다. 입구는 나무로 된 문에 유리창, 마당에는 생울타리가 있으며, 문앞부터 건물까지를 잇는 길에는 모래가 깔려 있고 지붕에는 기와를 썼다.

이국적인 정서로 넘치는 『베네치아』형 시가지에 어색함을 넘어선 건축사상—— 나츠키 스바루는 그날 『물의 날개옷 여관』에서 일본식 건축과 마주쳤다.

"——놀라 줬나 보구마. 그라믄 내도 여기를 고른 보람이 있다카이."

그런 스바루 일행에 별안간 즐거운 내색의 부드러운 목소리가 날아들었다.

---

* 료칸(旅館) : 한자로 읽으면 '여관'. 여기서는 주로 정원이나 온천 등이 구비된 일본식 전통 여관을 가리키는 말.

그 목소리에 스바루가 멍하니 돌아보니 생울타리 건너편에서 들여다보는 장난스러운 연두색 눈과 시선이 부딪혔다.

그건 동물 모피를 사용한 하얀 드레스에 유달리 눈에 띄는 여우 목도리를 두른 아름다운 소녀였다. 이미 추운 시기는 지났을 테지만 그 복색은 전과 전혀 변함이 없다.

자그마한 몸에 길고 옅은 보라색 웨이브가 진 머리카락. 해사한 미소를 머금은 사랑스러운 이목구비에, 뭔가 가늠하지 못할 게 엿보이는 크고 동그란 눈.

착각의 여지없이 그녀가 바로 스바루 일행을 이 도시로 초대한 장본인――.

"――아나스타시아 씨……야?"

"하모. 어서 오세요, 프리스텔라에. ――와 줘서 고맙데이."

――그런 말과 함께 아나스타시아 호신은 직접 손님을 맞이하고 미소 지었다.

4

"멀리서 왕림하느라 고생하셨데이. 긴 여행 때문에 피곤할 테니께네…… 우선은 방에서 편히 쉬고 나서 이야기해 보까."

미소 짓는 아나스타시아의 말에 기선을 제압당한 스바루는 순간적으로 반응하지 못했다. 오토가 염려한 대로 느닷없이 선제공격을 당한 기분이다.

이대로 아나스타시아의 페이스로 상황을 빼앗긴다. 전원이 그렇게 생각하고——.

"——일부러 마중하러 와 줘서 고마워. 한시름 놨어."

단, 그 생각은 에밀리아를 제외한 이들 이야기다.

같은 수준으로 놀랐을 에밀리아가 아나스타시아에게 부드럽게 대답하는 모습에 스바루는 제정신을 차렸다. 둘러보니 가필은 아나스타시아에게 경계의 눈길을 보내고, 베아트리스는 스바루의 소매를 다소곳이 잡고 있다.

아무래도 제일 늦게 회복한 사람은 스바루인 모양이다. 일본식 여관의 정취가 다른 사람들에게 준 영향은 스바루보다 훨씬 적다. ——이것에 놀랄 수 있는 건 이걸 아는 사람뿐이다.

"——좋은 얼굴, 하게 됐구마."

깊게 숨을 고르는 스바루를 아랑곳하지 않고 아나스타시아가 에밀리아를 쳐다보며 뇌까렸다. 연두색 눈에 비꼬는 기색은 없고 중얼거린 말에도 얕잡아 보는 어감은 없었다.

지금 잠깐 나눈 대화만으로도, 그녀에게도 1년 동안 변한 에밀리아가 다소나마 전해진 모양이다. 예전과는 진짜로 달라 보이리라.

"뭐, 귀여움은 전과 같이…… 아니, 그것도 레벨이 올랐지만."

"나츠키도 오랜만이데이. 백경하꼬 마녀교 토벌의 논공식 이래 아이가. 그 뒤로 거진 1년 됐는디, 메이더스 변경백하곤 여전한 기가?"

"그때는 부끄러운 꼴을 보여드렸습니다. 덕분에 어떻게 우리 진영도 파탄 나지 않고 해 먹고 있습니다. 현재로선 공중분해는 안 했다고 할까.”

“그랴그랴. 그카믄 잘됐데이. 건 그렇고 이번엔 둘이 같이 와줘서 고맙네. 율리우스도 나츠키캉 만나고 싶어 하던 기 같꼬.”

두 손을 맞댄 아나스타시아의 말에 스바루는 티 나게 얼굴을 찌푸렸다.

그 반응에 에밀리아와 아나스타시아가 동시에 웃는 바람에 더더욱 자리가 불편하다. 다만 에밀리아의 반응과 아나스타시아의 반응에는 순수와 장난기의 차이가 있다고는 생각한다.

물론 어느 쪽 반응이든 내키는 바가 아니다. 친한 사이가 아니라고 몇 번이나 정정을 했던지.

“화기애애한 차에 미안한데 말이야. 그렇게 느긋하게 굴어도 되는 거냐?”

그 뜨뜻미지근한 분위기를 물어뜯은 사람은 그때까지 잠자코 있던 가필이었다. 가필은 날카로운 이빨을 딱 부딪치고 녹색 눈으로 곧게 아나스타시아를 노려보았다.

적개심을 풀풀 드러내는 눈빛. 그러나 정작 아나스타시아의 웃음은 도리어 깊어졌다.

“귀여운 아 아인교. 에밀리아 씨네가 걱정된데야— 하꼬 똑똑히 전해진다카이.”

“헹, 웃는 거 봐라. 근데 말이야. 언젠가는 물고 뜯을 상대 아니야? 그 짝하고 어화둥둥 친해지다가 나중에 붙기 어려우면 귀찮잖아.”

“그러게. 가필은 착하니까 그러는 걱정도 이해하지만…….”

“칵! 누가 착하단 거야?! 표현에 신경 써 주지? 에밀리아 님.”
예상하지 못했던 같은 편의 오인사격에 대화의 긴장감을 되찾으려던 가필이 당황했다. 그런데도 그는 마음을 다잡고 화제를 수정하려고 했지만——.
“——아! 가프 와 있다—! 아가씨, 왜 비밀로 했어—!”
카랑카랑한 소리와 소란스러운 소리가 겹치며 여관의 나무문이 힘차게 옆으로 열렸다.
그 건너편에서 얼굴을 드러낸 사람은 깜찍한 얼굴에 희색이 가득한 미미였다. 미미는 로브 옷자락을 나부끼며 생울타리를 뛰어넘듯이 통통 스바루 일행 앞으로 왔다.
그리고 놀라는 사람들 중 가필의 팔에 온몸으로 매달렸다.
“잘 오셨습니다. 긴 여행 수고했어! 미미가 방까지 안내해 줄게—! 그리고 그다음은 여관 탐험! 여기, 볼 데가 무지 많아!”
“이, 인마, 잠깐, 야! 이 어르신은 아직 할 말이 남아…… 힘이 장사네?!”
“자, 가자—! 바로 가자—!”
몸집 작은 미미의 온 힘에 자세가 무너진 가필이 질질 끌려간다. 물론 진지하게 뿌리치겠다면 뿌리칠 수 있겠지만, 결국 가필은 그대로 어영부영 여관 안으로 끌려 들어갔다.
“저기, 응……. 미미, 엄—청 기운차구나.”
“조신한 표현에 감사한데이. 미미의 뜬금없는 짓에는 내도 애를 먹다만도…… 그건 그렇고 방금 그긴 기세가 여간내기 아니었네.”

쓴웃음과 함께 나온 에밀리아의 말에 아나스타시아가 자기 뺨에 손을 짚고서 미소 지었다. 그러나 그 미소는 바로 사라지고 진지한 표정으로 "다만." 하고 말을 이었다.

순간, 분위기가 팽팽해진다. 그 분위기를 유지한 채로 아나스타시아의 눈이 가늘어졌다.

"저, 미미를 꾄 아 말인디…… 뭐 하는 아가? 지대로 된 아 맞나?"

그건 귀여운 딸, 아니면 여동생에게 못된 종자가 붙는 것을 경계하는 강렬한 물음이었다.

그 질문에 스바루는 미미가 가필을 대하는 태도의 진의를 알아챘다. 동시에 사랑받는 체질의 미미가 아나스타시아 진영에서 끔찍하게 아낌받는다고 이해해 한숨이 흘러나왔다.

"……나츠키 씨, 왜 또 갑자기 그렇게 피곤한 표정이에요?"

거기서 마침 용차를 맡기고 돌아온 오토가 여관 입구에서 초췌한 스바루의 모습을 가장 단적으로 표현하면서 합류했다.

5

종업원의 안내로 짐을 방에 둔 스바루 일행은 여관의 넓은 방에서 다시 합류했다.

덧붙여 『물의 날개옷 여관』의 큰방은 사방에 판자를 댔고, 방 중앙에는 목제 긴 탁자가 놓여 있다. 아무리 그래도 바닥에 다다미를 깔지는 않았지만 분위기는 일본식 여관과 비슷하다.

“단, 장지문이랑 칸막이 재현이 미흡한 거랑, 종업원이 일본식 복장 아닌 것도 감점이군. 분위기 꾸미기랑 ‘접객 정신’ 을 평가해서 종합 점수는 70점이면 어떨까요.”

“어떻고 자시고, 무슨 이야기인지 당최 모르겠어. ……괜찮은 것이야?”

“넉살을 떨면 마음이 진정되거든. 손 그만 잡아 줘도 괜찮아.”

“……그래. 그래도 노파심에 좀 더 잡아 두겠어.”

스바루의 왼손을 잡은 베아트리스가 바닥에 깔린 방석 같은 쿠션 위에서 몸을 꼬았다. 잡은 손의 힘이 살짝 강해지지만 스바루는 아무 말도 하지 않았다.

그런 스바루의 오른쪽 옆에서는 방석에 다소곳이 무릎을 대고 앉은 에밀리아가 신기한 눈치로 주위를 보고 있었다.

“왠지 엄—청 분위기 신기하다……. 밖에서 봐도 신기한 건물이었지만 안에 들어오니 더 그렇게 느껴져. 바닥에 앉지를 않나, 신발도 벗지를 않나…….”

“침실도 침대가 아니라 바닥에 이불을 깔지. 실내복도 혹시 유카타려나.”

“흐음, 그렇구나. 스바루, 엄청 잘 아네.”

“정말로요. 대체 어디서 그렇게 카라라기 양식에 대해 공부했어요?”

스바루와 에밀리아의 대화에 베아트리스를 사이에 두고 반대쪽에 앉은 오토가 끼어들었다. 오토가 언급한 『카라라기 양식』이란 단어에 스바루는 눈썹을 모았다.

"카라라기 양식이라면, 이 여관 말하는 거야?"

"그래요. 이런 와후 건축양식은 카라라기에 전래되는 거죠. 그쪽에서는 국토의 절반 정도는 와후 건축이 주류라……. 이 여관도 그 영향을 강하게 받은 것 같고요."

"와후 건축……. 그건 참으로 그냥 넘겨듣지 못할 어감이군."

*와후(和風) 건축이라면 드디어 스바루의 착각이라고는 치부할 수 없다.

이런 문화, 풍습이 아무 영향도 없이 자연히 발생해서 일치한다고는 생각하기 어렵지 않은가. 틀림없이 『카라라기 양식』에는 스바루의 원래 세계 영향이 있다.

"원래 프리스텔라는 카라라기 건국 영웅인 호신이 성립에 관계한 도시예요. 『황무지의 호신』의 입신출세 전설, 그 첫 등장의 땅이라고나 할까요."

"……정말 이곳저곳에서 별일을 다 했구나, 호신이란 사람."

"시대만 맞았으면 호신이야말로 『현자』라고 불렸을지도 모르죠. 뭐, 그 사람의 공적이 너무 컸어요. 지금이야 정식으로 왕국 영토라고 하지만 한때는 영유권 문제 때문에 루그니카와 카라라기는 꽤 다투었다죠."

오토의 설명으로는 두 나라가 다투던 건 불과 100년쯤 전이라고 한다. 지리적으로는 루그니카의 영토인 프리스텔라지만, 그 성립에는 카라라기의 명예국가수장인 호신의 영향이 강해서 진흙탕 같은 경제 전쟁 끝에 현재 상황으로 낙착되었다고 한다.

---

* 와후(和風) : 일본식 · 일본풍을 뜻한다. 일본 내에서는 자국의 문화적 기풍을 와(和)로 표현한다.

“호신 영향력이 쩌는군. ……이 카라라기 양식도 호신과 관계가 있어?”

“그렇다네요. 호신은 당시부터 좌우지간 혁신적인 발상력과 선진적인 이념으로 유명한 인물이어서……. 사상, 기술, 문화의 하나부터 열까지 다시 만들었다고 하죠.”

“그렇군. ——그……래.”

오토의 설명에 끄덕인 스바루는 길고 깊은 숨을 내쉬었다.

확신을 얻었다. ——카라라기 도시국가 건국의 영웅, 『황무지의 호신』. 그 정체는 아마도 스바루 및 알과 똑같이 다른 세계에서 소환된 사람이다.

카라라기에 뿌리 내린 많은 문화, 『카라라기 양식』이라고 불리는 것은 스바루가 아는 세계의 그것과 너무나 합치된다. 그것들은 전부 그 세계에서 반입된 문화다.

이로써 이세계에 소환된 사람은 세 명째. ——단, 그 시기에는 차이가 있다.

호신이 400년 전, 알이 20년 전, 그리고 스바루가 1년 전이다.

이 어긋난 시간대에는 무슨 의미가 있는가. 왜 그들이 선택받았는가.

아직도 스바루는 자신이 이세계에 소환된 이유를 모르는 상태였다. 그것은 『성역』의 시련에서 과거와, 그 세계와의 결별을 이해해도 여전히——.

“——그 눈치 보니 와후 여관은 잘 즐겼나 부네.”

별안간 대화가 일단락 지어졌을 때를 가늠한 것처럼 큰방 밖에서 목소리가 들렸다. 나무로 만든 미닫이문이 조용히 열리고 그 건너편에서 아나스타시아가 모습을 내비쳤다.

그녀는 혼자가 아니라 옆에 한 남자를 거느리고 있었다. 그 인물이 우아하게 인사했다.

"오랜만입니다, 에밀리아 님. 본래 누구보다 앞서 모시러 가야 할 입장인데 인사가 늦은 것을 사과드립니다."

남자는 나타나자마자 그 단정한 얼굴에 우수와 사과의 뜻을 띠며 사죄했다.

아련히 벽 너머로 들리기만 해도 많은 여성들이 달콤한 예감에 녹아내릴 것만 같은 미성. 살짝 눈꼬리가 내려간 노란 눈은 정열을 간직해 그저 바라보기만 해도 다른 이의 마음을 할퀸다.

『가장 뛰어난 기사』 율리우스 유클리우스. 그 남자의 존재감은 그런 것이었다.

율리우스의 인사에 에밀리아는 자상한 미소로 화답했다.

"그래. 오랜만이야, 율리우스. 당신도 건강해 보여서 다행이야."

"관대하신 마음에 감사드립니다. 에밀리아 님께서도 더욱더 그 미모가 돋보이게 되셨군요. 에밀리아 님의 아름다운 눈동자는 왕국의, 아니 세계의 보물이라고 할 수 있겠지요."

느끼한 표현도 아니꼽기는커녕 잘 어울리는 노릇이니 정말 징그러운 남자다. 그런 감상을 품고 있으려니, 율리우스는 쓴웃음 짓는 에밀리아에서 스바루 쪽으로 돌아서고.

"얼굴을 보는 건 오랜만이군. 잘 지냈나? 나츠키 스바루 경."

"……등골에 소름 돋는 호칭은 치워. 뭐가 스바루 경이야? 뻔뻔스럽다고."

"말은 그래도 말이지. 스바루 경이 에밀리아 님의 정식 기사가 된 것은 누구나 다 아는 사실이다. 예전이라면 몰라도 지금의 경에게는 그만한 지위가 있어. 그런 생각으로 대했을 뿐이다만?"

"대했을 뿐이다만? 이 아니거든. 속도 메슥거리고 비꼬는 건 때려쳐. 베아코 출동해 버린다."

"그렇군. 아무래도 입장이 바뀌어도 그 품성에는 영향이 희박한 모양이야."

끝까지 동류로서 대하려는 율리우스의 태도에 스바루는 뺨을 일그러뜨리며 혀를 찼다. 그 반응에 희미하게 웃은 율리우스는 재차 스바루에게 인사했다.

"그럼 다시……. 오랜만이군, 나츠키 스바루. 수여받은 기사의 신분에 부끄럽지 않게끔 매일 노력하고 있나?"

"핫, 당연하지. 더 이상 어느 양반한테 분수 모른다는 이유로 떡이 되고 싶지 않아서 말이야."

"훈계가 사적 처벌인 것처럼 말하면 섭섭하군. 그건 피차 명예를 걸고 한사코 대등한 입장에서 치른 모의전이었다고 기억한다만."

"말로는 안 지는 자식이야……."

그러나 당시는 전면적으로 스바루가 잘못했기에 무슨 말을 하든 오기 부리는 꼴에 불과하다. 그러므로 스바루는 악담을 잊지 않는 소인배 연기에 전념했다.

그런 스바루의 태도에 율리우스는 "흠." 하고 뜻밖인 양 한쪽 눈을 감았다. 그 뒤로 그의 눈길은 스바루 옆, 그곳에 다소곳이 앉은 베아트리스에게로 돌아갔다.

율리우스의 그 노란 눈길을 받고 베아트리스는 정면으로 그를 마주 노려보았다.

"무슨 용무인 것이야? 너무 빤히 숙녀를 응시하는 게 아니지."

"이건 큰 실례를 저질렀습니다. 설마 이 자리에 귀하 같은 고위 정령께서 동석하실 줄은 몰랐던지라."

"베티는 스바루의 파트너니까 이 자리에 있는 건 당연한 것이야. 네가 대동한, 아직 이름도 없는 준정령들과는 위계가 다르다고. 잠깐 베티의 정령적인 방심을 흔드는 미남자라고 해서 우쭐대지 마."

"잠깐잠깐잠깐잠깐, 흔들린 거야?!"

일어나서 가슴을 펴던 베아트리스를 스바루가 당황해서 안아 올렸다. 그대로 스바루가 율리우스에게서 멀어지듯 물러나자 베아트리스는 "진정해." 하고 말을 붙였다.

"딱히 외모의 이야기가 아닌 것이야. 그리고 남자는 얼굴이 아니라 마음가짐이지."

"지원이 안 돼! 너, 너, 너, 너…… 잘도, 내 베아코를……!"

파트너 관계에 금이 갈 법한 전개에 스바루가 율리우스를 증오 서린 눈길로 노려보았다. 율리우스는 그 증오에 눈이 동그래지다가 금세 웃음기를 띠었다.

"착각하면 못 쓰지. 너희 대정령님은 널 배신할 작정은 없어. 단지 내 몸에 깃든 가호…… 『유정(誘精)의 가호』가 자연히 정령을 끌어들일 뿐이지."

"너, 날 잡아먹지 못해 안달이냐?! 날 괴롭히기 위해서 태어난 존재야?!"

"섭섭하군. 물론 이 가호에 내가 도움을 받는 건 사실이지. 재능 없는 몸으로 여섯 속성의 준정령 봉오리들과 인연을 맺은 것도 이 가호 덕분이라서."

"베티는 그런 가호 따위에 지지 않는 것이야. 말해 두겠지만 스바루 쪽이 너보다 훨씬…… 그래, 낫거든!"

"고마워! 더는 날 상처 입히지 마!"

베아트리스가 스바루를 배신할 일은 있을 수 없지만, 그건 그렇다 치고 구체적인 근거와 지원하는 말이 없었다는 사실에는 패배감이 있다.

율리우스를 상대하면 스바루는 열등감을 자극당할 뿐이다. 다만 그게 전부가 아니라는 게 스바루가 율리우스를 밉살맞게 느끼는 가장 큰 이유였다.

"변함없이 우리 기사님은 나츠키한티 악착같데이."

"그건 오해입니다. 저는 그저 기사로서 선배인 입장으로 이 남자에게 충고하고 싶을 뿐이죠. 지금은 이 남자도 왕국 기사의 일원, 그 행동은 왕국 기사의 평가에 직결되니까요."

"즉, 다들 널 주목하고 있으니께, 나쁜 소리 안 듣게 야무지게 하그라—란 소리제? 빙빙 돌리는 기랑 솔직하지 않은 기가 율리우스의 결점이다카이.”

놀림조인 아나스타시아의 말에 율리우스는 짧게 한숨을 쉬고 머리를 숙였다. 그 이상은 주군에게 꽉 잡혀서 이야기의 안줏감이 되리라는 판단일 것이다. 역시 이골이 났다.

한편, 지독한 기분을 맛본 스바루. 그 어깨를 에밀리아가 자상하게 두드렸다.

“나, 스바루랑 율리우스가 싹 친해져서 엄—청 기뻐.”

“고맙다고 말하기 힘든 코멘트 고마워.”

에밀리아의 눈으로 보면 세상이 평화롭다. 그런 감상을 품고 스바루는 베아트리스를 무릎에 실어 방석에 착석. 아나스타시아와 율리우스도 긴 탁자를 끼고 맞은편에 앉았다.

“그러고 보니 그쪽은 둘밖에 없어? 다른 녀석…… 뭐, 미미는 슬쩍 봤지만.”

“짐작한 대로 미미는 그쪽 금발 아랑 친하니께네. 누나한티 죽고 못 사는 헤타로가 고거 허겁지겁 쫓아가기에, 티비한테 괜히 안 꼬이게 잘해 달라고 부탁했다. 이게 분단 작전이라믄 감쪽같이 당한기라.”

“작전이고 자시고, 미미의 행동은 그쪽 책임이잖아. 리카드랑 요슈아는?”

미미네 삼남매가 강한 건 알지만 아나스타시아의 사병인 『철어금니』의 단장이 눈에 띄지 않는 게 마음에 걸린다. 덩달아 율리우스의 동생 요슈아도.

“우리도 체류 중에 쉴 수만 있는 건 아니지. 리카드와 요슈아는 각각 다른 일 때문에 여관에서 벗어났어. ……그러고 보니 요슈아가 뭔가 실례하진 않았나?”

“너 정도는 아니던데. 그래도 많이 닮은 형제더라. 살만 좀 더 탄탄하게 붙으면 완전히 복붙 캐릭터야. 실제로 그렇게 돼서 네가 퇴장해도 된다고.”

“재미있는 의견이라고 받아두겠지만 그건 어렵군. 동생은 어릴 적부터 몸이 약해서 말이야. 지금이야 긴 여행에 나가도 염려는 없어졌지만 옛날에는 형으로서 답답하게 여길 정도였지.”

시선과 어조를 낮춘 율리우스는 진심으로 요슈아를 염려하고 있다. 스바루는 방금 대화에 자기혐오가 싹터서 머리를 긁고 눈을 돌렸다.

그렇게 대화에 틈이 생겨난 순간.

“에— 여러분이 그런 식으로 옛 정을 다지는 것도 좋다고는 생각하는데요. 일단 모일 사람 다 모였으면 정식으로 인사드리고 싶은데 말이죠.”

여태까지 침묵을 지키던 오토가 그렇게 말을 꺼냈다. 오토의 제안에 아나스타시아가 흥미로운 눈초리를 그에게 돌렸다.

“그라게. 내도 이야기로만 듣던 재주꾼 내정관님하꼬 단디 인사하고 싶으니께.”

“이봐, 이봐. 루머나 잡아내다니 안 어울리는 실수인데, 아나스타시아 씨.”

"어딜 듣고 루머 취급하는지 대체로 상상이 가지만, 순순히 그 부분을 지적하는 것도 자기 자랑 하는 것 같아서 싫네요. 나 참 진짜!"

'재주꾼' 내정관이 한탄하는 말을 스바루는 혀를 내밀고 가볍게 무시. 그런 스바루와 오토의 만담을 보면서 작게 웃은 아나스타시아가 율리우스에게 끄덕였다.

"다시 이름을 밝히지. 나는 율리우스 유클리우스. 루그니카 왕국 근위기사단 소속이지만 지금은 여기 계신 아나스타시아 님의 첫째 기사를 맡고 있다."

율리우스가 이름을 밝히고 우아하게 인사하자 오토는 압도당한 얼굴로 고개를 위아래로 흔들었다. 이어서 율리우스는 말을 이었다.

"그리고 여기 계신 분이 바로 루그니카 왕국 왕위 후보자 중 한 명이자 카라라기 도시국가를 거점으로 삼은 호신 상회를 책임지는 재원, 아나스타시아 호신 님이시다."

"예, 예옙—."

"어딜 넙죽 엎드려!"

"헉?! 아뿔싸, 분위기에 눌려서 그만!"

율리우스의 기세에 압도당해 부복한 오토의 뒤통수를 스바루가 후려쳤다.

"봐라! 우리 에밀리아땅도 어엿한 왕위 후보자다! 재들한테 안 꿀려!"

"응, 그래. 나, 같은 후보자라고. 엄—청 노력할래."

"얘 좀 봐 귀여워. 엄청나게 E · M · T 했어요!"

"왠지 자신이 이걸 보고 진정하는 게 무지 찝찝한 기분인데 말이죠……."

평소의 무익한 대화로 침착함을 되찾은 오토가 자기 자신에게 진저리 쳤다. 그리고 그는 마음을 다잡은 눈치로 대립 진영을 돌아보았다.

"늦게나마 저도 이름을 밝히겠습니다. 저는 오토 스웬이라고 하며, 에밀리아 님 밑에서 내정관을…… 네, 무슨 팔자인지 내정관 노릇을 하고 있습니다."

"여러 가지로 그걸 인정하느라 고뇌한 것 같데이."

"원래는 일개 행상인이었을 텐데, 대체 어쩌다 이렇게 됐는지……."

"고생하나 보네. 무슨 일 있으믄 내한티 온나. 나쁘게는 안 하께."

안쓰러움이 감도는 느낌이지만 은근히 내정관을 스틸하려는 중이다. 그 상황을 피하고자 스바루는 일어나 오토 앞에 베아트리스를 내밀었다.

"덩달아서 제대로 소개하지. 나랑 계약한 로리……가 아니라 정령 베아트리스다."

"덩달아서 취급은 섭섭하지만 이름 밝혀 주겠어. 베티는 대정령 베아트리스. 보는 바대로 흔해 빠진 정령과는 격도 위계도 귀여움도 현격히 차이 나는 것이야. 그걸 똑똑히 분별한 다음에 맛있는 홍차와 달콤한 과자를 소망해."

"끝까지 위엄을 유지해 봐."

끝의 끝에 가서 마스코트 캐릭터 느낌이 안 빠지고 남아서 스바루는 베아트리스의 롤 머리를 끌어당겨 무릎 위로 되돌렸다. 그러고 나서 오토에게 이야기를 진행하라고 촉구했다.

그 눈짓에 오토는 "네, 네." 하고 진행역을 맡아서 말했다.

"너무 성급하게 이야기를 진행하기도 뭐하지만 먼저 몇 가지 확인해 봐도 될까요?"

"후후, 좋데이. 손님 대접하는 기는 내 역할인걸. 맘대로."

"그럼, 호의에 따라서……. 이번에 저희를 프리스텔라로 초대한 이유를 여쭤도 될까요?"

"그라코롬 경계 안 해도 꾸미는 기 하나도 없다. 왕선도 시작하고 1년 아이가? 슬슬 서로 근황을 야기할 기회라도 맹글어도 되지 않을까— 하고 생각했을 뿐이다카이."

단도직입적인 오토의 질문에 아나스타시아는 목도리를 살짝 어루만졌다.

아나스타시아의 나긋한 몸짓과 말투는 그 음성을 장식해서 진의를 곱게 가려냈다. 까다롭다는 감각에 오토가 입술을 핥고 백전연마의 대상인은 더욱 미소가 진해졌다.

"근황 보고치곤 노골적인 미끼를 흔들어 대던 느낌이던데."

"미끼라니 누가 듣고 오해하긋네. 이왕 초대하는 기라믄 선물은 단디 준비했을 뿐인 기지. 그것도 이왕이믄 가장 좋아할 기 낫지 않긋나."

"……그, 상대의 취향이란 건 어떻게 안 거냐고."

“후후, 그건 기업 비밀. 못 쓴데이, 나츠키. 그라코롬 미주알 고주알 여자앨 알고 싶어 하다니…… 옆의 두 사람이 정내미 떼부리긋다.”

아나스타시아가 소매로 입가를 가리며, 앞으로 몸이 쏠린 스바루의 태도를 놀렸다. 무심코 스바루가 “윽.” 하고 입을 다물자 옆에서 베아트리스가 한숨을 쉬었다. 상처받는다.

“꼭 감추겠다고 감춘 게 아닌걸. 누구 귀에 들어가도 어쩔 수 없을 거야.”

에밀리아가 못난 기사 대신에 태연하게 발언했다. 그녀의 말에 아나스타시아의 눈이 동그래졌다. 그 연두색 눈에 에밀리아는 갸웃하며 말했다.

“그보다 아나스타시아 씨가 내가 찾는 물건을 찾아준 거, 그걸 기뻐하는 편이 나을 거야. 그러는 편이 훨씬 의미가 있지.”

“대답 한 번 사람 좋네. 내는 아직 별달리 이야기도 안 했다 싶은디.”

“그런데 앞으로 가르쳐 줄 거잖아? 고마워. 뭘 할 수 있을지 모르겠지만 꼭 답례는 할게.”

“———.”

미소 지은 에밀리아의 대답에 아나스타시아가 입을 다물었다. 그 모습을 곁눈질하던 율리우스가 희미하게 웃음기를 띠었다. 그 반응에 아나스타시아는 “우.” 하고 자신의 기사를 째려보았다.

“와 웃나? 율리우스.”

"아니요. 단지 이렇게 기대가 빗나간 아나스타시아 님의 모습은 좀처럼 뵐 수 없지요. 그렇게 꾸미지 않은 아나스타시아 님의 민낯도 아름답다고 생각했을 뿐입니다."

"하이고, 말은 번드르르하게 하고 도망치는 거 보소. ……내도 아직 멀었구마."

율리우스의 말에 기세를 되찾은 아나스타시아가 다시 에밀리아를 돌아보았다.

"정정하긋다. 1년 지나도 에밀리아 씨의 심성은 똑같네. 그런 눈치라믄 나츠키하고 주위 아들은 고생하는 기 아이가?"

"응. 난 아직 부족한 점밖에 없어서 모두에게 폐 많이 끼치고 있어. 빨리 따라잡아야 한다고 노력은 하는데."

"또 정정. 심성이 전보다 더 물러졌데이. 내가 싫어하는 아 같다."

탄식한 뒤 아나스타시아는 생긋 웃었다. 그 급변한 태도에 이번엔 에밀리아의 눈이 동그래졌다. 그 모습을 지켜본 아나스타시아는 스바루와 오토를 쳐다보고 말했다.

"단디 챙기그라? 안 그라믄 내도 할 맛 안 나서 난처하니께네."

"열심히 노력은 할 작정인데, 내 기본 방침은 덮어놓고 칭찬해서 키우는 스타일이거든."

"그런 이유로 부담은 전부 제 담당이죠. 하핫, 뭔 꼴이래요."

엄지를 세운 스바루와 눈빛이 침침한 오토.

그런 둘의 대조적인 모습에 아나스타시아는 어깨를 살짝 으쓱였다.

"마, 됐다. 은혜의 가치를 모를 아들이 아닌 기 같고."

"은혜 말이군요. 은혜는 좋죠. 재고는 안 남지, 기한이 지날 일도 없지."

"그랴그랴. 그리고 무엇보다——."

아나스타시아의 말에 오토가 동조하자 두 상인은 얼굴을 마주 보고.

"——가격표도 안 달아도 되지."

입을 모아 말했다. 아나스타시아가 웃고 오토도 힘없는 웃음을 띠었다. 전에도 어디서 들은 적이 있는 대화였지만 상인 사이에 전해지는 금언 같은 것인가.

참으로 속물적이지만, 상인은 참 꿋꿋하다는 생각도 드는 말이었다.

"그라믄 기다리던 야기로 들어가까. 에밀리아 씨가 찾는 기는…… 정령술사의 촉매가 되는 마정석, 고것도 무색에 고순도란 조건이었제."

"응, 맞아. 그게 어디 있는지 가르쳐 줄 수 있어?"

본론으로 돌입할 기척에 에밀리아의 남보랏빛 눈에 기대의 빛이 어렸다.

당초 프리스텔라에 올 때, 에밀리아의 태도에는 다소 자제하는 기색이 있었다. 찾는 물건—— 마정석이 필요한 건 표현 방식이야 안 좋지만 에밀리아 개인 사정이기 때문이다.

다만 그런 작은 자제심은, 가족과의 재회를 기대하는 마음에 밀려났다.

가족과의, 팩과의 재회는 그녀에게 있어 새로운 시작의 의식이기도 한 것이다.

그 기대감에 가슴을 부풀리는 에밀리아에게 아나스타시아는 소리 없는 웃음을 띠고 대답했다.

"찾으시는 마정석, 그 소유자는 이 도시에 있는 대상인의 상속자 된다. 본인의 장사 재주도 대단한 노릇인디, 이 도시라믄 또 다른 이름으로 유명한 분이데이."

그렇게 말하고 아나스타시아는 뜸을 들이듯 말을 한 박자 쉬었다.

그리고, 이어 말했다.

"——가희(歌姬)에게 마음을 빼앗긴 남자라고 불리거든?"

6

"가희에게 마음을 빼앗긴 남자……. 이걸 가지고 『가희광』이라니 참 펑크한 별명이군."

차분한 얼굴로 수로를 보며 스바루는 그런 감상을 흘렸다.

『물의 날개옷 여관』에서 이루어진 진영 회담……이라고 거창하게 부르기에는 너무 한가로운 시간이 끝나고, 스바루 일행은 여관 앞에서 외출할 준비를 하고 있었다.

외출 목적은 예의 『가희광』을 찾아가 마정석을 양도받고자 교섭하는 것이었다.

——마정석 소유자의 정보 제공 후, 아나스타시아는 바로 회

담을 끝내 주었다.

그뿐만이 아니라 미리 상대방에 연락을 주어 방문 계획도 잡아 놨다고 하니, 그 준비성에는 혀를 내두를 수밖에 없었다.

"물론 교섭이 잘 풀릴지는 우리 하기 나름이지만…… 문제는 상대가 정상이라고는 생각할 수 없단 점이지. 『가희광』이라니, 완전 괴짜잖아."

"그럴까? 한 여성에게 마음을 빼앗겨 그 사실을 거리낌 없이 공언하고 있지. ――왕선 무대에서 보인 네 행동과 비슷한 점이 있다는 생각은 안 드나?"

"흑역사도 아닌데, 심술부리는 것처럼 떠올리게 하지 마."

입술을 뒤튼 스바루의 태도에 율리우스가 못 말리겠다며 어깨를 으쓱였다.

현재 여관 앞에 있는 사람은 스바루와 율리우스 두 명뿐. 서둘러 준비를 마치고 나온 스바루와 배웅하러 나타난 율리우스가 맞닥뜨린 형국이다.

에밀리아의 합류가 시급하다. 베아트리스의 온기가 그립다.

"그나저나 논공식 이후 오래간만인데…… 요 1년, 너는 어떻게 지냈지?"

"근황 보고나 주고받을 사이냐. 관둬라. 너는 가희하고 그 추종자에 관해서 알아?"

"면식……이랄 만한 건 없다만. 양쪽 다 이 프리스텔라에서는 유명한 인물이야. 특히 이 도시에서 가희의 노랫소리를 듣지 않는 날은 없겠지."

"그게 뭐야. 그렇게 공연이 빈번하단 거야?"

"후. 너도 금방 알 거다."

'후' 하고 소리 내어 느끼하게 웃는 바람에 스바루는 본격적으로 얼굴을 찌푸렸다. 그럴 필요가 없는 때도 애를 태운다는 점도 그 분개에 박차를 가했다.

"네 무의미한 심술에 앙갚음하는 건 나중에 하고…… 그럼 『가희광』 쪽은 어떤데? 현재로 봐서 그 녀석에 대한 기대는 높지 않다만."

"걱정할 필요 없어. 말이 통하는 양반이야. 다만 하나만 충고하자면…… 에밀리아 님은 문제없지만 베아트리스 님은 안 데려가는 편이 현명할지도 모르겠군."

"뭔 소리야?!"

스바루가 무심코 되묻자 율리우스가 웬일로 말을 못 잇고 눈을 피했다. 그 태도에 배어 나오는 고뇌의 기척. 혹여 상대는 정령에게 편견이라도 있는가.

"그 때문에 베아코가 상처받는 일이 생기면 나 자신을 억누를 자신이 없거든?"

"아니, 괴로운 대우를 받을 일은 없을 거다. ……과도한 환대를 받을지도 모르지만."

"그것도 뭔 뜻…… 가만. 설마, 로리콘이란 거냐?"

"그 단어가 뜻하는 바는 모르겠지만……."

말끝을 흐린 율리우스는 본인이 아는 어휘 속에서 적절한 말이 없을지 찾고 있다. 하지만 아무리 우수한 기사인 그라도 『로리콘』을 온건하게 바꿔 말할 마법은 습득하지 못했다.

어쨌든 율리우스가 우려하는 부분을 이해한 스바루는 머리를 감싸 쥐었다.

"성가신 로리콘은 스승님만으로도 충분하건만……."

물론 클린드에게는 그만의 미학이 있다. 그 부분을 보면 아마도 그 『가희광』과는 양립하지 못할 것도 없나 하고 스바루는 마지못해 이해를 드러냈다.

클린드가 '어림'에 관심을 보일 때는 미성숙한 정신성을 중시한다. 즉, 설령 외모가 어려도 알맹이가 성장했으면 흥미를 드러내지 않는 것이다. 따라서 클린드는 류즈에게 흥미를 보이지 않고, 반대로 에밀리아를 존중하고 그랬다. 덧붙여 클린드는 마찬가지로 베아트리스도 공주님처럼 받들어 모셨지만.

"우리 베아코는 표준형, 클린드형 모두에게 대응할 수 있는 만능 로리니까……."

"어쩐지 또 실례되는 대접을 받는 느낌이 드는 것이야."

마침 그때 찾아온 베아트리스가 뚱하니 새치름한 얼굴로 볼을 부풀렸다. 위기감이 없는 베아트리스의 모습에 스바루는 "바보야." 하고 언성을 높였다.

"난 네가 걱정된다고! 넌 그냥 존재하기만 해도 위험한 매력을 발휘한다는 점을 깨달아! 똑바로 깨달아서, 날 안심시키라고! 제길, 귀여워……!"

"어, 아, 응…… 거, 걱정받고 있다면 어쩔 수 없지. 후후후."

위기감이 부족하다고 주의를 줬는데 베아트리스는 기분 좋게 스바루와 손을 잡았다. 일단 손을 단단히 쥐고 놓지 않는다. 이 도시에서는 특히나 조심할 필요가 있다.

"그런데 베아코, 너 혼자야? 같이 방에 갔던 에밀리아땅은?"

"에밀리아와 오토는 저택 안을 놀러 다니는 가필을 찾고 있는 것이야. 그동안 스바루가 외롭지 않게 베티는 이리로 와 준 거지."

"그렇구나. 생색내는 구석이 귀여운 녀석 보게."

스바루는 제법 갸륵한 베아트리스의 머리를 쓰다듬어 주고 여관 쪽에 눈길을 주었다. 안에서는 지금도 가필이 삼남매 상대로 고전하고 있을 참일까.

최악의 경우 가필을 내버리고 얼른 출발하는 수단도 있지만.

"그러면 호위로 데려온 의미가 없어지지. 아니, 가만? 그런데 걔 혼자서 적을 세 명 끌어들였다고 생각하면……."

"호전적인 건 좋지 못하군. 그 경우, 내 상대는 누구지? 후, 너인가."

"지금 왜 살짝 웃었어? 어림없다 이거야? 말해 두겠는데, 나랑 베아코가 힘을 합치면 위험하다고. 너, 기겁할 거거든?"

"맞아. 겁을 줄 것이야."

도발적인 율리우스의 태도에 항의하며 스바루는 베아트리스를 쓱 앞으로 밀어냈다. 가슴을 펴는 베아트리스를 보고 율리우스는 항복이라는 듯 두 손을 들었다.

그런 대화를 주고받는 세 명 쪽으로——.

"——형님, 방금 돌아왔습니다."

그런 말과 함께 수로에서 보도로 올라온 청년이 손을 흔들었다. 갸름한 얼굴에 단안경을 쓴 인물, 요슈아다. 요슈아의 모습에 율리우스가 미소 짓고 턱을 주억거렸다.

"제때 왔나. 수고했다, 요슈아."

"아니요. 이 정도 심부름이라면 언제든지 말씀해 주세요. 그리고……."

형의 위로에 미소를 띠고 나서 요슈아는 스바루와 베아트리스를 쳐다보았다. 그 순간, 속 시원하리만큼 노골적으로 노란 눈의 온도가 차가워졌다.

"……두 분도, 멀리서 와 주셔서 감사합니다. 이미 아나스타시아 님 쪽에서 말씀이 있었을 것 같지만 함께 못해서 실례했습니다."

"뭘, 별일 아니야. ……어디 용무 보러 나갔다고 들었다만."

"네. 아나스타시아 님의 지시로 상회로 파견을 나간 김에……여러분을 위해 용선을 준비했습니다. 도시에 머무시는 동안에는 모쪼록 이용하시길."

"용선!"

미묘하게 차가운 말투지만 그 내용에 스바루는 눈을 빛냈다. 요슈아의 등 뒤. 그가 올라온 수로에는 뻗은 머리를 돌려 바라보는 수룡의 모습이 보였다.

"안내인도 동행합니다. 호신 상회의 연줄로 신뢰할 만한 사람을 소개받았죠."

"그건 감지덕지군. 낭만도 있어서 최고이고, 고마워."

"신경 쓰지 마시길. 방금도 말씀드렸지만 아나스타시아 님의 지시인지라. 원래는 시급히 준비를 마치고, 형님이 번거롭게 나츠키 경을 상대하시게 하고 싶지 않았습니다만……."

"너, 진짜로 솔직한 놈이네."

솔직하기 그지없는 요슈아의 말에 스바루는 쓴웃음. 하지만 대신에 율리우스가 놀라고 있었다. 그는 자기 동생이 스바루에게 보내는 적대감을 모르던 눈치로, 그 고운 눈썹을 찌푸렸다.

"요슈아, 이 친구를 포함한 전원이 아나스타시아 님께서 모신 빈객이야. 그런 사람에게 실례를 저지르면 주군이신 아나스타시아 님의 명예가 훼손된다. 앞으로 삼가도록."

"……죄, 죄송합니다, 형님."

율리우스의 질책에 요슈아가 굳은 얼굴로 머리를 숙였다. 그 모습에 율리우스는 탄식하고 나서 사과의 뜻을 담은 눈빛과 함께 스바루와 베아트리스에게 묵례했다.

"미안하다. 나도 무례를 사과하지. 평소의 동생이라면 이와 같은 행동은 결코 하지 않는데…… 환경이 다른 탓인지 신경이 곤두선 모양이야."

"신경은 딱히 안 쓰는데, 익숙지 않은 환경이라면 형님이 고삐를 단단히 잡아 줘야지. 형제 모두에게 시달리는 건 사절이라고, 형님."

"후. 각골명심해 두지."

제 기세를 되찾은 율리우스의 느끼한 미소에 스바루는 못 말리겠다며 어깨를 으쓱였다. 그때 스바루와 손을 잡고 있는 베아트리스가 여관 쪽을 향해 "아." 하고 목소리를 흘렸다.
그 소리에 뒤돌아보니 마침 여관 입구를 열어젖히며 여러 인영이 나타나는 순간이었다.
"이봐, 대장! 냅두고 가다니 너무하잖아! 이러면 안 되지!"
사람들 선두에 선 가필이 그 빛나는 금발을 흩트린 상태로 물어뜯었다. 아무래도 분방한 미미에게 어지간히도 휘둘리는 시간을 보낸 모양이다.
"기다리게 해서 미안해. 가필도 참 도통 찾을 수가 없어서."
"소란스러운 곳을 찍어서 온 여관을 돌아다녔으니까요."
가필 뒤에서 에밀리아와 오토가 수색반의 고생을 토로했다.
아나스타시아가 이야기한 대로 가필을 데리고 떠난 미미를 쫓아 그 남동생 둘이 데이트에 난입해 여관 이곳저곳에서 대난동을 펼치고 있었다고 한다.
"호된 꼴 봤어. 오토 형이 안 와 줬으면 지금도 도망치고 있었을걸."
"그건 또, 냥냥 카니발을 만끽하셨어. 만족했냐?"
"만족이고 자시고 있을까 봐. 그 꼬맹이에게 끌려가자마자 그 동생한테 살해당할 뻔했다고. 이리저리 도망쳐다니질 않나, 『게하논의 도망질』이란 꼴이잖아."
"하긴 거기 동생 둘도 극도로 시스콘인 모양이던데, 용케 반격하지 않았네?"
"누나 생각해서 날뛰는 거잖아? 울게 할 수도 없지."
자기 또한 시스콘인 가필은 시스콘 동지에게는 손찌검을 못한 모양이다.

어쨌든 원호사격 덕분에 삼남매로부터 해방되어 이로써 에밀리아 진영은 빠짐없이 전원 집합. 소문의 『가희광』에게 직접 교섭하러 갈 준비가 갖춰졌다.

"요슈아가 용선 준비를 해 줘서 지금부터는 뱃길이란다."

"와, 진짜? 나, 엄—청 타 보고 싶었어. 요슈아, 고마워."

에밀리아가 가슴 앞에서 손을 맞대고 미소 지으며 요슈아에게 고마움을 표했다. 그 말에 요슈아는 살며시 볼을 붉히며 대답했다.

"아, 아뇨. 과분하신 말씀입니다. 어디까지나 아나스타시아 님의 지시니까요."

"치하의 말씀, 감사합니다. 이리 오시죠. 에밀리아 님도 뱃길을 즐겨 주십시오."

감사의 말을 받는 방식이 고스란히 형제의 경험 차이로 여겨졌다.

유클리우스 형제의 배웅을 받으며 스바루 일행은 준비된 용선에 올라탔다.

용선은 나룻배만 한 크기로, 탈 수 있는 사람은 선주 포함해서 일고여덟 명 정도일까. 풍채가 후덕한 선주의 손을 빌려 전원이 타는 모습을 확인하자 천천히 배가 출발했다.

"배 크기와 폭은 도시법으로 정해져서요. 저희 같은 안내인은 다른 배와의 왕래도 생각해야 하니까, 그 부분은 서로 양보하는 거죠."

피부가 까무잡잡한 선주가 용선을 신기하게 보는 스바루에게 설명해 주었다.

별로 의식한 적은 없었지만 넓은 가도를 이동하는 용차와 달리 도시 내 이동 수단인 수로 선박에는 교통 규칙 같은 게 설정되어 있다고 한다.

"배로 물 위를 건너는 건 처음이야. 어쩐지 두근두근거려."

"진짜로? 아— 근데 그러고 보니 바다도 없었지, 여긴."

"바다?"

"끝이 없는 물웅덩이 같은 거지. 우리 고향은 주위 일대가 그거였어."

"흐음, 굉장해라. 그렇다면 물이 모자라서 힘든 일이 없어서 편하겠네!"

눈을 빛낸 에밀리아. 그 어린애 같은 감상에 스바루는 웃었다.

안타깝지만 물 부족을 바닷물로 메꾸려는 건 멋들어지게 자살행위다. 그 사실을 설명하려면 복잡할 뿐더러 무의미하므로 순수하게 에밀리아의 귀여움만을 즐겨 두었다.

그동안 용차는 수로의 주류에 올라 도시 한복판으로 속도를 높여 나아갔다. 가로 너비가 있는 수로의 왼쪽 차선을 내려가는 용선. 그 물의 흐름에 스바루는 위화감을 느꼈다.

신기하게도 수로 오른쪽 차선의 수류는 경사를 올라가는 것이다. 한 수로 안에 칸막이 없이 하류와 상류로 가는 흐름이 섞여 있다. 어떻게 된 원리인가.

"후후후, 놀랐어? 사실 난 알지. 저기, 거리 구석 쪽을 봐봐."

그런 스바루의 의문에 뽐내는 에밀리아가 먼 곳을 손가락으로 가리켰다. 그녀가 가리키는 방향을 보자 그곳에는 도시를 둘러싸는 외벽에 인접한 석조 탑이 눈에 들어왔다. 거대한 석탑은 각각 둥그런 도시의 동서남북에 한 채씩 있어 그 존재감을 과시하고 있었다.

"아— 궁금하긴 했는데, 저 탑은?"

"저 탑이, 도시 안의 물 흐름을 제어하는 제어탑이야. 탑 전체가 복잡한 구조의 『미티어』여서 물의 마석의 힘으로 수류를 조종하고 있대. 도시에 있는 큰 수문도 저곳에서 움직이게 되어 있다나 봐."

"호오, 저게 커다란 『미티어』! 그건 대단한데."

에밀리아의 설명에 끄덕인 스바루는 도시를 흐르는 수로의 신비로운 구조를 알았다.

옳거니. 수문도시 프리스텔라의 입지는 다른 도시와 비교해서 여러모로 이질적이다. 도시법을 비롯해서 완전히 독립된 일개도시——. 공부할 점은 많을 성싶다.

"참고로 이 도시에서는 물을 더럽히면 큰 벌을 받으니까 조심하세요. 아까부터 겁먹은 얼굴로 물을 바라보는 가필은 특히."

"딱히 물이 무섭단 건 아니라고. 그냥 물에 빠진 고양이 꼴이 되는 게 싫을 뿐이지."

"그럼 힘껏 망토 잡는 거나 그만해 줄래요? 찢어질 것 같은 소리 나서요."

용선 한복판에 주저앉아 유난히 눈초리가 침착하지 못한 가필의 모습에 오토가 한숨을 쉬었다. 그 대화에 에밀리아가 웃고 베아트리스가 어깨를 으쓱였다.

"나 원 참. 다들 너무 야단법석이네. 더 얌전히, 숙녀다운 베티를 본받는 것이야. 스바루도 그렇게 생각하지?"

그렇게 말하며 베아트리스가 찬동을 바라듯이 스바루에게 한쪽 눈을 찡긋했다. 그리고 그런 베아트리스의 말에 스바루는 살짝 끄덕이고.

"——어."

"……방금, 뭐라 그런 것이야?"

꺼질 듯이 작은 중얼거림. 그 말을 잡아낸 것은 베아트리스뿐이었다.

표정이 굳으며 한 걸음 뒤로 물러선 베아트리스의 모습에 선주 외 전원의 시선이 스바루에게 모였다. 스바루는 그들의 얼굴을 순서대로 둘러보다가 미소 지었다.

"일 났어. 토할 것 같아."

——선상에서는 한순간에 아비규환의 대소동이 벌어졌다.

7

"슬슬 편해진 것이야?"

"아니, 좀만 더……. 우와, 이거 야단났다. 세상이 흔들려. 지금도 흔들리고 있어……. 제길, 극복한 줄 알았는데 틀렸나……. 세 살 버릇 여든까지 가나."

수로의 맑은 물길을 바라보면서 스바루는 등을 쓸어 주는 베아트리스의 손길을 받으며 안정 중이었다.

장소는 도시 중앙으로 통하는 대수로에 인접한 거리로, 보도 구석에 사이좋게 나란히 앉아 있는 두 명을 길 가는 사람들이 흐뭇하게 보는 눈치를 알 수 있었다.

아마 사이가 좋은 남매쯤으로 보고 있으리라. 아니면 대수로의 존재를 신기해하는 시골뜨기쯤 될까.

"둘 다 맞다는 게, 정답인데…… 웩."

"헛소리 도중에 구역질할 바에는 바람을 쐬고 얌전히 있어. 걱정 안 해도 같이 있어 줄 것이야. ……빨리 기운 차려."

해쓱한 얼굴로 기운이 빠진 스바루를 베아트리스가 자상하게 챙겨 준다. 그 포용력에 기대어 스바루는 한시라도 빨리 회복해야겠다고 본인의 정신 안정을 꾀했다.

——용선에서 금세 스바루가 뱃멀미를 일으켜 한바탕 소동이 난 지 15분가량.

부득이하게 도중에 용선에서 내린 후 도보로 목적지에서 합류하기로 한 스바루는 베아트리스의 보살핌 아래 컨디션 회복을 기다리며 출발을 미루고 있다.

에밀리아 일행은 그대로 용선으로 선행해 『가희광』과 교섭하러 간 상황이다.

물론 에밀리아는 스바루의 회복을 기다리자고 말했지만——.

"아나스타시아 님의 주선으로 상대에게 시간을 받아 냈어요. 늦으면 늦을수록 인상이 안 좋아지고, 그 때문에 아나스타시아 님에게 얕보이는 것도 피하고 싶은데요."

피도 눈물도 없는 냉혹한 내정관의 의견도 있어 스바루는 일행에서 버려졌다.

그렇다고는 해도 부활에 얼마나 걸릴지 모를 뿐더러 뱃멀미 같은 문제 때문에 에밀리아의 발목을 잡는 건 스바루의 자존심이 용납하지 못한다. 이미 자존심이고 뭐고 가루가 난 뒤라는 느낌도 들지만 아무튼 여기선 오토의 판단이 최선이었다.

"초등학교 때 학교에서 바다 교실에 갔을 적 악몽이 다시 찾아왔다……. 설마 내가 뱃멀미할 걸 알고서 에밀리아땅과 분단하는 게 노림수였나……?"

"풋내기 스바루가 빠진 정도로 어떻게 될 에밀리아가 아닌 것이야. 애초에 가필은 뭐 때문에 있는데."

"하긴. 그런 잔수작은 율리우스 자식이 허락 안 하나. ……기사다운 행태라는 점에서는 타의 추종을 불허하는 자식이니."

융통성 없이 고결한 성격이다. 스바루가 그 부분을 의심할 이유는 없다. 그렇다면 생각 외로 아나스타시아 진영의 책모를 과도하게 경계할 필요는 없을지도 모르겠다는 생각 또한 들고.

"부— 스바루, 그 남자를 퍽이나 신용하나 봐."

"뭐어?! 아니아니, 그럴 리 없거든! 아니 그보다 내가 하려는 말뜻은 성격적으로 안 할 거란 거라서, 그 이상도 이하도 아니거든! 에잇, 그만 가자!"

입술을 삐죽인 베아트리스의 말에 스바루가 세게 대꾸하고 힘차게 일어섰다.

가볍게 손발과 목을 돌려 뱃멀미의 악영향이 남지 않았음을 확인. 살짝 손발이 무거운 느낌이 들지만 이 정도라면——.

"베아코랑 손만 잡으면 훈훈 파워로 땡이지."

"까불고 그래. 뭐, 무슨 일이 나도 베티가 어떻게 해 줄 것이야."

"오오, 믿는다. 그럼 에밀리아땅이 불안해서 울기 전에 서둘러 합류하자."

이미 완전히 버릇이 든 대로 손을 잡고 스바루는 베아트리스에게 윙크했다. 그 반응에 베아트리스도 맡기라는 듯 스바루를 데리고 상회로 걷기 시작했다.

"그건 그렇고 『가희광』 쪽에만 의식이 갔는데, 『가희』란 것도 뭐 하는 녀석이지? 물의 도시의 『가희』랑, 거기에 에밀리아땅과 아나스타시아 씨라는 왕선 후보까지 모였으니 왠지 엄청 드라마가 일어날 예감이 드는걸."

"그 『드라마』가 뭔지는 모르겠지만 베티도 『가희』에게는 흥미가 있더라."

"오오, 그러고 보니 전에 릴리아나가 저택에 왔을 때, 베아코도 마음에 들어 했더랬지."

베아트리스가 『가희』에게 흥미를 드러내서 스바루는 일전 사건을 언급하고 끄덕였다.

그건 1년 전, 왕선이 본격적으로 시작되기 전에 있던 일이다. 마침 마수 소동이 정리되고 잠시 지났을 즈음, 한 음유시인 소녀가 로즈월 저택에 머물던 적이 있었다.

그 음유시인 소녀가 바로 방금 화제에 오른 릴리아나다.

릴리아나는 인간성에 살짝 문제가 있었지만, 그 결점을 메꾸고도 남을 노랫소리로 저택의 여성진을 홀딱 반하게 했다. 그중에는 아직 마음을 터놓지 않았을 적의 베아트리스가 있고, 솔직한 감상으로 치자면 능가할 사람이 없는 에밀리아가 있고.

——의외로 유행에 약한 면이 있는 렘도 분명히 그 자리에 같이 있었다.

"————."

"……스바루, 이쪽인 것이야."

살짝 입을 다물고 검은 눈을 일렁인 스바루의 손을 베아트리스가 세게 잡아당겼다. 그 말 없는 배려에 기대어 스바루는 가볍게 숨을 내뱉고는 작은 등을 천천히 따라갔다.

목적지인 상회는 대수로를 따라서 가면 나오는 1번가와 2번가의 경계선에 있다고 한다.

수로를 우선해 지은 시가지는 도보용 길을 매우 혼잡한 형색으로 만들었다. 하지만 베아트리스는 그런 가로를 유유히, 친숙한 자기 집을 거니는 것처럼 이끌어 주었다.

몇 군데 수로를 우회해 몇 번씩 길을 돌아서 베아트리스를 안으며 수로를 뛰어넘고.

"봐, 스바루. 참으로 훌륭한 분수인 것이야."

"어, 그러네. ……여기, 무슨 공원인가?"

베아트리스가 감탄과 함께 아름다운 분수가 자리 잡은 도시공원을 바라보며 말했다.

푸른 잔디. 손질이 두루 미친 화원과 물보라가 눈부신 커다란 분수. 평온이란 이런 정경을 가리키는 것이리라. 그곳은 한가롭고 마음 편해지는 휴식의 장소였다.

여유만 있다면 여기서 오침을 즐기고 싶어질 정도로. 그렇다. 여유만 있다면.

"그런데 지금 우리는 여유가 없지. 저기, 베아코. 너, '베티에게 맡겨 두면 틀림없는 것이야, 흐흥.' 같은 느낌으로 걷고 있었지?"

"하아……. 참 내, 이 광경을 앞에 두고 그런 감상이라니 한탄스러워. 스바루는 좀 더 마음에 여유를 가져야 하는 것이야. 파트너로서 베티는 창피해."

"옛날의 넌 좀 더 얼굴을 붉히며 자기 실수를 얼버무리려 들었을 텐데, 요새는 좀 뻔뻔스러워져서 아빠 눈물 난다야."

변명만 그럴싸해지고, 대관절 누구 영향일까.

오토가 있으면 요란하게 딴죽 걸었을 속내를 뒷전에 두고 스바루는 베아트리스와 둘이서 막막함에 젖었다. 마음의 여유 운운은 어쨌든, 시간 여유는 별로 없을 터다.

가능하면 마정석에 관한 교섭이 정리되기 전에 에밀리아 일행과 합류하고 싶다.

"그렇다면 순순히 남에게 길을 묻는 게 제일인 것이지."

"오오……. 베아코 입에서 순순히 남에게 묻는다는 말이 다 나오고. 성장했구나……."

"흐흥. 마냥 같은 곳에서 제자리걸음할 베티가 아니라고."

자기 독단이 길을 잃게 했음을 잊은 것처럼 베아트리스가 우쭐하며 가슴을 폈다. 그 긍정적인 면은 귀여운 무기라 스바루는 괜한 지적은 안 하고 그녀의 머리를 쓰다듬었다.

그 뒤로 스바루는 길을 묻기 위해서 사람을 찾아 시선을 내돌렸다. 그러나——.

"……오후의 공원에 사람 하나 안 보이다니 이게 웬일인고."

"확실히, 이상한 느낌인 것이야. 여기라면 낮잠 자고 있을 인간이 많이 있을 만……."

공원 경치에 인기척이 없어 스바루와 베아트리스는 갸우뚱했다. 그 도중에 베아트리스가 말을 끊고 공원 안쪽으로 고개를 돌렸다.

그 반응에 덩달아 같은 방향으로 눈길을 돌린 스바루도 뒤늦게 깨달았다.

"——무슨 소리, 들리는데. 노래인가?"

바람이 공원의 풀과 꽃을 흔들고, 수로를 흐르는 물의 잔잔한 음색.

그 자연의 협주에 섞여 고막을 간질이는 것은 악기 연주와 사람의 노랫소리였다.

토막토막 들려오는 그 소리는 거리 때문인지 단편에 불과했다. 춤추는 노래와 음악의 단편. 그러나 불완전함에도 스바루의 마음을 세게 쥐어뜯었다.

자연히, 스바루의 발은——아니, 스바루와 베아트리스의 발은 노랫소리 쪽으로 이끌렸다.

"————."

그리고 이끌리는 대로 당도한 곳에서 두 명은 숨을 삼키는 것도 잊고 압도당했다.

——공원 가장 안쪽, 그곳에 있는 모종의 기념비 앞에서 한 소녀가 노래하고 있었다.

갈색 피부의 키 작은 소녀였다.

쾌활하게 보이는 인상에 크고 동그란 눈. 밝은 노란색 머리카락을 두 갈래로 묶어 머리 양쪽 끝에서 늘어뜨리고, 그 머리와 몸을 나무 열매 및 동물의 뼈로 만든 장식품으로 꾸미고 있다.

노래하는 소녀의 팔에는 류리레—— 기타와 우쿨렐레의 중간 정도 크기의 현악기가 안겨 있으며, 그녀는 훌륭한 기술로 음악을 연주하며 목청을 울려 노래를 불렀다.

그 노래가 가진 에너지, 그게 압도적이다.

스바루는 있을 리 없는 바람을, 일어날 리 없는 땅울림을, 느낄 리 없을 작열을, 솟아오르는 희로애락의 정념을, 넋 놓고 노래를 들으면서 감지했다.

그리고 그건 스바루만이 아니었다. 하물며 베아트리스와 둘뿐이지도 않았다.

하염없이 노래하는 소녀의 주위에는 50명에 육박할까 싶은 청중의 존재가 있었다. 그들은 숨을 죽이고 노래에 귀 기울이며 스바루와 마찬가지로 노래에 홀려 있다.

이곳의 지배자는 노래를 부르는 소녀 단 한 명—— 그만한 열량이, 이곳에 있었다.

이윽고 그녀의 노래는 클라이맥스로. 청중의 감정도 최고조에 이르고──.

“──돈도 없어, 미래도 없어, 꿈도 없어, 허영만은 있어. 아아, 뭔가 보여. 눈꺼풀 속에 어둠이 보여. 어둠 건너편에는 아무것도 없어. 끝난다, 끝난다, 끝이 온다.”

“곰곰이 들어보니 지독한 노래구만, 엉?!”

“히야아?!”

꿈도 희망도 없어 뵈는 가사에 제정신을 차린 스바루는 소리를 지르고 있었다.

그 순간, 목소리에 놀란 소녀가 들고 있던 악기를 떨어뜨릴 뻔해서 당연하게도 연주가 중단되었다. 그 즉시 그때까지 자리를 지배하던 열량이 단숨에 사라졌다.

그 분위기 변화에 스바루는 자신이 엄한 짓을 저질렀음을 알고 얼굴이 해쓱해졌다.

“일 났다. 오랜만에 분위기 파악 못하는 실수했어! 베아코, 바로 도망…… 아팟?!”

“스바루 바보! 다 망쳤어! 이렇게 분위기 깨는 짓을…… 너무 지독한 것이야!”

전략적 퇴각을 진언하기 전에 발끝에 날카로운 통증이 내달렸다. 바라보니 그렇게 한 장본인은 얼굴을 붉힌 베아트리스였다. 그 표정이 진지한 분노임을, 베아트리스 검정이 있으면 합격이 틀림없는 스바루는 똑똑히 깨달았다. 그리고──.

“어……라……. 노래는.” “공원……. 아까까지 난 어둠 속에.” “그게 아니야아, 그때는 어쩔 수 없이…….” “난 크면 테

미온을 해치우고 드라핀을 구해 주고 싶어." "난 그 꿈을 응원하고 싶은데……." "티나……." "루스벨……."

그때까지 노래에 압도당했던 청중들도 속속 현실로 귀환하기 시작했다. 개중에는 노래 영향 때문에 흐느끼며 쓰러지거나, 노래를 핑계로 괜찮은 분위기 내는 소년 소녀도 있지만.

그렇게 현실로 돌아온 그들은 천천히 떨어진 곳에 서 있는 스바루를 돌아보았다.

그들의 눈빛을 목격하고 몸을 굳힌 스바루를 향해서.

"——쓸데없는 짓, 하지 마!!"

——다음 순간, 잡히는 대로 물건이 날아와 스바루는 분위기 깨는 짓을 한 대가를 치렀다.

8

"아야야야야……. 끔찍한 꼴 당했네. 베아코, 나 괜찮아? 피 안 났어?"

"몰라. 이번엔 베티도 스바루 편을 안 들 것이야."

잔디에 책상다리로 앉은 스바루의 물음에 베아트리스는 고개를 팩 돌렸다. 스바루의 어지간히 정취 없는 행위에 화가 안 그치는 모양이다. 이번만은 순순히 반성해 둔다.

방금 공연에서 찬물을 끼얹은 결과, 스바루는 청중들로부터 아주 그냥 폭풍 같은 욕과 물리적 항의를 받았다. 솔직히 1년 만에 『죽음』을 각오했을 지경이다.

다행히 가장 큰 피해자였던 가수 소녀가 청중을 달래 준 덕분에 스바루는 구사일생. 떠날 적의 청중 태반에게 발을 밟히는 수준의 피해로 사태는 수습되었다.

"그래도 밟힌 왼발은 한 두 배는 부을 것 같네. 나중에 신발 벗기가 무서워."

"치유 마법은 안 걸어 줄 거야. 조금은 아픈 걸로 자기 소행을 반성하는 것이야."

"베아코, 차가워. ……하긴 매일 쥐꼬리만큼 모으고 있는 마나도 아까우니까. 알았어. 다치고서 마법에 의지하잔 생각도 별로 안 좋고."

스바루는 베아트리스의 지적에 끄덕이고 지끈지끈 아픈 왼발로 지면을 두드렸다.

이 세계에 온 이래로 상처가 아물 새 없는 생활이지만 치유 마법이 있어서 지나치게 기대는 면이 있다. 상처나 통증의 공포를 잊으면 자만으로 이어진다. 주의해 마땅하다.

"자, 베아코에게 사과한 차에, 장본인에게도 똑바로 사과해야겠군."

그런 대화를 거치고서야 스바루는 기념비 쪽으로 돌아섰다.

이미 기념비 앞에서 청중은 떠나고 이 자리에 남은 사람은 스바루와 베아트리스를 제외하면 단 한 명뿐. 그 인물이란 바로 지금 막 노래를 피로하던 가희 소녀다.

"우리 이야기에만 열중해서&노래 방해해서 미안하다. 설마…… 응?"

사과하는 말 도중에 스바루는 입을 다물었다. 이유는 얼굴 앞에 내민 손바닥이다. 소녀가 스바루 얼굴에 손바닥을 척 들이대고 있다. 그리고——.

"번뜩 떠올랐습니다. 들어주세요. ——두비두바, 사랑의 나이 차."

놀라는 스바루와 베아트리스를 내버려 두고 소녀의 손가락이 악기를 치며 리듬을 잡았다. 그대로 혓소리를 내며 시동을 걸고, 다음 순간 거센 멜로디와 함께 노래하기 시작했다.

"저기, 보이니 느끼니? 당신과 나의 사랑의 나이 차. 주위는 이상하다고 말하지만 나는 그런 거 신경 안 써. 내가 항상 하는 근심은 나와 당신의 사랑의 나이 차. 저기, 기다려 줘. 부탁해, 기다려 줘. 앞으로 조금만 더, 발돋움하면 닿을 만큼. 나이 차일랑 신경 안 쓰여. 나와 당신의 사랑의 거리, 달콤하게 녹아내리는 사랑의 거리——."

"줄어드는 두 사람 사랑의 거리, 조용히 불타는 사랑이 되리, 이윽고 둘에 황새가 오리, 기어코 둘에게 아이를 선물해 미래는 사랑으로 밝으리."

"에에엥이야?!"

갑자기 소녀가 노래 부르기 시작해서 정신을 못 차리던 베아트리스지만, 노래 끝에 랩으로 참전한 스바루의 행동에 처리 능력의 한계를 맞이했다.

물론 사전협의 같은 건 안 했다. 반사적인 행동이지만 유난히 자세가 잡혔다.

그대로 스바루와 소녀는 설명 없이 노래를 끝내고 하이 터치. 서로 상대를 손가락으로 가리켰다.

"자, 잠깐 기다려! 왜…… 맞아. 왜 스바루는 갑자기 노래하고 춤춘 거야? 그걸 네가 당연한 것처럼 받아들이는 것도 이상한 이야기인 것이야!"

"야야, 뭔 소리야. 베아코. ……노래는 국경을 넘는다고?"

"좋은 말이네요! 이 릴리아나, 감동에 가슴이 떨려요. 떨릴 만큼 있진 않지만요!"

"베, 베티가 잘못한 것 같은 분위기는 못 받아들이겠어……."

마이페이스라기보다 고잉 마이웨이인 두 사람의 대꾸에 베아트리스는 진저리쳤다. 스바루는 그녀의 어깨를 토닥토닥 두드리고 갈색 피부의 소녀를 돌아보았다.

"맞다. 말해 두는데 나랑 베아코의 관계는 억측하지 마라. 나랑 베아코는 친애라는 단단한 정으로 맺어졌지만 베아코가 발돋움한 정도론 내 수비 범위에 못 들어오거든."

"에에— 하지만 소녀는 시간이 지나면 변하는 법이라구요오. 제가 이래 보여도 사람을 보는 눈은 있다니까요. 뭐, 인생 경험의 산물이란 걸까요오?"

"베아코가 이래 보여도 402세 정도인데, 변하려나?"

"또또 그러신다. 창피하다고 오기 부릴 건 없다구요오."

진실이지만, 진실미가 너무 없어서 믿어 주지 않았다. 스바루도 정정하기 귀찮고 무엇보다 베아트리스의 실제 나이보다 우선해야 할 점이 있어서 물고 늘어지지 않았다.

그것은——.

"오랜만이다! 릴리아나. 무지무지 우연이지만 건강해 보여서 천만다행이야."

"아아뇨오! 저야말로 하필 이런 곳에서 두 분과 만날 수 있다니, 기쁘고 부끄럽고 안타까워서 못 배기게써룝."

"엄청 세게 혀 깨문 것이야."

악기를 한 손에 쳐들고 우아하게 인사한 릴리아나. 그 웃는 얼굴의 입가에서 대량의 피가 흘렀다. 제법 힘차게 혀를 깨문 모양이다. 릴리아나가 입가에 손수건을 대자 천이 붉게 물들었다.

"실례, 요란하게 깨물었어요."

"보면 알아. 넌 진짜로 변함이 없네. 안심하는 걸 넘어서서 걱정스러워져."

말과 똑같은 그 감상에 스바루는 지인과의 재회에 장탄식을 흘렸다.

눈앞의 소녀, 릴리아나와 스바루 일행은 면식이 있는 관계다. 그녀가 바로 공원에 오기 직전에 화제에 오른 음유시인으로, 며칠 동안 로즈월 저택에서 함께 지낸 인물이었다.

체류 중에 릴리아나는 저택에 노래와 음악, 그리고 자신이 떠안은 다양한 문제를 초래했다. 최종적으로 그 문제들은 해결되어 그녀는 무사히 저택을 떠났었는데.

"설마 네가 프리스텔라에 있을 줄이야. 아까 눈치로 보니 노래도 물이 올랐나."

꾸벅…
푸슈ー

"네, 안심하시죠. 저, 그 뒤로 다시 폭발적으로 풍부한 감수성과 정열적인 연주 기술을 연마해 이 도시에서도 어김없이 노래로 일당을 벌고 있다구요."

"표현 쪼잔해서 낯 뜨겁다. 근데 그거 아니야? 이 도시면 불리하지 않아?"

"네? 왜요?"

스바루의 말에 릴리아나는 이상하단 표정. 그 위기감이 없는 반응에 스바루는 한숨지었다.

"너, 일단 음유시인이잖아? 그런데 지금 이 도시에는 『가희』라는 끝내주는 장사 적수가 있다니 좀 상대랑 타이밍이 너무 안 좋잖아."

"일단이고 뭐고, 머리털 한 가닥 피 한 방울까지 통째로 음유시인인데요. 그리고요오, 그렇게 염려하는 표현으로 칭찬받으면 저어는 몸 이곳저곳 간지러버요오."

"어어, 그 움직임 뭐야. 징그러."

"여자의 귀여븐 몸짓에 징그럽다?!"

꼼질꼼질대면서 피를 대충 닦은 바람에 릴리아나의 얼굴이 얼룩으로 물들었다. 스바루는 그 참담한 꼬락서니를 지적할까 망설이다가 결국 대화 쪽을 우선했다.

그렇다고는 해도 기묘한 대화였다. 지금 주고받는 말에 따르면 마치——.

"포기하는 것이야, 스바루. 이제 그만 현실에서 눈을 돌리는 건 관둬."

“기다려봐, 베아코. 나는 아직 마지막, 마지막 가능성을 믿고 싶어. 아무리 그래도 그 사실은 『가희』라는 호칭의 가치를 너무나 모독하잖아.”

“아, 소문의 『가희』는 절 말하는 거예요. 이야아, 쑥스쑥스.”

“내 감정은 어디로 가라고!!”

이중으로 얼굴을 붉힌 릴리아나의 발언에 스바루는 머리를 감싸 쥐고 절규했다.

인정하고 싶지 않던 현실, 『가희』 릴리아나의 진실과 마주해 스바루 안의 『가희』에 대한 인상은 폭락하고 있었다. 그건 옆의 베아트리스 또한 마찬가지였던지 아까까지 기대하던 기색이 돌변해 비 온다고 놀이공원에 간다는 약속이 깨진 것만 같은 표정이었다.

“그렇다고는 해도 이 계집애의 노랫소리에 그만한 힘이 있던 건 안목대로였어. 역시 베티의 눈에…… 귀에 잘못은 없었나봐.”

“뭐, 그야 그렇지만…… 아니, 가만? 네가 『가희』이고, 거기에 집착하는 게 『가희광』이라고 불리는 남자라면.”

“아, 그건 키리타카 씨네요. 십중백발 틀림없이!”

“으웨에에엑, 그 인간도 있냐.”

릴리아나가 의기양양하게 꺼낸 이름에 스바루는 또다시 머리를 감싸 쥐었다.

키리타카란, 이 또한 릴리아나가 저택에 체류하던 중에 맞닥뜨린 인물이다. 그녀가 저택에 들고 온 문제 중 하나로, 까놓고 말해 릴리아나의 스토커였다.

입장상으로는 릴리아나의 예술적인 재능에 반한 후원자라고도 할 수 있지만, 키리타카가 집착하던 건 릴리아나의 재능이 아니라 본인이었기 때문에 스토커가 확실하다.

그래도 최종적으로는 릴리아나가 그를 따라가는 모양새로 저택을 떠나 원만히 수습되었는데.

"그러고 보니 그 녀석은 어디 상회의 상속자라고 그랬지. 그게……."

"이 도시를 주름잡는 뮤즈 상회의 젊은 상회주란 거죠."

"주름잡는 수준까지 갔구나! 끝내주네!"

예상 밖의 약진과 실제로 접한 키리타카의 인상이 겹치질 않았다. 1년이나 지나면 인간은 변한다. 그 말의 증거일까.

"릴리아나도 고작 1년 만에 『가희』라고 불리고 있을 정도니 말이지."

"으헤헤헤, 칭찬해 주셔서 영광이에요. 근데 말이죠. 뉜 말씀하시는 토끼분이시래요오."

"——?"

'요놈 요놈' 하듯이 릴리아나가 스바루의 옆구리를 팔꿈치로 찔렀다. 그 이마에 조건반사로 딱밤을 먹여 "아얏." 하고 신기한 동물의 기를 죽인 다음 말했다.

"갑자기 뭐야? 놀라잖아."

"나, 남의 이마를 찰싹 때려 두고 어쩜 이렇게 뻔뻔스럽대! 하지만 용서할래! 그도 그럴 게 소문은 들었으니까요. ……그죠?

『여아 사역자』 나츠키 스바루 님.”

“익.” “으익인 것이야.”

눈을 빛낸 릴리아나의 말에 스바루와 베아트리스가 동시에 신음했다.

그것은 기사 서훈을 받고 명실상부 에밀리아의 기사임을 자칭하는 게 허용된 나츠키 스바루가 요 1년 동안에 얻은 것 중에서 가장 유명하고 '불명예' 스러운 별명이다.

――가로되, 하프엘프의 첫째 기사는 항상 곁에 여아를 거느린 수수께끼의 인물이라고.

“크루쉬 칼스텐 공작이 주도한 3대 마수 『백경』의 토벌에서 예사롭지 않은 조력을 하고, 『검귀』 빌헬름이 은인이라고 말하게 한 역사의 공헌자! 그 직후, 세계를 끝없이 진감케 하던 마녀교 대죄주교 중 하나, 『나태』를 두 명의 왕선 후보와 협력해서 격파! 압도적인 쾌진격으로 400년의 정체된 시간을 움직이는 가장 새로운 영웅!”

“낯 뜨거 낯 뜨거 낯 뜨거 낯 뜨거!”

꿈꾸는 소녀의 표정으로 두 손을 맞대는 릴리아나가 스바루의 공적을 나열했다. 다소 표현이 과하긴 해도 전부 진실이니 질이 안 좋다.

예상 밖의 각도로 수치심을 자극당한 스바루는 낯 뜨거움에 몸부림쳤다. 스바루 옆에서 베아트리스는 콧방울을 실룩이며 참으로 만족스러운 내색이다.

“그 뒤로도 섬기는 『빙결의 마녀』를 위해 동서를 뛰어다니며 그 모든 장면에서 강력한 마법을 사용하는 여아를 대동했다는, 그, 나츠키 스바루 님이 아아니신가아—요!"

"흐훙. 제법 잘 아는 계집애인 것이야. 그래. 베티의 파트너인 스바루야말로 앞으로 모든 역사의 걸물들을 밀어내고 찬연히 빛나는 일등성이 될 남자야. 그걸 알았으면 더 공경해서 받들도록 해!"

"예이—!"

"우쭐대지 말려무나."

몸을 떡 젖히고 릴리아나를 엎드리게 한 베아트리스의 목덜미를 잡고 들어 올렸다. 고양이처럼 매달린 베아트리스가 "냣." 하고 거만한 태도를 중단했다.

"나 참. 릴리아나, 너도 너무 베아코를 우쭐하게…… 이렇게 아름다운 큰절을 봤나!"

"후후후, 이것이 떠도는 나그네 생활에서 갈고닦은 릴리아나 혼신의 큰절 비법이죠오. 강도도 저절로 못 본 척할 뿐만 아니라 뭔가 베풀어 주고 싶어지는 제 여행의 집대성이에요."

"음유시인 쪽에다 능력치 좀 찍어라."

그렇게 말하지만 가수로서도 『가희』라고 불릴 만한 실력이 있다.

한 재능이 걸출한 천재 중에는 괴짜가 많다고들 하는데, 릴리아나도 틀림없이 그 짝이다. 뛰어난 재능 때문에 허용되는 분방한 기질이다. 제법 아슬아슬하긴 해도.

"스바루, 언제까지 베티를 고양이 취급할 거야……."

"오, 미안, 미안. 베아코가 민들레 홀씨처럼 가벼워서 그만 깜빡했어."

불만을 드러내는 베아트리스를 살짝 지면에 내리고 그 머리를 벅벅 쓰다듬었다. 그런 스바루와 베아트리스의 모습에 릴리아나는 큼직한 눈을 동그랗게 뜨고 말했다.

"뭐라고 할까, 꽤 친해지셨네요. 전에 저택에서 함께했을 때는 좀 더 알기 어렵게 친했을 텐데요."

"뭐, 우여곡절이 있었지. 지금에 와선 그것도 베아코와의 소중한 메모리얼이지."

"메모리얼인 것이야."

서로 솔직해지지 못하는 시기가 있었고, 그게 쌓인 덕도 있어 현재가 있다.

그런 스바루와 베아트리스의 말에 릴리아나는 살짝 한숨을 내쉬었다.

"――정말로, 당신은 영웅이 되신 거군요, 나츠키 스바루 님."

"――――."

"헤어질 적의 약속, 기억하고 계세요?"

조용히, 릴리아나가 두른 분위기가 싹 돌변했다. 왠지 엄숙하고 신성한 느낌마저 있는 그녀의 목소리에 스바루는 마음을 휘어잡힌다는 착각을 맛보았다.

그것은, 릴리아나가 노래하던 때 필적하는 열량이 어린 음성이었다.

"저는 음유시인이에요. 각지를 여행하며 노래해 나가는, 유랑하는 존재. 그렇게 한곳에 머물 수 없는 제게 성취해야만 하는 명제가 있어요. 그것이…….”

“세상에서 가장 새로운 전설이었지.”

“네.”

스바루의 말에 릴리아나가 끄덕였다. 그건 전에도 들은 그녀의 여행 목적이었다.

형태 있는 것을 남길 수 없는 음유시인이, 자신이 살았다는 증거를 세상에 남길 방법은 노래밖에 없다. 입에서 입으로 전해지는 노래를 짓는 것. 그것이 그녀의 명제.

그리고 릴리아나는 그런 명제의 답 중 하나로──.

“──나츠키 스바루 님, 당신은 약속대로 영웅이 되셨어요. 저는 그게 기뻐요.”

장난하는 어감은 털끝도 없이 그저 노래에만은 진지하게 릴리아나는 말을 읊조렸다.

그 말에 스바루는 눈을 감았다. 조금 전 릴리아나가 이야기해 준 스바루의 공적. 그것을 누구나 할 수 있는 일이었다고 비굴하게 겸손할 작정은 없다.

그 자세를 누구나 칭찬해 줄 것도 안다. 그런데도──.

“미안하군. 아직 난 그렇게 불릴 만한 인간이 아니야.”

“헤?”

곧게 자신을 바라보는 스바루의 말에 릴리아나의 눈이 동그래졌다.

그녀 앞에서 스바루는 주먹을 꽉 움켜쥐었다.

"예전과 비교하면 조금은 나아졌다는 자각은 있어. 하지만 아직 멀었어. 아직 나는 길을 가는 중이야. 성취하고 싶은 것도, 되찾아야만 하는 것도, 아직 있어."

나츠키 스바루가 기사가 된 것은 사랑하는 소녀를 지탱하고 싶은 그 마음뿐이었다.

나츠키 스바루가 영웅이 된다면 그것은 약하고 어리석은 스바루를 버리지 않아 주던, 지금도 되찾지 못한 『잠자는 공주』가 있어 주었기 때문이다.

그리고——.

"————."

베아트리스가 스바루의 비어 있는 손을 꼬옥 잡아 그 자세를 존중해 주었다.

그렇기에 나츠키 스바루는 할 수 있었다. 모두의 힘을 빌려서 해 올 수 있었다.

"그러니 언젠가 내 노래를 불러 주겠다는 약속은 내가 전부 성취한 다음에 해 줘. 그때라면 얼마든지 이야기해 주마. 도중에 엉거주춤하면 꼴사납고 말이지."

영웅담이든 동화든, 가능하다면 이야기의 마무리는 해피엔딩이어야 마땅하다.

목적을 성취한 다음, 해피엔딩에 이르는 길이 생긴다면 얼마든지 이야기하겠다. 자랑담의 부류라면 스바루도 대환영이다.

"————."

스바루의 그 대답에 릴리아나는 어느새 고개 숙이고 있었다.

밑을 보는 그녀의 표정은 보이지 않는다. 자못 상처 입혔나 보다고 스바루는 눈을 내리깔았다.

더 달리 표현할 방법이 있지 않았나. 그런 반성을 스바루가 하고 있으려니.

"……아."

"응?"

"——언질, 받았뜨아——!!"

"으어어?!"

갑자기 고개를 든 릴리아나가 주먹을 하늘로 쳐올리고, 그 기세에 스바루는 기겁했다. 그대로 릴리아나는 얼굴을 붉히고 콧김 씩씩대며 스바루에게 바싹 다가섰다.

"방금, 방금, 방금 말했죠? 언젠가 저한테 얼마든지 전설을 이야기해 주신다고! 즉, 『여아 사역자』 전설은 제 독점이죠?!"

"그, 그 타이틀에는 항의하고 싶지만, 뭐."

"고렇다면 제 대승리 확정! 만세 삼창! 으라쌰쌰쌰—!"

흥분과 환희로 여자애가 하면 안 될 표정을 지으며 릴리아나가 류리레를 허공에 높이 내던졌다. 그것을 받아 내고, 떨어뜨렸다. 신경 안 쓴다. 아주 신났다.

"너, 진짜로 악기를 막 굴리네?! 그러고도 『가희』냐?!"

"무, 무, 물론이죠! 당연하잖아요오. 이게 없으면 못 해먹는다구요오. 소중하다, 사랑한다! 자, 키스할래! 쮸— 쮸쮸—."

"끝내주네, 너……. 언동으로 이렇게까지 날 식겁하게 하는 건 페텔기우스 다음으로 처음일지도 모르겠다."

"호오, 누군지는 모르겠지만 제법 대단하네요, 페텔기우스 씨. 혹시 어디서 만날 기회가 있으면 필생의 호적수가 됐을지도 모르겠어요."

"마녀교 대죄주교인데."

"숨 쉬는 것처럼 전설 떴다아! 요, 네가 짱 먹어!"

무희처럼 피부 노출이 많은 복장을 하고 있으면서 릴리아나는 어디서 꺼냈는지 종잇조각 같은 것을 뿌려 스바루의 발언을 칭찬했다.

더욱더 정신없기 짝이 없는 릴리아나. 그런 그녀의 태도에 스바루는 깊이 탄식했다. 아까, 딱 한순간 보인 그 신성하고 엄숙한 분위기는 뭐란 말인가.

"아마, 베티랑 스바루가 같이 본 백일몽이라도 될걸."

베아트리스의 그 한마디에 스바루는 쓴웃음 짓고 릴리아나가 진정하기를 기다렸다.

——릴리아나가 신기한 동물에서 인간으로 돌아온 것은 그 뒤로 5분이 지난 다음이었다.

9

"오호라, 오호라. 키리타카 씨 상회에 용무가! 실은 저, 지금도 이 도시에서는 키리타카 씨의 신세를 지고 있어서요. 그러니 안내해드릴게요오."

"오오, 그건 고마운데."

어떻게 대화가 성립하는 수준으로 인간성을 되찾은 릴리아나가 스바루와 베아트리스 앞에서 작은 가슴을 두드리며 장담했다. 자신들이 길을 잃은 사실과 키리타카의 상회에 용무가 있음을 전하자 안내를 자처한 상황이다.

"단지 전 오늘 중요한 거래가 있으니까 밖에 있으란 말을 들었거든요."

"성실한 거래 장면에 네가 있으면 거추장스러울 것 같으니. 이해합니다."

"이해하는 것이야."

"어라?! 왠지 기대한 거랑 다르게 수긍하지 않았어요? 섭섭해요오."

릴리아나가 입술을 삐죽이고 불만을 드러내지만, 아마도 그녀의 우려는 괜한 걱정이다. 키리타카가 말하던 중요한 거래, 그 상대는 요컨대 에밀리아일 것이다.

왕선 후보를 맞이함에 있어 키리타카에게도 상인으로서 체면이 있다. 면식이 있는 사이라는 것만으로 자아를 상실할 것만 같은 릴리아나를 중요한 자리에 동석시키기는 어려울 것이다.

"즉, 네 평소 행동의 책임이지. 자업자득이군."

"무슨 말투가! 번뜩 떠올랐습니다. 들어주세요. ――거센 파도, 높은 파도, 세상의 파도."

"흥미롭지만 듣고 있을 여유는 없어. 얼른 안내하는 것이야."

"으으, 세상의 파도가 거칠고 높고 차가워요오. 뭐, 이제 코앞이지만요."

엉엉 우는 척하던 릴리아나의 얼굴이 확 밝아지더니 뛰기 시작했다. 그리고 그녀는 정면에 있는 큰 건물 앞에서 두 팔을 벌리고 말했다.

"그런 이유로, 여기가 고대하던 뮤즈 상회입니다아."

춤추듯이 몸을 돌린 릴리아나. 그 뒤쪽에 있는 건물을 올려다보고 스바루는 눈썹을 치켜 올렸다.

석조 건물인 뮤즈 상회의 사무소는 프리스텔라의 1번가와 2번가 사이에 있다. 들은 바에 따르면 도시의 주요 인물들의 출입은 이 두 구획에 집중된 모양이니 그 구획의 중간에 진을 친 입지는 이 도시에서 뮤즈 상회의 힘이 얼마나 강한지 증명하고 있었다.

"아나스타시아 씨가 수완이 있다고 했을 정도니 이전의 부잣집 방탕아란 이미지는 잊는 편이 나을 것 같군……."

실제로 대도시에서 1, 2위를 다투는 대상회의 톱이 된 남자다. 요 1년 동안에 스바루와는 전혀 다른 역경을 거쳤음이 틀림없다. 그저 안면이 있다는 이유만으로 거래의 테이블에 앉는 에밀리아에게 편의를 봐주진 않으리라.

"하 · 지 · 만, 걱정할 필요 없사오니! 그 부분을 어떻게 하는 게 사람의 인연! 의리와 인정, 저울에 올리면 박살 내는 게 릴리아나 마스커레이드죠!"

"박살 내다니, 뭘 할 작정인데?"

"저로서는 웬일로 단적으로 말하자면, 귀띔이란 거죠!"

포즈를 잡은 릴리아나가 베아트리스의 질문에 허접한 윙크와 함께 대답했다. 그 답변에 스바루가 "귀띔?" 하고 갸웃거리자 릴리아나가 대답했다.

"아아뇨오! 키리타카 씨도 참, 저한테 홀딱 빠진 바람에 무지무지 무른 분이라서, 아마 제가 말하면 거래도 쿵쾅쿵쾅 후두둑 진행될 거라는 뜻이죠. 어때요?"

"명백하게 매끄럽게 진행하는 의성어가 아니던데…… 그래도 돼?"

"그쯤이야 가벼운 부탁이라구요오. 저랑 나츠키 님 사이 아니랍니끄아."

더욱 허접한 윙크를 밀어붙이는 릴리아나의 말에 스바루는 잠시 생각에 잠겼다.

살짝 불공평한 감은 있지만 확실히 릴리아나의 귀띔은 키리타카에게 효과적일 가능성이 높다. 뱃멀미 때문에 늦게 가는 게 뜻밖의 찬스를 끌어들였을지도 모르겠다.

"좋아. 그 계획으로 가자. 부탁한다, 릴리아나."

"네입— 분부대로!"

진언에 스바루가 내키는 기색을 비치자 릴리아나가 의욕 만점인 기색으로 알통을 만들었다.

그러나 그런 릴리아나의 모습에 베아트리스가 대단히 불안한 눈치였다.

"스바루, 정말로 괜찮은 것이야? 베티는 왠지 불안해."

"네 심정은 쓰라리도록 이해해. 근데 여기는 전화위복할 가능성에 걸어 보고 싶다. 나도 그냥 뱃멀미로 토한 놈으로 끝나기 싫다고.”
“아무도 뱃멀미로 끝난 놈이라고는 생각지 않을 거야…….”
어쨌든 스바루의 의지는 굳었다고 본 베아트리스는 그 이상 말리지 않았다. 불안은 못 숨기는 기색이지만 여기선 한 번 릴리아나의 무대 배짱을 믿어 보자.
“그런 이유로 릴리아나 지금 돌아왔심다. 키리타카 씨는 방에 계세요?”
그렇게 기세등등한 릴리아나를 선두에 세워 스바루 일행은 뮤즈 상회의 문을 두드렸다. 들어가자마자 1층에는 접수대가 있었고, 이른바 접수원 아가씨가 릴리아나의 말에 눈이 동그래졌다.
“저기, 대표님은 손님과 상담 중이시라……. 저, 릴리아나님, 왜 이곳에? 이러시면 안 돼요.”
“이 대접, 초장부터 불안해지는군. 너, 여기에다 무슨 인상 준 거냐…….”
쭈뼛거리는 접수원의 말투에는 명백한 불안과 곤혹이 있었다. 애물단지 취급은 아니겠지만 버릇이 안 든 개를 대처하느라 고생한다 식의 감각이다.
“잠깐 괜찮을까? 지금 대표가 만나고 있는 손님에게 뒤늦게 동행 온다는 말 못 들었어?”
“네, 그 말씀은 들었습니다. 남성과, 어리…… 여성이 한 명.”
방금 접수원이 베아트리스를 보고 『어린애』라고 말할 뻔한 느낌이 들었지만 그녀는 그걸 프로 의식으로 꾹 참았다. 그리고 깊이 묵례하고는 말했다.

"동행하신 손님께서는 2층에서 대표님과 면회 중이십니다. 안내를……."

"이—크, 이 자리는 저한테 맡겨 주시라요! 키리타카 씨에게는 딱 해 줘야 할 말도 있어서요!"

사명감에 타오르는 릴리아나의 발언에 접수원이 스바루를 쳐다보았다. 스바루는 마주 끄덕였다.

"릴리아나와도, 여기 사장하고도 안면이 있어. 걱정해 줘서 고마워."

"……알겠습니다. 조심하세요."

이렇게까지 또렷하게 말하면 접수원도 물러날 도리밖에 없다. 마지막 말에서 그녀의 양심이 엿보였지만 그 마음만 받고 스바루 일행은 2층에 올라갔다.

"근데 오늘은 무슨 이야기 하러 키리타카 씨한테 오셨어요?"

"그 이야기도 안 듣고 자신만만하던 것에 놀라겠지만, 마정석에 관계된 상담이야. 뮤즈 상회라는 곳은 마석상이라고 들었으니 빠삭하지?"

"글쵸. 듣자니 요 근래 주옥같은 명품을 찾아냈다고…… 그건가 봐요?"

릴리아나의 귀에도 들어간 모양인, 그 주옥같은 명품이라는 게 목적하는 마정석일 것이다.

그 정보를 잡아낸 아나스타시아의 마당발에 감탄하면서 세 명은 응접실에 도착했다. 그리고 내객 중이란 명패가 걸린 방 앞에 섰다.

"——그러니까, 부탁해요. 그 마정석을, 양보해 주세요."

그런, 은방울 음색이 문 너머로 들려서 스바루는 거래가 고비에 이르렀음을 깨달았다.

이미 면식 있는 관계. 재회의 인사는 끝나고 본론인 거래로 돌입했다. 에밀리아의 호소가 있던 점을 보건대 조건 교섭은 지금부터 시작될 참이리라.

"빙고다, 릴리아나. 나머지는 타이밍을 재다가……."

"——이리 오너라!"

"어어, 야?!"

흐름이 오기를 기다리려던 스바루. 그 옆에서 릴리아나가 힘차게 문을 벌컥 열었다. 그녀는 당당히 자기 존재를 주장하며 성큼성큼 방 안으로 들어갔다.

실내. 응접실에는 다섯 남녀의 모습이 있었다. 긴 의자에 앉아 나란히 앉은 사람은 에밀리아와 오토, 그리고 가필 세 명이다. 그에 마주 앉은 게, 금발을 꼼꼼하게 넘긴 말쑥한 차림새의 청년과 그 배후에 서 있는 하얀 옷의 남자.

그, 차림새가 좋은 청년이 바로 키리타카 뮤즈——뮤즈 상회의 젊은 상회주이자 『가희광』이란 별명으로 유명한 도시의 중진이었다.

다섯 명 사이에는 탁자가 있고 그곳에는 크고 작은 갖가지 마석이 놓여 있어서, 바야흐로 한창 거래 상담 중이란 상황이다. 거기에 갑작스럽게 난입자가 들어와 키리타카는 당황했다.

"리, 릴리아나? 대체, 왜 그대가 여기에?"
"당연하지 않나요! 그야 정의가 이기기 때문이죠!"
릴리아나가 대답이 못 되는 대답을 하며 키리타카에게 척 삿대질했다. 그대로 그녀는 들이댄 손가락을 놀라는 에밀리아 쪽으로 겨누고 말을 이었다.
"설마 설마, 에밀리아 님이 오셨는데 절 내쫓다니 이 무슨 악행, 이 무슨 악랄함! 너무나 너무해서 눈물을 질질 짜겠단 거예요오."
"아니, 저기, 그건 미안하다. 하지만 내 말을 들어 봐. 나의 릴리아나."
"아아뇨오! 안 듣겠어요! 키리타카 씨에게는 정나미가 떨어졌어요! 그런데 낙담한 절 오는 중에 『여아 사역자』 나츠키 스바루 님이 일으켜 세웠죠!"
"여기서 나?!"
릴리아나가 빙글빙글 춤추듯이 되돌아와 두 손으로 스바루를 가리켰다. 그러자마자 스바루에게 방의 시선이 모이고 옆에서 베아트리스가 이마에 손을 짚었다.
솔직히 스바루도 여기에 와서 자신의 잘못된 선택을 후회할 법한 형세지만——.
"아니, 아직 아니야. 아직 수습은 가능할 터."
"여기, 관대하고도 도량이 깊은 나츠키 님, 그 나츠키 님의 주인이신 에밀리아 님께는 저도 은혜를 입은 몸! 여기선 키리타카 씨도 한 번 사나이답게 굴어야 할 때 아닌가요! 구체적으로는 편의라도 봐줘서 제 꿈에 이바지해 주지 않겠어요!”

스바루의 안간힘을 아랑곳하지 않고 릴리아나가 솔직하고도 대담하게 키리타카에게 진언했다. 완전히 자리의 흐름을 가져가는 릴리아나. 그 기세에 말려들던 키리타카가 눈썹을 찌푸렸다.

그는 잠시 생각에 잠기다가 “꿈에 이바지?” 하고 릴리아나에게 되물었다.

“아아뇨오! 제 꿈! 그건 『가장 새로운 전설』을 노래로 지어 구전하는 것! 나츠키 님은 그걸 위해 이 거래가 성공했을 때는 미주알고주알 뭐든 다 적나라하게 이야기해서 제 꿈에 협력해 주신다고 약속하셨죠! 아유아유, 릴리아나 오금을 못 펴겠네!”

“어, 어, 어? 자, 자, 잠, 잠깐!”

미묘하게 릴리아나 안에서 약속이 자기 입맛대로 왜곡해서 해석되어 스바루는 크게 당황했다. 그래선 무용담을 미끼로 릴리아나를 협력시키는 것만 같다.

실제로 그건 썩 틀리지도 않긴 했지만 인상이 현격하게 달라진다.

“그러니까 이 자리는 부디 배려를! 이 릴리아나를, 여자로 만들어 주세요!”

“그러니까, 표현 좀 제발!!”

단숨에 키리타카에게 바짝 다가선 릴리아나를 스바루가 등 뒤로 안아 들었다.

이대로 폭주를 허용하면 누가 『가희』 아니랄까 봐 릴리아나의 무대가 되고 만다. 베아트리스와 접수원의 걱정은 옳았다. 릴리아나는 역시 극약이었다.

"아, 뭘 하는 거예요! 에잇, 놔 주시라요! 제발, 제발요!"

"조용히 있어! 아— 방해해서 미안하다……. 아니, 이 경우에는 방해꾼 데려와서 미안했다고 해야 하나? 아무튼 얘는 치울게. 그러고 나서 마저 이야기를……."

"————."

날뛰는 릴리아나를 안은 채로 스바루는 방을 나가려고 했다. 하지만 그 전에 마른 몸이 훌쩍 일어났다. 키리타카다.

그는 뭔가 망령 같은 몸짓으로 움직이더니 책상에 놓은, 거래 중이던 마석 중 하나를 집어 들었다. 그리고 그 눈을 스바루에게 돌렸다. ——흉악한 기색이 보였다.

"……지 마."

"엥?"

"내, 내내내, 내 릴리아나를 만지지 마아!!"

다음 순간, 키리타카의 목소리가 뒤집히고 그의 손이 파란 마석을 던졌다.

순수한 에너지가 맹위를 떨치기 직전, 스바루는 둘러메던 릴리아나를 옆으로 내던졌다. 늦지 않은 건 그뿐. 그대로 파란 빛에 휩싸였다.

——폭음과 충격파가 응접실을 날려 버리고, 여기서 첫날 교섭은 결렬되었다.

NOVEL ENGINE
[비매품] 노블엔진 특별부록
Re:제로부터 시작하는 이세계 생활 16
©Tappei Nagatsuki 2018
Illustration : Shinichirou Otsuka
KADOKAWA CORPORATION

아—악

제3장 『뜻밖의 재회, 당연한 재회, 의도치 못한 재회』

1

“오랜만이었는데 미안했군. 우리 작은 나리는 평소에는 빠릿빠릿한데, 릴리아나 아가씨가 얽히면 본대로 빠직빠직해지거든.”

뮤즈 상회 입구에서 키리타카의 호위가 그렇게 말하고 스바루에게 고개를 숙였다.

다이너스라고 이름을 밝힌 수염 남자는 사납게 생긴 얼굴과 반대로 태도와 언동이 이성적이다. 사과하는 그 모습에는 진심으로 자기 고용주의 폭거를 사과하는 마음이 있었다.

그 다이너스의 사과를 받고 아직도 시야가 깜빡거리는 스바루가 쓴웃음 지었다.

“댁이 이렇게 머리 조아린 것도 두 번째군. 그때는 댁들도 키리타카에게 안 질 만큼 빠직빠직했지.”

“……그때는, 당신과 릴리아나 아가씨한테도 폐를 끼쳤어.”

왠지 자조적으로 웃는 다이너스를 보고 스바루의 쓴웃음이 진해졌다.

릴리아나 및 키리타카와 마찬가지로 다이너스와도 스바루는 초면이 아니다. 그 역시 릴리아나가 로즈월 저택에 체류할 적의 관계자 중 한 명이다. 그── 아니, 그들의 목적은 릴리아나의 신병에 있었기에 한 번은 적대에 가까운 관계였던 적도 있었지만.

"그걸 수습해 준 게 키리타카……였는데, 저거 진짜로 동일 인물 맞아?"

"대차게 말하는군. 작은 나리는 정말로 평소에는 우수해. 저 병만 없으면."

이마에 손을 짚고 한숨을 쉬는 다이너스. 병이라니, 표현이 절묘하다.

실제로 『가희광』이라고 불리는 키리타카의, 릴리아나를 향한 집착을 쉽게 보고 있었다. 설마 거래 중에 제정신을 잃고 사무소 방 하나를 날려 버릴 만큼 광란할 줄이야.

물론 거래 실패는 스바루의 얕은 소갈머리와 상상 이상으로 분위기 파악 못하는 릴리아나가 원인이긴 하다. 생각해 보면 분위기를 파악 못하는 건 스바루도 마찬가지. 왜, 그런 치들이 둘이 모였는데 분위기를 파악하는 게 가장 필요한 교섭석상에 덤비겠다고 마음먹었단 말인가.

"나도 나 자신을 모르겠다……. 호위 입장으로 봐서 키리타카의 눈치는 어때?"

"아마, 내일이면 상한 기분도 돌아올 거……라고 믿고 싶군. 미안하지만 지금은 남 앞에 못 내보내."

“뭐 그렇겠지. 그래서, 문제의 『가희』님은…….”

다이너스와 한숨을 교환하고 스바루는 눈길을 등 뒤로 돌렸다. 그쪽에는 다이너스와 마찬가지로 스바루 일행을 배웅하러 나온 릴리아나가 에밀리아와 말을 주고받고 있었다.

“진짜, 키리타카 씨는 못 말리겠다구요오. 기껏 이렇게 에밀리아 님이랑 나츠키 님을 만나 뵐 수 있었는데 이야기를 들을 기회를 빼앗겠다니, 어깃장만 놓고.”

툴툴 노여워하는 릴리아나는 자기 행동이 교섭 결렬로 이어졌다는 자각이 전혀 없는 표정이다. 그런 릴리아나를 에밀리아와 베아트리스가 자상하게 달랬다.

“보통 반대 아니야?”

“릴리아나 아가씨한테 보통은 기대하지 마. 아— 좀 괜찮을까? 아가씨들.”

다이너스가 흐뭇한 건지 뻔뻔한 건지 모를 대화에 끼어들어 릴리아나의 어깨를 두드리고 불렀다.

“미안한데 릴리아나 아가씨는 작은 나리 기분을 풀어 줘야 해. 이다음에도 작은 나리의 예정은 꽉 찼거든. 쌓인 이야기는 내일 또 해 줘.”

“――. ―――. ――――. ――――――――――. 알겠어요.”

이해하는 데 시간깨나 들었지만 진지한 다이너스의 호소에 릴리아나도 꺾였다.

그 결과, 에밀리아 진영은 『여아 사역자』와 『가희』의 대활약으로 오늘 교섭에서 멋지게 성과 없는 빈털터리 개선을 강요당한 노릇이다.

"젠장, 뭐가 전화위복이야. 화는 결국 화에 불과했단 뜻인가……!"

"하고 싶은 말은 그뿐이래요?!"

끊어질세라 손을 흔들며 배웅하는 릴리아나 일행과 헤어져 귀가하던 중 스바루가 뇌까린 말에 오토가 침을 튀기며 딴죽 걸었다.

오토는 자기 모자 위치를 고치면서 여태 쌓인 울분을 모조리 풀겠단 기세로 따졌다.

"왜, 『가희광』이란 소리 듣는 사람 눈앞에서 그 『가희』 본인하고 찰싹 붙고 그래요? 덕분에 잘 정리되려던 이야기가 박살이 났다고요!"

"아니, 난 너희 교섭이 어려울 것 같아서 좋은 뜻으로……."

"어렵긴 뭐가 어려워요! 신사적으로, 쌍방의 조건을 조율했을 뿐이에요."

"어어어, 진짜로 완전히 그냥 나 혼자 생쇼한 거야?!"

화가 복을 부르기는커녕 걱정이 화를 부른 사태에 제아무리 스바루라도 반성만 할 따름이었다. 오토도 어지간히 교섭에 입질이 있던 것이리라. 그게 박살 나서 못마땅한 기색이 무척 강했다.

내일은 릴리아나의 노력에 달렸지만, 한 번 더 교섭에 나와 줄까.

“나와 주더라도 요구 조건은 확 인상된다고 보는 게 현명하겠죠.”

“으극.”

스바루의 속내를 읽고 정확하게 대미지를 가하는 오토의 말에 찍 소리밖에 나오질 않는다.

그런 둘의 대화에 에밀리아가 “자, 이제 그만.” 하고 손뼉을 치며 끼어들었다.

“자자, 그렇게 오토도 들볶지 마. 스바루도 나쁜 맘이 있던 게 아니니까. 일이 그렇게 될 수도 있지.”

“에밀리아땅…… 그렇지. 알아주는구나. 더 말해 주라.”

“스바루는 똑바로 반성해. 나도 릴리아나랑 이야기 더 나누고 싶었는데, 치사해.”

“어라?! 내가 아니라 릴리아나 편?!”

입술을 삐죽이며 토라진 에밀리아의 말에 배신당한 기분으로 스바루는 대경실색했다.

오토는 그런 맥이 탁 풀릴 주종의 대화를 흘겨보며 친숙한 탄식을 흘렸다.

“나츠키 씨가 죽어라 반성하는 건 당연하다 치고…… 아무튼 이로써 오늘 교섭은 중단이에요. 일단 『물의 날개옷 여관』에 돌아가서 방침을 다시 가다듬고 싶은데…….”

“싶은데?”

“실은, 저는 따로 용무가 있어서 여기서 일단 빠질게요.”

오토가 손가락을 세우고서 그렇게 말하자 스바루와 에밀리아는 "용무?" 하고 갸우뚱했다.

"네. 모처럼 멀리 나왔잖아요. 이 기회에 평소에는 만들 수 없는 연줄을 만들어 두는 편이 이래저래 이득이니까요. 오늘은 대충 인사나 하러."

"꿋꿋하게 일에 열심일세……."

마음 전환이 빠른지, 아니면 생각하는 머리를 여럿 쟁여 두고 있는지, 정신없는 오토의 삶에 스바루는 감탄했다.

"자, 오토. 그 인사할 때 난 같이 안 가도 돼?"

"좋은 질문이네요, 에밀리아 님. 하지만 사전 연락 없이 에밀리아 님이 오면 어디든 만족스럽게 대접 못해서 곤란해요. 섣불리 움직이지 않는 것도 배려의 일종입니다. 그 부분에서 오늘 뮤즈 상회에는 아나스타시아 님이 이야기를 해 놨었겠죠."

"그렇구나……. 응, 알았어. 기억해 두겠습니다, 선생님."

에밀리아의 대답에 오토는 쓴웃음. 그리고 그는 "곧장 돌아가 보세요." 하고 어린애에게 타이르는 듯한 말을 남기고 일행과 헤어져 2번가 쪽으로 사라졌다.

"에밀리아땅, 아까 선생님이란 건?"

"오토 말이야? 이 도시에 오는 도중에 용차에서도 그렇지만, 요즘은 오토에게 여러 가지로 배우는 게 많아서. 그래서 선생님이랬지. 이상했어?"

"이상하진 않은데, 부럽고 치사해. 나도 선생님이라고 불러 줘도 되는데?"

"하지만 스바루는 내 선생님이 아니라 기사님이니까……."

"끄억, 귀여워……!"

난처한 표정의 에밀리아가 사람 잡는 말을 하는 바람에 스바루는 예상 밖의 감동으로 참살당했다.

"대장이나 에밀리아 님이나 그 가희를 퍽이나 높이 사고 있구만."

머리 뒤로 깍지를 낀 가필이 둘의 대화에 끼어들었다. 이 중에서 유일하게 릴리아나의 노래를 모르는 그는 콧잔등에 주름을 잡았다.

"그렇게 장난 아니라면 이 어르신도 들어 보고 싶군. 책은 이거저거 읽어 봤지만, 아무래도 노래는 들어 봐야 아니."

"그렇구나. 가필은 저번 때는 저택에 없었더랬지."

"그리되면 릴리아나의 노래를 처음 듣는 건가. ……아마, 세상이 변할걸."

"레알이냐. 그런 말까지 할 정도냐고."

스바루에게서 전염된 어휘로 가필이 기대와 놀라움을 표명했다.

실제로 릴리아나의 노래에는 그만한 힘이 있다. 기회가 닿아 몇 번쯤 다른 음유시인의 노래를 들은 적도 있었지만 죄다 릴리아나에게는 한참 못 미쳤다.

틀림없이 릴리아나에게는 『가희』라고 불릴 천품이 있었다.

"그 재능 대신에 신은 릴리아나로부터 너무나 많은 것을 앗아갔나."

"꽤 잔혹한 짓을 한 것이야."

"대체 뭔지 잘 모르겠구만."

사무치는 심정으로 뇌까린 스바루의 말에 심오한 표정을 지은 베아트리스도 찬동했다. 홀로 관련 정보로 추측할 수밖에 없는 가필만이 토라진 듯이 혀를 차고 수면을 노려보았다.

참고로 네 명은 『물의 날개옷 여관』으로 돌아가는 길을 천천히 도보로 거닐고 있었다. 안타깝게도 용선으로는 스바루가 뱃멀미로 버림받을 가능성이 높다는 이유가 있었고, 또한.

"기왕 예쁜 거리 풍경이니 구경 다니는 것도 좋지. 오토도 말했지만 오늘은 이다음 할 일이 없어졌고."

"지난번에는 대단히 폐를 끼쳐서……."

"아, 방금 그건 딱히 스바루를 탓한 게 아니야. 난 조금밖에 화 안 났으니까."

"조금은 화났구나! 하기야!"

그렇다고는 해도 여관에 돌아가서 아나스타시아가 떠보기 전에 원 쿠션 깔아 두고 싶은 것도 사실. 빙 돌아가자는 제안에 스바루는 반대할 이유가 없다.

"남은 건 무사히 에밀리아땅을 안내하면서 여관까지 돌아갈 수 있을지가 불안한데."

"걱정할 필요 없어. 빈틈없이 베티가 감독해 줄 것이야."

"말해 두겠는데, 오늘 주가가 떨어진 건 나만이 아니고 너도 덤터기 썼거든."

자연스레 교섭 실패의 책임에서 벗어난 베아트리스지만 적극적으로 관계하지 않았을 뿐이지 그녀 또한 가해자 중 한 명이다. 자각하지 못하는 얼굴이 귀엽지만.

“대장네야 걱정할 필요 없어. 여관까지 가는 길은 이 어르신의 코가 기억하고 있수다. 여관이 아니라도 그 소란스러운 꼬맹이 냄새도 외웠고, 안 헤매.”

“허어— 호오— 흐응—.”

“뭐야, 이보쇼. 그 반응.”

의미심장한 스바루의 반응에 가필이 콧잔등에 주름을 잡고 의심스러워했다.

방금 그건 단순히 가필의 말 중에 미미의 존재가 엿보인 것에 대한 저속한 호기심이었다. 미미의 행동은 너무 발랄해서 알기 어렵지만 그건 다름 아닌 호의의 표현이리라. 나이로도 비슷하고, 앞으로의 전개에 기대하고 싶다.

참고로 가필이 변함없이 노리고 있는 람은 전혀 상대해 주지 않고 있다. 람도 가필에게 가족애는 있어도 그 이상은 아닌 것처럼 보였다.

“어쨌든 간에, 가필. 나는 아우뻘인 네 행복을 진심으로 빌고 있거든.”

“아앙? 갑자기 뭐야, 대장. 뭐, 딱히 나쁜 기분이 드는 건 아니지만…….”

뜨뜻미지근한 눈매로 어깨를 두드리는 스바루의 말에 가필은 갸웃하면서도 고분고분한 반응이었다. 그런 밉지 않은 동생이 행복해지라고 스바루는 진심으로 물의 도시에 소원을 빌었다.

“그건 그렇고 멋진 거리야. 보는 것 전부 눈길이 가서 정신이 없어."

귀가하는 동안 에밀리아는 물의 도시의 아름다운 풍경을 맛보아서 신난 기색이었다. 그런 그녀의 반응에 스바루도 가슴이 설레었지만, 거리의 아름다움에도 비슷하게 감동하고 있었다.

모조리 계산된 거리의 건축양식은 예술품이나 공예품 같은 정밀한 모양새였다. 도시 중앙을 흐르는 수로에도 편리성만이 아닌 미학이 틀림없이 존재했다.

"베아코의 설명으론 도시의 성립 과정은 뒤숭숭했던 것 같은데……."

"하지만 무슨 이유가 있어도 지금 우리가 하고 있는 감동은 거짓이 아닌 것……이잖아?"

다리 위에서 발을 멈추고 대수로를 바라보는 에밀리아의 미소. 그 얼굴을 넋 잃고 바라본다.

미소와 함께 던진 말도 기뻤다. 계기는 어쨌든 지금은 진짜다.

――중요한 것은 처음이 아니라 끝이니까.

"그렇지? 엄마."

"방금, 무슨 말 했어?"

"세상에서 제일 존경하는 여성분의, 마법의 말을 떠올렸지."

시간이 지나도 추억에서 용기를 받는 일은 여전히 많다.

잊을 일은 영원히 없고, 잊을 수 없을 만한 것을 끝없이 받았다. 나츠키 스바루는 오늘도 그 받아 낸 마음을 끌고서 살아간다.

"그럼 이만 돌아갈까. 오늘은 엄―청 신기하게 생긴 여관도 궁금하고."

"와후 건축 말이지. 나도 솔직히 흥미가 있어. 에밀리아땅과는 다른 이유지만."

"그러니? 후후, 그럼 빨리 가야겠네."

다리의 난간에서 손을 떼고 미소 짓는 에밀리아가 한 발 물러섰다. 그때, 거리의 관광에 들떠 있던 탓인지 지나가는 사람과 에밀리아가 가볍게 부딪혔다.

"꺅, 죄송해요."

등으로 상대와 부딪힌 에밀리아는 당황하며 뒤돌아서 고개를 숙였다. 그런 그녀의 사과를 받은 사람은 온몸을 백색 하나로 통일한 기묘한 인상의 남자였다.

색소가 빠져나간 백발에 백안, 키는 스바루와 동등. 체격도 엇비슷. 요컨대 특필할 만한 점은 눈에 띄지 않는 인물.

그리고 그 하얀 남자는 에밀리아의 사과에 고개를 가로젓고는 대답했다.

"신경 안 써도 돼. 이번엔 나도 부주의했어. ——잠깐, 넋 놓고 보던 바람에 말이지."

"……어어, 저기."

"네 고운 은빛 머리카락에 말이야. 옛날, 아내로 삼으려던 사람이 비슷하게 아름다운 머리를 한 여성이었거든. 그 기억이 나서 미처 못 피하고 말았군."

에밀리아의 사과에 남자의 대답은 뭔가 부자연스럽다. 듣기에 따라서는 꼬드기는 발언이지만 그 이상으로 자아도취가 심한 것처럼 느껴졌다.

"이크, 스톱. 그만하지."

거기서, 순수한 남자 마음과 진지한 기사 마음이 에밀리아 앞으로 스바루를 끼어들게 했다.

"호의에 따라 이번은 서로 부주의했단 걸로 하지. 덜렁대는 이 아이에게는 나중에 똑바로 말해둘 테니 오늘은 이걸로 물러나게 해 줘."

"잠깐, 스바루. 그렇게 성의 없게……."

"알았으니까, 응?"

에밀리아의 항의 어린 시선에 스바루는 윙크 하나로 눈짓했다.

여기서 묘한 다툼을 벌여 에밀리아의 내력이 들키기라도 하면 성가시다. 기사라기보다 예능인의 매니저 같은 행각이지만.

"이 만남에 감사한다. 물의 도시의 눈치 있는 배려란 거야."

"정중한 말씀 고맙군. 그렇지. 현재 내가 너희에게 고집할 이유는 희박해. 다시 기회가 있으면 알아서 운명이 우리를 만나게 할 거야."

"그래, 동감이야. 그럼 운명이 이끄는 내일의 재회를 빌며."

시적인 표현을 이용한 상대에게 스바루는 중2병적인 대꾸를 하고 그 자리를 물러났다.

에밀리아의 팔을 끌면서 스바루는 안도와 함께 그녀 쪽에 눈길을 던졌다. 그러자 에밀리아는 힐끔힐끔 조금 전의 상대가 신경 쓰이는 티를 내고 있었다.

"확실히 태도가 안 좋았을지도 모르지만 입장상 좀 참아줘."

"어? 아. 아니야, 아니야. 확실히 스바루의 태도는 좀 안 좋은 것 같지만, 애초에 내가 부주의해서 생긴 일인걸. 근데 그게 아니야. 그게 아니라……."

거기서 말을 끊은 에밀리아의 눈에 희미한 망설임이 어렸다.

"——방금 그 사람, 어디서 만난 적이 있는 것 같아서."

"에밀리아땅이 아는 상대? 그럼 웬만하면 나도 알 텐데."

"응. ……그런데 알 수가 없어서. 누구였을까."

어지간히 마음에 걸리는지 에밀리아는 다시 한번 힐끔 등 뒤를 살폈다. 그러나 남자는 이미 다리 건너편으로 건너가서 멀어지는 등만 보일 뿐이다.

에밀리아의 머릿속에서 걸리는 부분. 그 답이 발견될 일은 없을 성싶다.

"여어, 대장. 엄청 허둥대던데. 미남자한테 빼앗길 뻔했어?"

다리를 건넌 곳에서 기다리던 가필이 태평하게 스바루에게 손을 흔들며 말했다.

가필과 베아트리스가 스바루와 에밀리아를 단둘이 있게 해 주던 건 알겠는데, 그렇다 쳐도 태도가 태평해서 스바루는 탄식했다.

"바보, 놀고 있을 때가 아니라고. 이상한 놈한테 시비 걸렸을 때야말로 네가 없으면 어쩔 건데. 내가 못 지킬 상대였으면 에밀리아땅이 위험하잖아."

"그건 대장이 사나이답게 나서서 몸 바쳐서라도 지킬 때지."

"내 고기 방패 하나로? 두께에 자신이 없다, 야. 방패로서도 인간적으로도."

스바루의 비하에 가까운 자기평가에 가필은 쓴웃음 지었다.

가필은 스바루의 그 태도를 겸허함으로 보는 낌새가 있지만, 스바루가 보자면 타당한 평가다. 오히려 가필이 스바루를 지나치게 높이 사고 있다.

"안심하셔. 이 어르신도 상대가 위험한 놈이라고 생각하면 튀어간다고. 그 점에서 아까 그놈은 생초짜였어. 걸음걸이도 움직임도, 전혀 그럴 꺼리가 안 돼."

"……그럼, 괜찮긴 한데."

체격이나 몸짓으로 상대의 실력을 간파하는 건 가필의 변태적인 특기 중 하나다. 스바루의 중학교 검도 경험도 간파할 정도이므로 그 실력은 보증수표다.

그런 가필의 보증이 있으면 이 경계심은 괜한 걱정일지도 모른다.

"그런 이유니까 가자고, 에밀리아땅. ……아니면 아직도 신경 쓰여?"

"——아니야, 괜찮아. 괜히 신경 써서 미안해. 돌아가자."

"그러자. 불안하면 돌아가서 미미라도 껴안고 위안받아 봐. 이크, 나는 베아코를 안아서 만족하니까 토라질 필요는 없거든."

"딱히 베티는 아무 말도 안 한 것이야!"

스바루의 말투에 베아트리스가 얼굴을 붉히고, 그 모습을 본 에밀리아가 활짝 웃었다.

그리고 그녀는 입가에 손을 짚고서 말했다.

"그러네. 미미를 껴안으면 엄—청 안심할 것 같아. 그러자."

불안을 뿌리친 표정과 함께 다시 걷기 시작하는 에밀리아. 그런 에밀리아를 베아트리스가, 가필이 따라간다. 그리고 마찬가지로 스바루도 뒤따르려다가.

"―――――."

스바루는 문득 발길을 멈추고 고개를 돌려 다리 건너편에 눈길을 보냈다.

다리를 사이에 두고 반대쪽의 길거리에 하얀 남자가 서 있다. 남자는 고개 돌려 그들을 바라보고 있었다.

그 시선이 몹시 섬뜩하게 여겨져서 스바루는 발 빠르게 에밀리아를 좇아 걷기 시작했다.

엉겨드는 것만 같은 남자의 시선은 모퉁이를 돌 때까지 계속 들러붙는 것처럼 느껴졌다.

2

그 뒤로 물의 도시 산책을 겸해 돌아오는 길은 순조로웠다.

때때로 에밀리아가 골똘히 생각하듯 수면을 바라볼 때가 있었지만, 그 사실을 지적하려고 하면 그녀는 금세 웃음으로 얼버무렸다.

숨기는 게 서투른 에밀리아가 아까 그 남자를 신경 쓰는 건 알기 쉬웠다. 그러나 스바루도 스바루대로 그 남자가 마음에 걸리는 건 확실했다. 그것은──.

"베아코."

"알아. 에밀리아와 가필은 얼을 빼놓는 바람에 눈치 못 챘나 보지. 손이 가는 녀석들이지 뭐야."

스바루의 부름에 베아트리스가 못 말리겠다며 어깨를 으쓱였다.

스바루가 우려하고 베아트리스가 긍정한 의혹. ──그것은 아까 그 남자가 에밀리아에게 보인 반응이다. 왕선 출마를 표명하고 1년. 지금의 에밀리아는 예전에 외출할 때 반드시 두르던 『인식 저해』의 로브를 사용하지 않았다.

『지금부터 모두에게 인정받아서 임금님이 되려고 노력해야 하는 사람이 자기 얼굴을 숨기고 다니면 엄—청 이상하다고 봐.』

이것이 에밀리아의 주장이며, 이는 확실한 정론이기도 했다. 따라서 에밀리아는 코트의 힘에 의지하기를 그만두고 귀여운 민낯을 드러내며 하프엘프라는 사실도 숨기지 않는다.

그런데도 은발 엘프에 대한 편견은 뿌리 깊고, 좋든 나쁘든 에밀리아의 용모를 본 사람 대다수는 호오 중 어느 한쪽으로 강한 반응을 보이기 마련인데.

"아까 그 녀석은 둘 다 아니었어. 에밀리아가 아는 녀석일지도 모른다 그랬는데, 상대방은 이름을 안 밝혔지. ……내 생각이 과한가?"

"스바루가 주의 안 하면 에밀리아가 너무 빈틈투성이니까 딱 좋은 것이야. 베티도 최대한 에밀리아를 신경 써 두겠어."

베아트리스의 믿음직한 발언에 스바루는 "그래." 하고 짧게 대꾸하며 감사했다.

이 넓은 물의 도시에, 그 남자와 재회할 기회가 그리 쉽게 찾아오리라곤 생각되지 않는다. 하지만 그쪽에서 접촉하러 올 가능성은 충분히 있을 수 있다. 경계해서 손해 볼 일은 없다.

"여하간 생각이 불충분한 바람에 오늘 교섭은 실패해 버렸으니까……."

"그건 릴리아나라는 천재지변이 원인이기도 했던 것이야. 반성도 적당히 해."

"이봐아! 대장, 슬슬 여관 다 왔어. 베아트리스 보폭에 맞추다간 날 저문다."

"건방진 소리를 다 하는 것이야. 나이도 어린 주제에."

선두의 두 사람보다 처져서 소곤소곤 대화를 하던 스바루와 베아트리스를 가필이 뒤돌아보았다. 그 폭언에 베아트리스가 발끈하자 가필이 "미안 미안." 하고 웃다가 멈춰 섰다.

"——뭐야? 여관 쪽에서 누가 성내는 냄새가 나는데."

모퉁이 앞으로 고개를 돌린 가필이 코를 실룩이며 중얼거렸다. 그 직후, 그의 말을 긍정하듯이 거리 앞쪽에서 말다툼하는 소리가 들렸다.

그건 아무래도 남자끼리 언쟁을 벌이는 분위기로 들렸다.

"요란하게 붙고 있는 것 같은데, 소란이 끊이질 않는 거리군."

"높으신 분 방에서 마석 폭발시킨 대장이 말하면 설득력이 남다르구만. 『아즈라 새가 지저귀는 소리는 냄비로 삶을 수 있다』

란 거 아닌가."
"닭도 밤중에 울면 목이 비틀린다는 소리인가……. 에밀리아 땅?"
뮤즈 상회의 사건을 언급하면 스바루도 겸연쩍지만, 그 옆에 있던 에밀리아가 잔달음질로 뛰기 시작했다. 그녀는 돌아보지도 않으며 대답했다.
"지금 목소리, 한쪽은 요슈아의 목소리 같았어!"
"진짜냐. 소란 피우는 게 관계자라면 우리도 서두르자."
그게 아니어도 에밀리아는 소동을 못 본 척할 수 있는 성격이 아니다. 먼저 모퉁이를 돈 그녀를 쫓아 남은 일행도 허둥지둥 『물의 날개옷 여관』 앞으로 달려갔다.
그렇게, 멀찍이 와후 건축의 건물이 보이기 시작하자 그 가게 앞에서——.
"몇 번씩 말하게 하지 마! 건방진 입 닥치고 얼른 주인님이나 데려와!"
"당신 같은 막되어 먹은 분 앞에는 주인은커녕 형님도 못 부르죠. 물러나 주시죠. 얌전히 저 혼자 대응할 때 말이에요!"
"이거 말귀를 못 알아먹는 꼬마네. 확 담가버린다, 새끼야!"
뒤숭숭한 말다툼을 벌이는 건 여관 입구에 두 팔을 벌리고 선 요슈아와 그 청년에게 고함치는 질 나쁜 남자였다. 호리호리한 체격과 짧은 언동 곳곳에 폭력적인 낌새가 있어서 폭발하는 것도 시간문제 같은 상태였다.
"그만해!"

스바루가 상대의 실력을 재보기 전에 에밀리아가 둘 사이로 끼어들었다. 그 난입자에 남자가 주춤하고 요슈아도 놀라서 눈이 휘둥그레졌다.

"에, 에밀리아 님?!"

"용무가 끝나서 돌아온 참이야. 그보다 무슨 일이야? 여관 앞에서 이런 식으로 소란 피우면 민폐잖아. 진정하고 똑바로 말로 해 봐."

애들 싸움을 나무라는 투에 일촉즉발이던 분위기가 가라앉았다. 적절하게 긴장이 완화된 기척에 스바루는 일단 안도의 숨을 내뱉었다.

"그래서, 무슨 일이 있었는지 이야기해 봐. 하나, 둘, 자."

"아뇨. 그게, 에밀리아 님이나 여러분이 걱정하실 일은……."

에밀리아의 진지한 눈초리에 요슈아가 스바루 일행을 힐끔거리면서 얼버무렸다. 아니면 이 자리의 중재를 부탁하다가 다른 진영에 빚을 만드는 일이 될까 불안해하는 걸지도 모른다. 그런 심리전은 에밀리아에게 앞으로 백 년 있어도 불가능하다.

"무슨 일이고 자시고 있냐. 그 꼬마가 불러서 온 우리를 안에 안 들이겠다고 지껄였어. 그러니까 당연한 항의를 해 준 거지."

거기서 정체되는 걸 싫어했는지 상대방 남자가 거칠게 설명했다. 남자는 치켜 올라간 눈에 더욱 날을 세우고 요슈아를 험악하게 쳐다보았다.

그 눈초리에 요슈아도 한 번은 꺼진 투쟁심에 불이 붙은 표정을 지었다.

“그래서 몇 번씩 말했을 텐데요. 신분을 가장할 작정이라면 더 분수에 맞게 속여 보라고. 차림새나 좀 바로잡은 정도론 훤히 티 나는 천박성을 못 숨깁니다!”

“뚫린 입이라고 막 말하는데! 나도 좋아서 이렇게 귀찮은 짓에 발 담근 게 아니라고! 심부름질도 마지못해서 하는 거다! 아아, 제길, 말이 안 통해!”

완고한 요슈아의 말에 남자도 머리를 감싸 쥐고 불평을 입에 올렸다. 더더욱 상황이 수습되지 않을 분위기에 중재하려던 에밀리아도 쩔쩔맸다.

“저기, 스바루, 어떡하면 될 거…… 스바루, 왜 그래?”

“기분 탓일지도 모르는데…… 이 사람, 아는 얼굴 같아서.”

에밀리아의 물음에 스바루는 요슈아와 입씨름하는 남자를 손가락으로 가리키며 고민스러운 표정을 지었다. 그 모습을 남자가 알아채더니 “아앙?” 하고 태도 불량하게 스바루를 쏘아보았다.

“나 이거 참, 야. 대체 뭐야. 이번엔 너까지 나한테 시비를 털려고…… 익?!”

“오오, 제법 기운차게 목소리가 망가졌…… 아!”

쏘아보는 남자의 얼굴이 경악으로 물들고 그 표정에 스바루도 전격적으로 번뜩였다.

역시, 면식 있는 남자다. 스바루가 아는 남자보다 깔끔하고 복장도 번듯해졌지만——.

“친! 친이잖아! 우와아, 왜 이런 곳에…… 잘 지냈었냐?”

“뭘 허물없이 부르고 자빠졌어! 애초에 누가 친이야! 난 라친스란 이름이 있거든!”

“친 맞구만.”

“시꺼!”

그리움에 무심코 어깨동무를 하려는 스바루를 친── 라친스는 거칠게 뿌리쳤다. 맞물리지 않는 대화에 에밀리아가 “아는 사람?” 하고 물었다.

“어. 나랑 에밀리아땅이 처음 만난, 그리운 왕도에서 안 사이지. 뒷골목에서 헤맨 나를 동료와 둘러싸서 가진 걸 다 털어 가려 했었어.”

“흐음, 그렇구나……. 어, 털어가?”

“그다음에 왕도에 갔을 때도 아마 프리실라에게 시비 걸고 있었더랬지. 나중에 줄줄이 패거리 끌고 와서 앙갚음하러 왔고, 추억이 많은 녀석들이군…….”

“베티가 듣는 바로는 쓰레기로밖에 여겨지지 않아.”

에밀리아와 베아트리스가 감개 어린 스바루의 중얼거림에 그렇게 반응했다. 그 말을 들은 요슈아의 눈빛이 험해지고 형세가 불리함을 깨달은 라친스가 창백한 표정으로 두 손을 들었다.

“자, 자자잠깐만. 그런 일도 있었을지 모르지만 그거 다 미수고 옛날 일이잖아. 지금은 그냥 넘어가고 이야기나 들어. 응?”

“아니, 나도 스스로 말하면서 생각이 들었는데, 그렇게 켕기는 구석이 있는 네가 이 타이밍에 여기 왔다는 건 국방상의 문제로 안 되지…….”

라친스가 당황해 쩔쩔매지만 냉정하게 생각하면 생각할수록 상황은 그에게 불리해졌다. 일단 잡아다가 무슨 짓을 할 작정이었는지 실토하게 하는 편이 나을 성싶다.

"그런 이유로 가필, 확보해서…… 야?"

"———."

스바루는 가필의 완력에 기대하지만, 대꾸가 없다. 무슨 일인가 싶어 쳐다보니 가필의 눈은 라친스가 아니라 여관 앞의 거리를 보고 있었다.

그, 녹색 눈을 부릅뜨고 동공이 한순간에 경계로 가늘어지는 광경을 스바루는 목격했다. 온몸의 솜털이 곤두선 임전태세에 발톱과 이빨과 근육이 긴장하는 것을 알 수 있었다.

그게 가필의 전투본능을 일깨운 반응임을 한눈에 알아챈 스바루 일행에게도 뭔가 터무니없는 일이 일어나리라는 긴장감이 번졌다.

그리고 가필이 경계를 보내는 '뭔가'를 스바루 일행도 돌아보자——.

"——라친스. 안 돌아오나 싶더니 웬 소란이지?"

순간, 그곳에 불꽃이 서 있다고 스바루는 착각했다.

불꽃은 붉게 일렁이고—— 아니, 가볍게 손을 흔들고 있었다. 인간 모양의 불꽃이다. 아니, 인간이다.

새빨갛게 타오르는 불꽃 같은 머리에 맑은 푸른 하늘을 가둔 두 눈. 장신에 하얀 옷을 입은 남자는 한 번 보면 영겁토록 영혼에 새겨질 만큼 반듯한 얼굴이었다.

온몸에 내달리는 충격은 범인이 영웅을 목격했을 때 느끼는 것과 다름없다. 그리고 그 만남은 정녕 그 말과 똑같은 사건이었다.

착각한다면 불꽃으로밖에 착각할 수 없으리. 그런 남자의 이름은——.

"카아——!!"

그 이름을 입에 올리기 직전, 스바루 옆에서 가필의 모습이 사라졌다.

목구멍에서 포효를 폭발시키며 가필의 팔이 날카로운 짐승 발톱을 지닌 강완(剛腕)으로 변모. 그대로 힘차게 정면에 나타난 남자에게 일격을 휘둘렀다.

말릴 겨를도 없는, 최단거리를 단번에 내달린 선제공격이다. 직격하면 철판마저 쉽사리 찢어발길 발톱의 맹위. 그것이 남자의 반듯한 얼굴을 엄습하고——.

"——미안한걸. 아무래도 놀라게 한 모양이야."

쓴웃음이 어린 목소리가 가필의 최대급 일격을 정면으로 막아내고 있었다.

"————."

그 상식 밖의 광경에 스바루는 말문을 잃고, 당사자인 가필도 경악으로 굳어 버렸다.

가필의 굳센 팔이 남자가 치켜든 팔에 막혔다. 봐주는 것 없는 발톱의 일격. 그 공격을 남자는 손을 깍지 끼어 잡듯 받고 태연한 얼굴로 쓴웃음 짓고 있었다.

너무나 규격 외, 너무나 상식 외, 너무나 차원이 다른 실력. 그렇기 때문에 그는――.

"――라인하르트."

맥이 탁 풀린 것만 같은 스바루의 속삭임에 그 청년이 부드럽게 미소 지었다. 그 순간, 스바루는 지금까지 맛보던 놀라움과 긴박감이 강제적으로 녹아내리고 말랑한 안도감으로 바뀌는 감각을 느꼈다.

그저 미소 짓기만 해도 타인을 절대적인 안심감으로 감싼다. 이는 차원이 다르게 강하단 증거다.

그리고 청년은 스바루에게 한 번 고개를 끄덕이고 말했다.

"안녕. 오랜만이야, 스바루. 소문은 들었지. 건강해 보여서 다행이야."

그렇게, 『검성』 라인하르트 반 아스트레아는 변함없는 친밀감을 품은 채로 스바루와의 재회를 기뻐하듯 웃은 것이었다.

3

"그런데 스바루. 1년 만의 재회라 여러 가지로 하고 싶은 이야기는 있지만……."

"어, 어어, 왜 그래."

"우선 이 사람을 말려 주겠어? 네 친구지?"

말을 맺고 라인하르트가 쳐다본 건 아직껏 팔을 구속당한 상태의 가필이었다.

물론 라인하르트에게 적의는 없으며 계속할 이유도 없다. 즉, 라인하르트가 팔을 놓지 못하는 건 가필의 전의가 풀리지 않았기 때문이다.

"진정해, 가필. 얘는 라인하르트. 내…… 친구야. 걱정할 것 없어."

가필의 어깨를 잡고 친구라고 말하려던 순간에 스바루는 살짝 주저했다.

한순간 스바루의 뇌리에 스친 것은 1년 전 그와 대화한 마지막 기억이다. 연병장에서 율리우스에게 두들겨 맞고, 그 사태를 말리지 않은 행동을 사과한 라인하르트를 내쫓은 씁쓸한 기억.

그게 화풀이였음을 현재의 스바루는 잘 알 수 있었기에.

"방금 스바루가 소개해 준 바와 같아. 나는 그의 친구, 라인하르트 반 아스트레아야. 네 이름을 들을 수 있으면 고맙겠어."

그런 스바루의 갈등은 아랑곳하지 않고, 라인하르트는 별다른 뜻 없이 선선히 친구 관계를 긍정했다. 그러고 나서 가필의 팔을 풀어 주고 정면으로 녹색 눈을 응시했다.

그 눈초리를 받으며 가필은 팔을 빼고는 깊고 긴 한숨을 내뱉었다.

"——가필. 가필 틴젤이다."

"그렇군. 네가 에밀리아 님의 『방패』인가. 만나서 반가워. 한 번 만나고 싶었거든."

그렇게 말하고 라인하르트가 악수를 바라듯 손을 내밀었다. 그 행동에 비아냥대는 기색은 없다. 있는 것은 솔직한 칭찬과 기쁨뿐이다.

따라서 그 직후의 상황은 가필로서 얼마나 큰 충격이었을까.

"——아?"

얼떨떨한 목소리. 그것은 가필에게서 흘러나온 것이었다.

악수를 바란 라인하르트의 행동에, 가필은 한 발짝 움직이고 있었다. ——뒤로.

그 사실에, 무의식중에 뒤로 물러선 데에 가필이 눈을 경악으로 부릅떴다. 그건 가필이 필시 처음 겪는 충격일 것이다.

"————."

그 모습에 라인하르트의 눈이 서글픔으로 살며시 일렁거렸다. 하지만 그는 바로 내민 손을 거두고 말했다.

"기분을 상하게 했다면 미안해. 이후로 조심할게."

그렇게 말을 잇고 가필과의 씁쓸한 접촉에 고개를 가로저었다.

"라인하르트, 우리 애가 미안해. 아무렇지도 않았어?"

거기서 총총 달려온 에밀리아가 방금 가필의 행동을 사과했다. 너무나 라인하르트가 태연하기에 깜빡했었지만 확실히 방금 그건 문제 행동이다.

하마터면 진영 간에 무력 투쟁의 계기가 될지도 모르는 한 장면이었을 터.

"에밀리아 님, 격조했습니다. 다행히 저 친구의 겨냥이 정확한 덕분에 문제없이 막을 수 있었습니다. 서로 안도했죠."

"그래, 정말로 다행이야. 한시름 놨어."

그러나 라인하르트는 아무 일도 없던 것처럼── 실제로 그에게는 아무것도 아니었으리라. 방금 가필의 무례를 문제없었다고 단언했다.

그 답변에 에밀리아는 안도하며 가슴을 쓸어내렸다. 그리고 그녀는 "맞아, 맞아." 하고 손뼉을 치고 그 남보랏빛 눈을 빛냈다.

"펠트 이야기 들었어. 엄—청 활약하고 있다며."

"화려한 에밀리아 님의 활약과 비교하면 아직 멀었습니다. 충분히 주군의 버팀목이 되지 못하는 저 자신이 아예 밉살스러울 정도더군요. 특히 스바루의 활약을 듣자면."

"후후후. 맞아. 스바루는 진짜 대단해. 내 자랑스러운 기사님이라고."

빈말로는 들리지 않는 라인하르트의 찬사에 에밀리아가 가슴을 펴고 뽐냈다. 그렇게 자랑스러워해 주면 기쁨 반, 창피함 반이다.

어쨌든 그 대화로 꽤 기운이 돌아와서 스바루는 헛기침하고 입을 열었다.

"대화가 꽤 새는 것 같아서 수정하겠는데…… 너, 라친스랑 아는 사이야?"

라인하르트 등장의 임팩트에 밀려서 대화 중에 따돌림당한 라친스를 스바루가 손가락으로 가리켰다. 그 질문에 라인하르트는 "응." 하고 끄덕였다.

"저 친구는 지금 펠트 님 아래에서 시종으로 일하고 있지. 아직 역할에는 부족한 점도 많지만 장래성은 있어. 펠트 님도 마음에 들어 해서."

"저 녀석, 펠트가 고용한 거냐?!"

"너는 복잡한 심경일지도 모르겠네. 그네들이 뒷골목에서 스바루에게 시비 걸던 상황에는 나도 있었지. 다만 그 뒤로 이런 저런 일이 있어서…… 지금 세 사람은 갱생 중이야. 기회를 줬으면 해."

"아니 뭐, 신경 안 쓴다고 하면 거짓말이 되겠지만…… 근데 톤친칸 전원 집합했냐!"

세 사람이라는 복수형의 답변에 스바루는 기이한 운명의 장난을 깨닫고 하늘을 쳐다보았다.

이세계 소환된 첫날에 여러 번 운명적인 만남을 거듭한 똘마니 3인방이다. 그들의 뒷이야기 따위 신경 쓴 적도 없었지만, 설마 이런 모양새로 인연이 이어질 줄이야.

"야야야, 거봐라, 엉! 내 말이 맞았잖아!"

그때 와서 느닷없이 그때까지 형세가 불리하다고 잠자코 있던 라친스가 기운을 되찾았다. 그는 스바루와 에밀리아, 그리고 요슈아에게 삿대질하며 외쳤다.

"니들, 우르르 몰려들어 사람을 의심이나 하고! 사과해! 꿇어 엎드려라, 앙!"

"라친스, 몇 번씩 말하지만 네 언동에는 시종으로서 자각이 부족해. 웬만한 사정은 지금 걸로 이해했어. 안타깝지만 나로선 널 옹호하기 힘들 것 같군."

"넌 누구 편이야?!"

"정의를 편들지. 그리고 이 경우, 친구의 동생이 너를 오해할 만도 하다고 봐."

소리치는 라친스에게 라인하르트는 야박하게 대꾸하고 요슈아 쪽을 보며 웃었다. 요슈아는 라인하르트의 웃음에 거북한 표정으로 끄덕였다.

"오랜만입니다, 라인하르트 님. 이번에는 제 실수로 큰 실례를……."

"그 문제는 우리 잘못이지, 요슈아. 오해를 낳을 만한 사자라 미안하군. 펠트 님도 아나스타시아 님의 초대에는 크게 감사하고 계셔."

"그렇게 말씀해 주시면 저로서도 위안이 됩니다……."

라인하르트의 대답에 요슈아는 떫은 표정과 함께 명백한 겉치레로 그렇게 말했다. 그 태도에 쓰게 웃는 라인하르트를 향해 스바루는 "잠깐 괜찮을까?" 하고 손을 들었다.

"지금 이야기로 보니 너랑 라친스만이 아니라 펠트도 같이 온 거야?"

"응, 그래. 아나스타시아 님이 유익한 정보 교환을 하지 않겠냐고 권유하셔서. 다름 아닌 아나스타시아 님이니 모종의 취향을 살렸으리라고는 짐작했지만……."

거기서 말을 끊고 라인하르트는 스바루와 에밀리아를 각각 바라보았다.

"설마, 에밀리아 님도 같이 있을 줄이야. 의외로 그뿐이 아닐지도 모르겠군."

"야야, 더 놀라게 할 뭔가가 있다고?"

"그 가능성은 있지 않을까. 어때? 요슈아."

주모자의 일원인 요슈아에게 화제를 돌리자 청년은 삐뚤어진 단안경의 위치를 고치면서 "글쎄, 어떨까요." 하고 시치미를 뗐다. 조금은 제 페이스를 되찾은 것 같은 태도. 그 태도에 끄덕인 라인하르트는 이어서 라친스를 쳐다보았다.

"펠트 님은 가스통과 같이 거리를 둘러보시는 중이야. 지시대로 내가 그쪽에 이야기를 해둘 테니 그 취지를 전해 줘."

"네이네이. 댁은 안 돌아가도 되고?"

"내가 같이 있으면 펠트 님이 활개를 칠 수 없다고 꾸지람 받으니까. 다만 이번은 롬 공이 없어. 펠트 님이 위험한 짓을 할 거 같으면 전력으로 말리도록. 무슨 일이 있으면 신호를 쏘아 줘. 5초 안에 달려가지."

"농담으로 안 들리는 게 무섭다고."

라친스가 진저리 치며 긴 혓바닥을 내밀고 이 자리에서 도망치듯 달려 나갔다. 도중에 말다툼하던 요슈아를 노려보는 것을 잊지 않는 구석이 실로 소인배의 귀감이었다.

그렇게 소동의 원인이 된 라친스가 떠나자 에밀리아가 입을 열었다.

"그럼 안에 들어가자. 아나스타시아 씨한테 라인하르트가 왔어—하고 알려야 하지?"

"뭐, 그건 요슈아가 할 일이겠지만 기왕이니 같이 갈까."

에밀리아의 제안에 스바루가 찬동하자 요슈아의 안내하에 전원이 여관 안으로. 다만 최후미에 있는 가필의 표정이 밝지 않은 게 약간 염려되긴 했다.

역시 방금 일이 타격이었던 것일까. 뭐라 말해야 할지——.

"자기보다 위가 있다고 알아두는 건 가필로서도 좋은 기회인 것이야."

"베아트리스……."

그런 스바루의 시선을 눈치채고 살짝 소매를 손끝으로 잡은 베아트리스가 속삭였다.

"숲 밖에 나온 이래, 물량 외에 가필이 애먹은 적은 없었어. 가끔 이런 것도 다 약이지. 공부라고 여기고 내버려 두면 돼."

"이러니저러니 해도 죽을 뻔한 건 흙거미 때 정도였으니. 사춘기 남자에게 따라다니기 마련인 병쯤 되려나. ……알았어. 살며시 지켜보자."

"지켜보는 것이야."

가필의 고뇌에 일단 스바루와 베아트리스는 그렇게 합의에 이르렀다. 그다음 베아트리스는 "그리고." 하고 말을 이었다.

"저, 『검성』 말인데…… 별로 베티에게 접근시키지 말았으면 해."

"——그건 또 왜? 설마 걔도 율리우스처럼 눈에 해로워?"

"맹독이란 쪽이 정확한 것이야. 아무튼 부탁할게."

자세한 언급을 피하고 베아트리스는 라인하르트에게서 조금이라도 거리를 두고자 걸음이 총총 빨라졌다. 그러나 그 걸음은 금세 멈추었다. 이유는 에밀리아가 "어라?" 하고 갸우뚱하며 복도를 앞장서던 요슈아의 어깨를 찔렀기 때문이다.

"요슈아, 이쪽이면 큰방하고는 다른 방향인 것 같은데……."

"죄송합니다. 하지만 지금 아나스타시아 님께선 손님을 맞이하고 계시는 중이라 곧장 큰방으로 모실 수가."

"그렇구나. 손님……."

요슈아의 답변을 들은 에밀리아가 입술에 손가락을 짚고서 골똘히 생각했다. 그런 그녀를 대신해 스바루가 "손님이라." 하고 중얼거린 다음 물었다.

"에밀리아땅과 펠트의 사자인 라인하르트, 그걸 제쳐 둘 손님이야?"

"……그런 야수 같은 눈을 안 해도 금방 아실 거예요."

"야수라니 말이 심하잖아. 그렇게까지 굶주리고 삭막한 눈매 아니야."

"그런 마수 같은 소리를 지르지 않아도 금방 아실 거예요."

"더 심해졌잖아. 마수라면 뭔데. 개냐 고래냐 토끼냐. 골라 봐."

스바루의 기억에 짙게 남은, 징글맞은 마수 베스트 3다. 요즘은 거미의 랭킹 진입도 검토 중. 그리고 숯덩이가 된 사자 같은 마수가 있던 느낌이 들지만 인상이 약하다.

"고래……라."

희박한 기억을 헤집으려는 스바루 옆에서 라인하르트가 작게 중얼거렸다. 그 중얼거림에 스바루가 반응하자 그는 느릿느릿 고개를 가로젓고는 말했다.

"고래라는 건 백경을 말한다고 봐도 될까? 스바루."

"……어, 맞아. 최악의 고래더군. 안 죽고 넘어간 건 그냥 기적이지."

실제로 백경 상대로 피격추 수가 늘지 않은 건 단순한 기적의 산물에 불과하다.

몇 번이나 죽음을 각오했다. 몇 번이나 죽음을 엿보았다. 그 마수는 그만한 위협이었고, 그게 초래한 피해는 잊기 어렵다. 희생은 지금도 스바루의 가슴을 계속 괴롭히고 있다.

"그 백경 이야기인데, 나중에 자세히 물어봐도 상관없을까? 나로서도 그 마수는 관계가 없지 않아. 이야기하자면 좀 길어지지만."

"얼마든지. 말하기 어려우면 사정은 이야기 안 해도 돼."

왠지 모르게 라인하르트의 그늘진 표정으로 짐작은 갔다.

스바루에게 백경과의 싸움은 한 남자가 10년 이상이나 소비한 집념의 결실이기도 했다. 그리고 그 남자와 라인하르트는 모종의 관계가 있음은 상상이 간다. 그들의 과거에 무슨 일이 있었는지, 거기까지는 알 방법도 없었지만.

――흥미 위주로 물어볼 일이 아니다. 그 정도의 판단은 가능했다.

"고마워."

그래서 스바루의 배려에 라인하르트의 대답은 그뿐이었다.

그 이상은 필요 없었고, 여분일 정도다.

"다 왔습니다. 아나스타시아 님의 대화가 끝날 때까지 이쪽

다실에서 기다려 주십시오."

마침 그 대화의 끝에 요슈아의 안내도 완료되었다. 스바루 일행의 정면에 있는 것은 장지 바른 칸막이로, 다실이란 명칭에 일본인 마음이 쑤시는 것을 알 수 있었다.

참으로 속물적인 와(和)의 마음가짐이라며 태평하게 생각할 수 있던 것도 불과 몇 초뿐이었다.

"죄송합니다, 손님. 동행 분이 오실 때까지 다른 분과 함께 계셔도 될지요?"

다실에 선객이 있는 모양인지 요슈아가 장지문 너머로 말을 걸었다.

그러자 안에서 누군가가 꿈지럭대는 기척이 생기고.

"——그러시지요. 제 쪽도 무료했습니다."

돌아온 음성을 듣고 스바루는 눈썹을 모으다가 놀랐다.

들은 적이 있는, 잊기 어려운 목소리였다. 무엇보다 지금 막 바로 그 상대를 떠올린 직후다.

그 놀라움을 느낀 사람은 이 자리에서는 스바루 단 한 명——아니, 라인하르트만은 예외였다. 그의 부드럽던 표정이 희미하게 굳고 파란 눈에 당혹감을 띠고 있었다.

그 망설임의 기척을 깨닫지 못하고 요슈아가 장지문을 옆으로 밀었다. 장지문은 조용히 열리고 눈앞에 다실이라고 불리는 작은 방이 드러났다.

그리고 그곳에 있던 인물은 방석에 정좌해서 고요한 눈길로 바라보고 있었다.

"——할아버지."

"라인하르트……냐."

조부와 손자. 그 첫 한마디가 겹쳤다.

그것은 『검성』과 『검귀』, 아스트레아 성을 가진 두 사람의 생각지 못한 재회였다.

4

『물의 날개옷 여관』의 큰방에는 온갖 의미로 쟁쟁한 이들이 얼굴을 맞대고 있었다.

"그건 그렇고 라인하르트와 빌헬름 씨가 가족이었다니 놀랐어. 듣고 보니 둘 다 검을 잘 쓰더랬지."

"그 아방한 판단 기준, 무지무지 E · M · T구나."

방 한복판에 긴 탁자를 둘러싸고 각자의 진영이 방석에 앉은 일본식 회담 스타일.

그런 방석줄 한쪽에서 에밀리아가 스바루에게 살그머니 속삭였다. 긴장한 걸지도 모르지만 말에서는 그 긴장감이 딱히 드러나지 않았다.

"베티도 긴장을 하겠지만 갑자기 누가 움직이면 방법이 없어. 스바루는 전원에게서 차가운 눈길을 안 받게 주의하는 것이야."

"옛날 실제로 차가운 눈길을 받은 경험이 떠올라서 가슴이 아프다."

스바루를 끼고 에밀리아 반대쪽에 앉은 베아트리스가 그런 말로 경계를 촉구했다.

참고로 에밀리아는 편하게 앉았고, 스바루는 책상다리, 베아트리스가 정좌한 모양새다. 스바루가 도발한 결과지만, 베아트리스의 무릎은 벌써 떨리고 있었다.

"어쨌든 여차하면 가필이 있고, 이 구성원이라면 쓸데없는 걱정이지."

베아트리스의 다리 한계는 제쳐 두고 스바루는 큰방 구석에 진을 친 가필을 쳐다보았다.

가필도 라인하르트와의 만남 때문에 여러모로 생각이 있었지만 지금은 옆에 앉은 미미가 들러붙어서 애먹는 기색이다. 그 덕에 조금은 시름을 잊으면 좋겠다고 미미에게 기대했다.

현재 큰방에는 각 진영의 주요 인물이 모였고 그 밖의 관계자는 실내 구석에 대기하는 상태였다. 즉, 가필 옆에는 누나가 엉겨드는 그를 쏘아 죽일 듯이 노려보는 헤타로와 그런 형과 누나를 보고 난 모르겠다는 표정을 지은 티비도 있다.

참고로 요슈아도 관람석 구석에서 뽀얀 얼굴이 창백해져서 움츠리고 있었다.

그런 이들 가운데, 라인하르트가 일어나서 인사하며 처음으로 포문을 열었다.

"이번은 초대해 주셔서 진정으로 감사합니다. 펠트 님께서 여관에 도착하시는 게 조금 늦어지지만, 이제 곧 오실 터이니 인사는 그때 다시 하겠습니다."

"그라코롬 예의 안 차려도 되는디. 이번은 내가 대뜸 불렀는디 응답해 준 기만 캐도 충분하꼬…… 생각 이상으로 날이 겹친 기는 우연이지만도."

사자의 예의에 따른 라인하르트의 말에 호스트인 아나스타시아가 부드럽게 미소 지었다. 그 말에 라인하르트가 눈인사하고 나서 아나스타시아 옆에 있는 율리우스를 웃음과 함께 바라보았다.

"오랜만이야, 율리우스. 일전에 호신 상회에 파견됐을 때 이래로군."

"그래, 그랬었지. 이번에는 억지로 불러내서 미안하다. 하지만 이렇게 서로 상황을 확인할 수 있던 건 요행이군. 얻기 어려운 기회야."

말수 적게 친구 사이의 인사를 나누고 라인하르트 또한 긴 탁자의 자기 진영 자리에 앉았다.

왠지 모르게 앉는 순서는 진영별로 정리되어 있었다. 아나스타시아와 에밀리아, 그리고 대표 부재중인 펠트 진영이 있으며, 마지막으로──.

"──이렇게 여러분과 만나 뵙는 것도 오랜만이겠죠."

나긋하게 미소 지으며 말한 사람은 길고 아름다운 녹발을 등에 흘린 미모의 여성이었다.

호박색의 날카로운 눈에 자애를 드리우며 여성답게 풍성한 몸을 감색 옷── 당연하지만 소매가 긴 여성복으로 두른 단아한 분위기의 인물.

전의 그녀를 알면 그게 동일인물이라고는 도저히 믿지 못할 것이다.

"크루쉬 님도 오랜만이에요. 논공식 이래 처음이죠?"

"네, 그러네요. 그때는 폐를 끼쳐서 죄송했어요. 그 뒤의 여러분 활약은 들었어요. 역시 대단하다고, 그렇게 생각했죠."

에밀리아의 인사에 응수한 건 부드러운 답변을 하게 된 크루쉬였다.

전의 과감하고 늠름한 분위기는 그녀 본인의 기억과 함께 상실되고 말았다. 여전히 기억은 돌아오지 않아 다부진 모습을 잃은 크루쉬는 아름다운 귀족 영애나 다름없었다.

"진짜, 여러모로 놀랄 뿐이라지. 논공식에서두 들었지만 백경이랑 마녀교 다음은 대토라니, 스바루큥도 참 어떻게 된 거 아니야옹?"

그런 크루쉬 옆에서 스바루를 추어올리는 사람이 고양이 귀 미소녀——풍의 청년, 페리스였다.

왕국 최고위 치유술사이자 스바루의 주치의이기도 한 그의 눈초리. 거기에 가벼운 어조와는 정반대인 독기가 서려서 스바루는 살짝 고쳐 앉았다.

페리스가 스바루에게 품은 분노. 그 원인은 명백하다.

"네 충고를 무시해고 마법을 쓰는 바람에 게이트 망가뜨린 건 미안해……."

"그만치 다짐했는데 결국 망가질 때까지 게이트 써버렸는걸. 치료하는 보람이 넘 없어. 지금두 베아트리스가 없었으면 뻥 터져두 이상하지 않거든. 진짜 진짜루 소중히 안 하면 큰일 나."

"안다니깐. 나보다 베아코를 행복하게 할 수 있는 놈은 이 세상에 없어."

어조는 가볍지만 페리스의 충고는 진지했다. 그렇기에 스바루도 진지하게 대답했다. 옆에서 얼굴이 빨개진 베아트리스에게 어깨를 맞는 건 뭐 그 수업료로 치고.

"그건 그렇고 크루쉬 씨 쪽까지 부른 건 놀랐어. 밖에서 우연히 라인하르트랑 못 만났으면 더 신선하게 놀란 표정을 보여 줬겠지만."

"아이코. 그기는 아까빘을지도 모르긋네. 그카도 역시 초대객이 오늘 집중한 기는 우연이데이. 그 점만은 내도 진짜로 놀랐다 안카나."

"일자를 자세히 지정하진 않았으니까 말입니다. 단지 이렇게 여러분이 한자리에 모일 기회라곤 썩 없습니다. 이것도 시간이 만든 행운. 요행이라고 받아들여야겠지요."

그 우연을 호기라고 말한 사람은 크루쉬 진영의 마지막 한 명, 빌헬름이었다.

정좌한 크루쉬와, 여자애처럼 비스듬히 앉은 페리스. 다시 그 옆에 정좌한 것이 빌헬름인데, 복색은 집사복임에도 유달리 일본식 분위기가 어울리는 양반이었다.

단지 진영 배치상 빌헬름과는 라인하르트가 이웃한 모양새라 그 관계를 아는 스바루 일행에게는 심장에 안 좋은 광경이기도 하지만.

"둘 다, 눈도 안 맞추네……."

에밀리아가 입 속으로만 속삭인 말에 스바루도 마음속으로 끄덕였다.

옆에 앉은 조부와 손자, 다시 말해 빌헬름과 라인하르트 둘을 말하는데, 다실에서 의도치 못하게 재회한 두 사람은 처음에 서로 이름을 부른 이래로 말을 주고받지 않았다.

다실에는 무거운 침묵이 찾아들어 분위기를 파악하지 못하는 데에 정평이 난 에밀리아 진영이 하나같이 대적도 못할 정도다. 요슈아가 마중하러 나왔을 때, 그가 천사로 보였다.

아무튼 아스트레아 가문의 두 사람에게 복잡한 사정이 있는 건 스바루도 짐작하고 있다. 그렇지 않다면 빌헬름의 백경 토벌에 거는 마음에 설명이 안 가는 구석이 있었다.

――왜, 빌헬름은 친가가 아니라 크루쉬 집안 쪽의 힘을 빌리고 있었는가.

노골적으로 말하자면 왜 할머니의 복수전에 라인하르트는 참가하지 않았느냐다.

"――――."

본심을 말하자면 엄청나게 물어보고 싶다.

하지만 상처에 소금을 바르는 탐색질은 두 사람을 상처 입힌다. 그들은 스바루의 적대 진영이긴 하지만 소중한 친구와 존경하는 은인이다.

신뢰란 그동안 쌓은 것 위에서 성립하는 모래성. 스바루는 로즈월과는 다르다. 노력할 거다.

그렇기에 누군가가 자연스러운 흐름으로 그 이야기를 꺼내 주지 않을까 기대하는 걸로 그쳤다.

"그런데 아나스타시아 씨는 왜 다들 부른 거야?"

"의심도 많제. 내 목적은 진짜로 얘기나 똑바로 하고 싶었을 뿐이데이? 그러니께 말 안 통할 사람들은 안 불렀고."

"말이 안 통해……?"

질문에 그렇게 답변받은 에밀리아가 고민하는 표정을 지었다. 하지만 아나스타시아의 방금 답변은 고민할 만한 것도 아니다. 애초에 이 자리에 부재중인 진영은 하나밖에 없으므로.

"그럼 프리실라 님과 알 공에게는 말하지 않으신 겁니까?"

"그쪽은 완전히 독자노선이고, 불러낼 구실이 전혀 안 보인기다. 펠트 씨하곤 『흑은화(黑銀貨)』 일 때문에 좀 친해졌잖나?"

"그때는 크게 폐를. 하지만 사정은 알았습니다."

자못 선뜻 한 진영만 따돌렸음을 고백하는 아나스타시아의 말에 라인하르트도 별반 저항감이 없는 기색으로 같은 의견이라고 물러섰다.

거기서 여전히 발언할 기회를 바라며 에밀리아가 거수했다.

"방금 아나스타시아 씨가 불러낼 구실이라고 그랬는데……그건 우리 쪽 같은 이야기를 다른 사람들에게도 했단 뜻이야?"

"어차피 와 줄 끼믄 기뻐해 줄 선물을 준비한다. 에밀리아 씨한티 말한 대로 내는 그걸 실천했을 뿐데이."

"제일, 갖고 싶어 하는 거. ……하지만 크루쉬 씨라면."

해사하게 미소 지은 아나스타시아의 대답에 스바루는 크루쉬 쪽의 눈치를 살폈다.

에밀리아가 원하던 것은 팩을 다시 불러낼 촉매가 되는 마정석. 그리고 크루쉬 진영이 떠안은 문제를 감안하면 그녀들이 바랄 가장 큰 정보란——.

"우리가 이렇게 프리스텔라로 발길을 옮긴 건, 아나스타시아 님께서 대죄주교『폭식』의 정보를 들을 수 있다고 하셨기 때문이에요."

"읏——."

결심한 표정의 크루쉬의 말에 스바루는 무심코 일어나고 있었다.

그녀가 입에 담은 내용은 스바루가 못 들은 척할 수 있는 게 아니었다. 튕기듯이 스바루가 노려보자 아나스타시아는 쓴웃음과 함께 목도리를 어루만졌다.

"딱히, 나츠키한티 심술부린 기는 아이다? 그냥 우선순위가 있었을 뿐이제. 이 야기는 나츠키보다 크루쉬 씨 쪽이 비싸게 사 줄 끼다. ……아이가?"

"……상인의, 사고방식이군. 열은 받지만, 이해는, 돼."

"어른이 됐군그래, 너도."

"시끄. 아슬아슬하게 참은 날 자극하지 마."

가치 있는 상품을 더 비싸게 사는 쪽에 팔아치운다. 상인의 기본적인 사고방식이다.

아나스타시아의 그 설명에 스바루는 가까스로 폭발하는 걸 참아 냈다. 하마터면 그 뒤에 이어진 율리우스의 추가타로 인내심이 대폭발할 참이었지만.

"근데…… 그런데, 그 이야기는……."

애타는 마음을 거두고 스바루는 아나스타시아를 쳐다보았다. 아니면 크루쉬에게 호소해야 할지도 모른다. 『잠자는 공주』를, 렘이 깨어날 가능성을 잡아두기 위해서.

그러나 그런 스바루의 허약한 표정에 아나스타시아는 슬쩍 숨을 돌리고 말했다.

"그라코롬 울 것 같은 표정 안 해싸도 나츠키한티만 비밀로 하진 않는데이. 안심하그라."

"……지, 진짜야?"

"거짓말 아이다. 근디 그 부분은 크루쉬 씨 부탁이다카이. 자기네들만 아는 걸 좋게 여기지 않는, 참말로 호인이라니께."

어깨를 으쓱인 아나스타시아. 그녀의 말에 스바루는 말문을 잃고 크루쉬를 돌아보았다. 그러자 크루쉬는 힘껏 꿋꿋함을 가장한 표정으로 스바루를 마주 쳐다보았다.

"당연한 일이에요. 물론, 제 기억 문제니까 『폭식』과는 저 스스로 결판내고 싶죠. 하지만 그 소녀의 문제가 스바루 님의 비원인 것도 알아요."

"크루쉬 씨……."

"그리고 뜻을 함께하는 분은 많은 편이 낫죠. 상대는 교활해서 여태껏 토벌의 기회에서 달아나던 대죄주교. 누구의 검이 처음에 닿든지 원망하기 없기예요."

마지막 부분을 농담 투로 꺼낸 크루쉬. 스바루는 구원받은 기분으로 그녀에게 고개를 숙였다.

본심으로는 크루쉬 또한 자신의 과거를 앗아간 적에게는 직접 결판을 내고 싶을 것이다. 그 마음을 꺾어서까지 그녀는 같은 목적을 품은 스바루에게 배려해 주었다.

공명정대를 현실로 체현하는 크루쉬 칼스텐이라는 여성의 영혼은 기억을 잃고도 결코 그늘지지 않으며 그 자세를 바르게 유지하고 있었다.

"정말 고마워. 난 반드시 그 기대에 부응할게. 반드시, 꼭."

"그래도 우리 쪽이 분명히 먼저일걸요. 그건 양보할 생각 없어요."

결의를 말로 표현한 스바루 앞에서 크루쉬가 질세라 가슴을 폈다.

그런 크루쉬의 태도에 스바루는 생뚱맞은 웃음을 그녀와 교환했다. 그 모습을 그녀의 기사 페리스가 탐탁잖게 쳐다보았다.

"우~, 어쩐지 크루쉬 님이 즐거워 보여. 그러지 말자. 스바루 큥 이 호색한. 지금 양손에 꽃이니까 그걸루 만족해. 엉큼하기 그지없다니까냥."

"페리스, 그런 말을 하면 실례잖아요. 스바루 님은 아무에게나 추파를 던질 불성실한 분이 아니에요."

"그렇다고. 그러지 말아 주라. 확실히 크루쉬 씨는 미인에 귀엽지만, 내 마음은 곧게 일직선……. 도중에 양다리로 갈라지지만 스트레이트로 아야야야야얏?!"

"그건 아마 일직선이라곤 못하고, 그 자각 못하는 발언이 더 더욱 못났어."

크루쉬 주종의 말다툼을 수습하려고 했는데, 베아트리스가 혼신의 힘으로 귀를 잡아당겼다. 그러나 눈물과 함께 스바루가 항의해도 베아트리스는 모르는 척.

그 대화 옆에서 크루쉬는 왠지 살며시 뺨을 붉히고 고개 숙이고 있었다.

"우짜냐. 에밀리아땅, 나 뭐 이상한 말 했으려나."

"응— 그래? 평소 나랑 이야기할 때랑 똑같은 것 같은데……."

"그치. 왜지. 에밀리아땅 손을 잡으면 답이 나올 것 같아. 잡아도 돼?"

"그래그래. 힘내서 자기 힘으로 생각해 봐."

잡게 해 주지 않은 손으로 이마를 얻어맞아 스바루는 입을 시옷 자로 만들고 다물었다. 두 사람의 그 모습에 페리스가 살짝 크루쉬의 귓가에 입을 가까이 대고 말했다.

"자, 보세요. 스바루큥은 저렇게 몰상식하게 아무에게나 폼 잡으려구 한다구요. 병이라구요. 그러니까 신경 쓰면 안 돼요."

"네, 조심할게요. 후우, 깜짝 놀랐어요."

페리스의 조언에 크루쉬는 심호흡하고 뜻밖에 큰 가슴을 쓸어내렸다.

여성스러운 몸짓 곳곳에 귀염성이 있어서 갭 모에가 있다고 스바루는 생각했다. 그런 감상을 아랑곳하지 않고 크루쉬와 페리스는 동성 친구처럼 함께 웃고 있었다.

“자, 그라믄 다시 말하긋는디…… 크루쉬 씨캉 나츠키, 둘이 갖고 싶어 하는 정보는 지금 우리 아들더러 정리시키는 중이데이. 내일이나 모레에는 번듯하게 모양 잡아서 넘길 수 있을 테니께, 그때까지 쪼매만 참아 주그라?”

“진짜냐. 조급해지는 기분을 못 참겠군. 조금만이라도 되니 사전 정보 없어?”

“『지레짐작 리치의 속없는 감정』, 그라캐선 몽땅 손해 볼 끼다? 침착해야제.”

“그으윽…….”

아마도 초조는 금물과 비슷할 관용구로 나무람 받은 스바루는 신음과 함께 도로 앉았다. 그런 스바루의 어깨를 에밀리아와 베아트리스가 좌우에서 쓰다듬었다.

그렇게 일단 전원의 프리스텔라로 발길을 옮긴 이유가 공유되었을 때였다.

“——헹—. 뭐야. 다 같이 모였잖아. 라친스 이야기론 하프엘프 언니랑 아나스타시아 쪽뿐이라던데.”

큰방 장지문을 힘차게 열고 당당히 나타난 소녀에게 전원의 시선이 모였다.

모습을 드러낸 사람은 눈부시게 빛나는 밝은 금발에 동글동글한 붉은 눈을 가진 소녀였다. 드세게 웃는 얼굴의 입가에는 덧니가 엿보이고 단정한 이목구비에 장난스러운 매력이 따라붙었다. 작고 가녀린 체격인 건 변함없지만 여성스러운 면모는 조금 늘었을까.

단, 그 복장은 변함없는 빈민가 스타일이었다. 뿌리 부분에 변화가 없는 게 차라리 시원한 소녀, 펠트의 등장이었다.

펠트는 방 안 사람들을 둘러보더니 왠지 김샌 기색으로 한쪽 눈을 찡긋하며 말했다.

"1년 만이라는데 뜻밖에 변하질 없네. 뭐, 그건 나도 똑같나."

"——펠트 님, 한 말씀 괜찮을까요?"

기대가 어긋났다는 양 한숨짓고 나서 바로 씩 미소 짓는 펠트. 표정 변화가 바쁜 그녀지만 그 옆에 슥 라인하르트가 섰다.

라인하르트는 주군인 펠트를 보며 고운 눈썹을 찌푸렸다.

"제대로 외부용 의복을 준비해드렸을 텐데, 그건 어쩌셨죠?"

"항! 누가 니 취미에 맞춰 주냐. 관광이란 건 핑계고 난 갈아입을 옷 찾았을 뿐이야. 이제 그만 내 성격 이해해라, 우리 라인하르트."

"정말로, 당신이란 분은……."

한탄스럽다는 듯이 라인하르트가 얼굴을 가렸다. 펠트는 나라의 영웅이자 최고 전력이기도 한 남자에게 한 방 먹였다고 흡족한 기색으로 문지방을 넘었다.

그리고 새삼 큰방에 있는 이들을 돌아보고는 드센 표정을 슥 지웠다.

"오늘은 초대해 주셔서 참으로 감사합니다. 피차 왕선 후보자끼리 의미 있는 대화를 나누죠. ——자, 예의 끝! 나도 끼자."

한순간, 넋 놓고 바라볼 정도로 품위 있는 행동을 보였나 싶더니 직후에 성별 불명의 장난꾸러기로 급변하는 펠트. 그 예절을 짓밟는 분방함이 최소한 스바루에게는 속이 후련했다. 1년이 지나 그녀의 기세는 가속하기만 할 따름이다.

“그나저나 이상한 동네에 괴상한 건물이더라. 여기저기 신기해서 지쳤지 뭐야.”

말하면서 펠트는 라인하르트가 앉아 있던 방석에 책상다리로 털썩 주저앉았다. 그곳은 빌헬름의 옆자리로, 다른 방석을 끌고 오는 라인하르트와 거북한 조부 사이에 그녀가 끼어든 모양새가 되었다.

물론 노린 행동은 아니겠지만 그것을 자연히 해내는 구석이 그녀다웠다.

“신기하다. 그라코롬 생각해 줬다믄 내도 기쁘데이. 실은 그 밖에 이 여관을 고른 이유가 있는디…… 듣고 싶나?”

“재지 마라. 너 그거 안 좋은 버릇이야.”

입 끝을 끌어올린 펠트가 아나스타시아의 태도에 손가락을 들이댔다.

유난히 스스럼없는 대화로 들리는 건 둘의 거리감 문제이리라. 아무래도 스바루 일행이 모르는 동안의 만남이 이 둘의 거리를 전보다 좁힌 것 같다.

그 지적을 받고 아나스타시아는 입에 손을 대고서 까르르르 웃고는 말했다.

“펠트 씨한티는 못 당하긋다. 실은 이 여관, 크고 넓은…… 온천이 있다네?”

“온천이라니, 요컨대 대따 큰 목욕탕이냐!”

눈을 빛내며 펠트가 펄쩍 뛰듯이 일어났다.

"좋잖아, 목욕탕! 빈민가에서는 뜨신 물에 잠길 일은 좀처럼 없어서 좋아한단 말이지. 야, 이제 중요한 이야기는 끝난 거지?"

"이미 인사는 마쳤습니다만…… 펠트 님? 설마 진지한 대화를 하는 게 싫어서 그게 끝날 시간을 재다가 여관에 오신 건……."

"핫, 안 들려—. 요— 언니들도 목욕하러 가자, 목욕."

라인하르트가 잔소리할 낌새에 펠트가 귀를 막고 에밀리아 쪽에다 말을 붙였다. 그 말에 에밀리아는 놀랐지만 바로 웃음을 띠며 대답했다.

"응. 좋지, 목욕. 나도 커다란 목욕탕은 엄—청 궁금한걸."

"그렇군……요. 긴 여행의 피로도 있으니 괜찮을지도 모르겠어요."

에밀리아의 내켜 하는 대답에 품위 있게 미소 지은 크루쉬까지 동의했다. 당연히 제안자인 펠트와 온천을 자랑하고 싶은 아나스타시아도 반대 의견은 없었다.

"근데, 진짜로 온천? 이 일당하고, 이 흐름에서?"

"뭐야, 오빠. 찬물 끼얹지 말라고. 자, 정해졌다, 정해졌어!"

기세에 자리가 장악당해 혼란에 빠진 스바루의 말에 펠트는 팔짱을 끼었다.

그리고 그녀는 그 얼굴 가득히 장난스러운 웃음을 띠고.

"오늘은 목욕! 그리고 밥! 난 다른 이야기는 안 해!"

완전 사나이답게 단언했다.

5

결국 펠트의 주장은 그대로 먹혀서 일동은 일단 해산한 다음에 저녁 식사 시간에 다시 큰방에 모이기로 이야기를 정리했다.

그렇다고는 해도 스바루 또한 펠트의 제안을 반대하진 않는다. 오히려 한 번 분위기를 전환하는 의미로선 묘안일 정도라 그녀의 타이밍과 과단성이 좋은 구석에는 감탄할 따름이다.

스바루도 생각지 못한 곳에서 대죄주교의 정보를 얻을 수 있는 가능성이 보인 판국이다. 그 사실과 진지하게 마주하고 싶고, 그 밖에도 진영 내에는 불안 요소가 있다.

벽에 부딪힌 가필이 바로 현저한 문제다.

베아트리스는 자력으로 극복하길 지켜보자고 말했지만——.

"——대장. 미안한데 좀만 외출해도 상관없을까? 아마 아무 일도 없겠지만 일단 물어는 봐야지."

큰방의 해산 뒤, 대욕탕으로 가는 여성진을 배웅하고서 남성진은 자유행동이 된 차에 가필이 스바루에게 말했다.

"가필, 걱정 안 해도 넌 강해."

"……그래도, 최강이 아니야. 그래선 불충분하다고."

그 말만 남기고 뒤돌아선 가필은 여관 밖으로 걸어 나갔다.

호위라는 그의 역할을 감안하면 말려야 했으리라. 하지만 스바루는 그러지 않았다. 가필이라면 하룻밤 지나면 회복할 수 있다고 믿는다.

——그렇다면 그 하룻밤의 대역쯤은 스바루가 맡아 주리라.

“대장이니 형님이니 대접받았잖아. 그쯤이야 해 줘야지.”

물론 다른 한 형님은 지금쯤 도시를 돌아다니고── 아니, 아마 마시고 다닐 테니 노력해야겠다고 기염을 토하는 건 스바루뿐이겠지만.

“중요할 때 타이밍이 안 좋은 오토 자식……. 어쩜 이렇게 오토 같은 녀석이래.”

아무튼 동생의 성장을 기원하던 스바루는 시간이 되자 저녁을 먹으러 큰방으로 갔다.

그곳에는 입욕을 마친 여성진과 시간에 맞춰 합류한 남성진의 모습이 있었는데──.

“베, 베아코. 너, 그 모습은……!”

“흐흥, 어때? 지금의 베티는 평소의 베티와는 한 가닥 다른 것이야.”

놀라는 스바루 앞에서 으쓱대는 표정을 지은 베아트리스. 목욕을 마치고 살며시 볼이 붉어 통상보다 귀여움이 더 향상했지만 놀랄 점은 그쪽이 아니다.

평소에는 화려한 드레스 차림새인 베아트리스가 경악스러운 유카타 차림새로 마중해 준 것이다.

“오오, 끝내준다, 끝내줘. 유카타까지 있는 거냐! 그리고 잘 어울린다! 베아코, 프리티! 베아코, 러블리! 혼자 제대로 입을 수 있었어?”

“당연한 것이야. 이 정도는 베티한테 걸리면 식은 죽 먹기지.”

“오호, 역시 대단해! 베아코는 이렇게 말하는데, 진짜로는?”

"후훗, 의심하지 마. 진짜야. 베아트리스, 옷자락을 밟고 두 번밖에 안 넘어졌는걸."

"나, 날조인 것이야! 스바루는 베티랑 에밀리아 어느 쪽을 믿는 건데!"

"너, 그거 자백한 꼴이거든."

솔직하지 못한 베아트리스와 지나치게 솔직한 에밀리아의 의견을 통합해서 무난히 판정.

얼굴이 더 붉어진 베아트리스의 모습에 에밀리아가 부드럽게 미소 지었다. 그런 그녀 또한 유카타를 입었고, 촉촉이 젖은 은발이 머리 뒤로 한데 묶여 있었다.

하얀 목을 뒤에서 몰래 확인할 수 있어 참으로 멋지다. 좋은 냄새가 난다.

"스바루, 왠지 콧김 씩씩대는 것 같은데 열이라도 있니?"

"사랑의 미열이 조금. 에밀리아땅, 머리 땋아 봐도 돼?"

"괜찮은데, 바로 밥 먹을걸. 나중에 하지그러니?"

묶인 머리카락의 끝부분을 만지는 스바루의 말에 에밀리아가 탁상을 가리키고 제안. 마지못해 손을 거둔 스바루는 문득 주위의 눈길이 자신들을 보는 것을 깨달았다.

"뭐야, 뭐 이상한 구석 있었어?"

"뭐랄까, 오빠랑 언니도 잘 모를 거리감이란 말이지. 그러는 데 비해서는 색기란 느낌이 아니고, 마지막에 봤을 때는 지독한 관계였을 텐데."

"성에서 있던 일은 제발 헤집지 마세요. 가슴이 아프답니다."

정면에 유카타를 입고 책상다리로 앉은 펠트의 말에 스바루는 깊이 고개를 숙였다.

"핫, 뭐야, 뭐냐고. 그 오빠가 되게 멀쩡하게 됐네."

그 반응에 뭔가 어울리지도 않게 책이나 읽던 펠트가 웃었다. 그다음 그녀는 노란색 말린 꽃 책갈피를 책에 끼우고는 "그러고 보니 말이야." 하고 갸웃하며 말했다.

"목욕하다 들었어. 뭔가, 우리 띨띨이 기사가 그쪽에 있던 금발 오빠 괴롭혔다며? 미안해. 따끔하게 말해 둘게."

말하면서 펠트가 손에 든 책으로 옆에 앉은 라인하르트의 어깨를 팍팍 두드렸다. 살살하지도 않는 위력에 빨강머리 기사는 눈썹에 곤란한 기색을 띠었다.

"펠트 님, 그렇게 표현하면 오해를 부릅니다. 그 친구와는 오해가 있어서 조금 험한 일이 생길 뻔했지…… 실제로 그 나이에 앞날이 두려운 실력자였어요."

"그 자각 없이 거만한 시선, 진짜로 설득력 없구만. 대체로 장래성 있는 녀석일수록 인정사정없는 게 너잖아. 신나게 닦달당하는 가스통 걔네가 만날 울상 아니냐고."

라인하르트의 가필 평가에 펠트는 혀를 내밀고 어이없다는 표정이다.

하지만 그게 라인하르트의 본심에서 나온 말임을 적어도 스바루는 알 수 있었다. 그는 진정으로 가필을 존중하고 그 실력을 인정해서 이렇게 말하는 것이다.

어쩌면 그런 점이 라인하르트의 가장 위태로운 부분일지도 모른다.

“그런데 펠트 님, 그 의상 말입니다만.”

“뭔데. 왕선 후보자가 상스럽다고? 주위나 봐라. 다른 언니들도 죄 입고 있잖아. 나만 불평 들을 이유는 없거든.”

“아뇨. 그렇지는. 잘 어울린다고 전하고 싶었을 뿐입니다.”

“짱 나.”

그나저나 볼수록 대단한 게, 펠트의 시원스러울 만큼 엉성한 라인하르트 대접이다.

왕국민의 존경과 신뢰를 한 몸에 모으는 기사 중의 기사가 꺼낸 진심 어린 칭찬. 여성이라면 누구나 사족을 못 쓸 달콤한 말을, 펠트는 진심으로 꺼림칙하게 내친 것이다.

이런데 정말 소문만큼 잘 돌아가는지 진지하게 걱정됐다.

“그런 의미로는, 우리는 제법 이상적이지……. 으뜸은 크루쉬 씨 쪽이겠지만.”

“우리가, 말인가요?”

턱에 손을 짚고 사색하는 스바루의 말에 크루쉬가 이상하다는 표정을 지었다.

물론 다른 여성진과 다름없이 크루쉬도 유카타 복장—— 드레스와는 또 다르게, 얇은 유카타 차림의 그녀에게는 여성스러운 기품과 매력이 있었다.

원래 저녁에 술자리를 함께했을 때 봤던 잠옷 등으로 알고는 있었지만 일본풍 복장은 한층 매력적이었다.

“그래. 페리스도 크루쉬 씨한테 찰싹 붙었지만 그런 관계가 아니잖아? 흑심에서 스타트한 나하곤 미묘하게 조건이 다를지도 모르지만 이상적인 관계다— 해서."

"그런 말을 들으면 쑥스러운 감이 있네요. 후후. 안 그래요? 페리스."

"페리는 크루쉬 님께 흑심 팍팍 있는데 말이죠~."

한순간, 페리스의 발언에 큰방의 공기가 얼어붙었다.

크루쉬의 얼굴이 웃음을 띤 채로 딱딱하게 굳고, 페리스는 그 모습을 생글생글 바라보고 있다. 참고로 페리스의 복장도 어느새 갈아입었는지 유카타이며 다른 여성진에 막상막하로 어울리는 게 성질을 긁었다. 어쨌든——.

"괜한 비밀을 까발려서 미안하군. 좋아. 슬슬 밥이나 먹을까."

"위험한 걸 파내고 나서 그런 식으로 도망치지 마세요!"

식사로 도피하려는 스바루에게 크루쉬가 울상을 짓고 매달렸다.

그녀 자신에게는 마른하늘에 날벼락일지도 모르지만 스바루도 불발탄을 찾아내고 싶지는 않았다. 어째야 할까 하고 스바루가 시선을 오락가락하고 있으려니.

"페리스, 너무 크루쉬 님을 놀라게 하는 건 탐탁치 못하군요."

그런 말로 자리의 공기를 일변하게 한 사람은 그때까지 침묵하던 빌헬름이었다.

유카타 복장으로 정좌한 『검귀』의 말에 페리스는 자기 입술에 손가락을 짚고 말했다.

"에코, 빌 영감까지 페리의 마음을 의심해?"

"경애, 친애, 연애. 이 자리에 모인 주종에 함부로 혼란을 부르는 건 그만두십시오. 그건 동심이라고 부르기에는 다소 귀염성이 없다고 하지 않을 수 없습니다."

"뿌— 엄하다니깐, 참 내."

빌헬름의 무게 서린 설교에 페리스도 입술을 삐죽이고 항복의 뜻을 나타냈다.

그리고 그는 난처한 표정의 크루쉬 어깨에 기대고는 말했다.

"그렇게 걱정 안 하셔두 당연히 농담이죠오. 페리가 크루쉬님께 흑심 팍팍 있으면, 그런 건 여러모로 큰일이구우."

"하, 하긴요. 후후, 놀랐어요. 저, 지금은 가호를 잘 못 쓰니까 페리스의 여러 마음을 잘못 본 줄 알아서."

"——그런 일, 없어요."

안도하는 크루쉬지만 그 순간 페리스의 눈이 스바루는 마음에 걸렸다.

한순간, 눈에 스친 감정. 어쩌면 그것은 페리스 나름의 고뇌였을지도 모른다.

가볍게 행동해 보여도 요 1년간 페리스가 떠안은 고뇌는 스바루와 비슷한 종류일 것이다. 후회든 고심이든, 그 속내를 쓰라리도록 알 수 있었다.

"으음. 저, 식사 준비가 다 된 것 같은데, 가져와도 될까요?"

대화가 일단락되기를 기다렸던 요슈아가 여관 사람에게 상을 차리라는 지시를 내렸다. 그러자 긴 탁자 위에 잇따라 요리가 운반되고 이를 본 일동의 표정이 놀라움에 휩싸였다.

에밀리아 일행은 본 적이 없는 요리들이었으나 스바루의 놀라움은 또다시 주위와는 다른 방향성—— 낯익은 것을 예상 밖에 목격한 것에 대한 경악이었다.

이 세계에는 바다가 없기 때문에 생선 요리는 전적으로 민물고기가 중심이다. 당연히 그다지 큰 물고기와 만나 보지도 못한 까닭에 회 요리와도 퍽 격조했다.

그런 와중에 이른바 활어회 같은 게 튀어나오면 그 놀라움도 남다르다.

"이거, 이대로 먹을 수 있어?"

"어때? 본 적 없제? 이것만은 티그라시 대하 근처가 아이믄 경험 못하는 요리일 끼다. 『물의 날개옷 여관』에서는 명물 요리라고 선전할 정도인디."

그, 루그니카 왕국의 상식에 얽매이지 않은 요리는 더 이어졌다. 어느 것이나 일본의 전통 요리가 기초인 요리가 잇따라 나타나는 바람에 에밀리아 일행의 곤혹감은 더욱더 깊어졌다.

그 당혹감을 타파한 건 이 잔치의 주최자인 아나스타시아……가 아니라——.

"이건! 이렇게! 이러는 게 정답!"

안타깝게도 식기는 포크였지만 스바루는 그 끝부분에 수수께끼의 생선회를 찌르고 간장과 비슷한 조미료를 찍은 뒤 단숨에 입에 던져 넣었다.

그리고 "아." 하고 놀라는 에밀리아와 베아트리스 옆에서 맛을 즐겼다.

"맛, 있어―! 아― 그리운 회! 최고! 아나스타시아 씨 최고!"
"마, 맛있니?"
"일품이지! 신선해서 그런가, 무지무지 맛있어! 아까워라. 이 자리에 초밥 식초랑 쌀만 있으면 아버지 친구인 초밥 장인 보고 흉내 낸 걸로 에도마에 초밥 만들었는데!"
"미안, 무슨 소리인지 모르겠어. ……근데, 그래. 맛있구나."
빠른 말로 쏟아 내는 스바루의 발언. 에밀리아는 그 대부분을 흘려듣고 가장 중요한 부분만 믿고서 비슷하게 흉내 내며 간장에 찍어 회를 먹었다.
그러자 에밀리아는 동그란 눈을 크게 뜨며 "음―!" 하고 기쁜 듯 움켜쥔 주먹을 흔들었다.
그 솔직한 주종의 반응을 보고 다른 이들도 잇따라 요리에 손을 대었다.
"우― 나츠키 쟈가 또 내 즐거움을 빼앗고……."
특권을 빼앗긴 아나스타시아만이 그 사실에 살짝 불만스러운 눈치였다. 하지만 스바루와 에밀리아의 이상적인 반응에 이윽고 입술에 웃음을 띠었다.
"참 못 말리는 아들이다. ……아유! 내 몫 남지도 않긋네!"
몇 가지 불안과 참가하지 않은 인물을 떠안은 만찬회이긴 했지만 그래도 참가자는 전원이 화기애애하게 즐길 수 있었다.

――이날 밤만은, 달이, 세계가, 모두에게 유예를 허락한 것처럼 평화로운 시간이었다.

6

서로가 라이벌이라는 현실도 다 잊고, 『물의 날개옷 여관』의 밤은 깊어간다.

큰방에서 식사가 끝나자 스바루도 목욕을 마치고 방으로 돌아갔다. 자리를 비운 사이에 객실에는 종업원이 이불을 깔아 준 모양이라 취침 준비는 완벽한 상태였다.

"스바루! 아무래도 베티가 없는 사이에 수상한 자가 들어온 모양이야!"

"엉. 네가 구겨놓은 이불도 곱게 개어 놨네. 터무니없는 녀석들이군."

두 개 늘어놓은 이불 한쪽에 쓸데없는 경계심을 드러낸 베아트리스를 달랜 스바루는 졸린 눈치의 그녀를 자상하게 재웠다.

참고로 정식으로 계약한 이래 스바루와 베아트리스는 기본적으로 같은 방을 쓴다. 아나스타시아는 각방을 준비해 주었지만 어차피 밤중에 스바루 이불에 들어올 테니 사양했다.

물론 그건 베아트리스가 혼자서 못 잘 만큼 어린이라서가 아니라 취침 중에 오드에서 마나가 생성되기에 스바루의 컨디션을 배려한 까닭이다.

『그러니까 베티가 스바루랑 같이 있고 싶어서 그런 게 아니야. 오해하면 안 되는 것이야.』

이는 계약한 직후일 즈음 베아트리스의 의견이었다.

이 마당에 진의가 어떤지는 아무래도 상관없다. 스바루도 요

1년 동안에 자기 말고 다른 숨소리가 들리는 밤에 말끔히 익숙해지고 말았다. 추운 날에는 따뜻하고.

"이 녹색 덩어리는 독극물인 것이야……. 먹으면 무사할 수가 없어……."

너무 까불었는지 이불에 누운 베아트리스는 금세 꿈속에 빨려들어 지금은 저녁 식사 자리에서 트라우마가 된 고추냉이의 공포에 시달렸다.

스바루는 그런 깜찍한 파트너의 잠자는 얼굴을 즐기다가 방 안에서 기지개를 쭉 켰다.

"자, 나도 졸려질 때까지 잠깐 산책이나 하고 올까."

유카타의 띠를 고쳐 매고 스바루는 마음 편하게 방을 나섰다. 행선지는 정하지 않았지만 여관 밖까지 나돌 작정은 없다. 끽해야 정원에서 바람이나 쐴까.

일본식 정원 같은 광경은 아마 달밤에 돋보이리라. 스바루는 복도의 창문을 통해 둥근 달을 올려다보고, 그 은색 빛에 미소 지었다.

고요한 밤이다. 경비상, 온천 여관은 지나치게 개방적인 부분이 있지만 오늘에 한해서는 침입을 시도하는 악한이 있더라도 상대가 불쌍해질 라인업으로 채워졌다.

『아무 일도 없겠지만, 이 구획에서 무슨 일이 있으면 달려갈게. 안심하길 바라.』

그것이, 큰방에서 헤어진 라인하르트의 든든한 한마디다.

『여관』으로 한정하진 않고 『구획』으로 단언한 게 너무 든든

해서 도리어 무섭다. 본인의 성격을 감안하면 『도시』라고 말하고 싶지만 겸손을 떨었을 가능성마저 있었다.

"라인하르트……라……."

지금도 혹시 야간 경계 중일지도 모르는 친구를 떠올리며 스바루는 눈을 내리깔았다. ——친구라고, 그가 아무 잘난 척도 없이 긍정한 게 잊기 어렵다.

오늘의 생각지 못한 재회에 스바루는 어영부영 라인하르트와의 친구 관계를 재구축했다. 하지만 그걸로 그날의 폭언이, 최악의 태도가 용서받아서는 사리에 맞지 않는다.

친구와는 대등하고 싶다. 그것이 스바루의 생각이다. 라인하르트가 어떻게 생각하든 간에 스바루는 그에게 빚을 졌다. 그것을 갚지 않고서 어떻게 그의 친구를 자칭할 수 있으랴.

뭔가, 뭔가 할 수 있는 일은 없을까. 스바루가, 친구인 라인하르트를 위해서.

"————."

그런 생각과 함께 정원에 발을 옮겼던 스바루는 그곳의 광경에 숨을 죽였다.

검은 하늘에 은빛 달. 그 달에 낀 구름의 두께가 하늘에 수상한 매력을 주는 곳에서 선선한 바람을 받으며 서 있는 한 인영을 발견했기 때문이다.

다부진 등과 하얗게 물든 두발. 그 특징에 해당하는 인물은 한 명뿐이다.

"——빌헬름 씨?"

"스바루 님입니까. 놀라게 해드렸는지요?"

인기척은 진즉에 눈치챘으리라. 부르는 소리에 남색 유카타를 걸친 빌헬름이 돌아보았다. 부드러운 눈초리. 묘하게 유카타가 어울린다.

유카타의 소맷자락에 손을 넣고 서 있는 『검귀』와 일본풍 정원. 어찌나 그림이 되는지.

"고요한 밤입니다만 잠이 안 드시던가요?"

"――아니 뭐, 그런 게 아닌데요. 그냥 이 밤의 정원을 보고 싶어서. 좋은 경치이겠거니 했거든요."

"과연. 그렇다면 이 엄숙한 밤에 저 같이 괜한 게 있어선 멋이 없었군요."

그렇게 말하고 소리 없이 웃는 빌헬름의 온화한 목소리에 스바루는 뺨을 긁었다. 빌헬름의 목소리에는 에누리 없는 신뢰가 있어서 그 사실이 묘하게 쑥스러웠다.

――스바루에게 빌헬름은 이 세계에서 가장 순수하게 존경하는 인물 중 한 명이다.

같이 서고 싶다, 경쟁하고 싶다, 대등하고 싶다고 바라는 존재는 그 밖에도 많이 있지만, '올려다보고 싶다' 에 가까운 감정을 품는 것은 이 사람뿐일지도 모른다.

인간으로서도 남자로서도 빌헬름은 스바루의 이상 그 자체였다.

그렇기에 뺨을 긁는 스바루는 빌헬름의 겸손에 "아뇨, 당치도 않습니다." 하고 고개를 저었다.

"괜하다뇨. 오히려 『검귀』와 와후 정원이 너무 어울려서 제 마음의 포토그래프에 영원히 새길 한 장이죠. 달밤이 돋보이는 사람, 좋아해서."

스바루가 아는 한, 달밤이 가장 어울리는 건 군말 없이 에밀리아다.

그녀가 지닌 은발의 광채는 햇살의 빛과는 다르다. 에밀리아의 아름다움은 덧없고도 다가서고 싶은 달빛과 같다. 그렇기에 스바루는 달에 다가서는 별이고 싶었다.

따라서 지금 달밤에 서 있는 『검귀』의 모습은 스바루로서 동경의 상징이었다.

"그와 같은 말, 제가 아니라 여성에게 속삭여야 할진대. 손해 보는 양반이십니다."

"제가 이 낯짝으로 말해도 느끼한 대사는 효과가 희박하다고요. 그리고 현재 가장 마음을 건드리고 싶은 애에게는 이런 쪽 표현이 전혀 안 통해서."

"가장 사랑하는 여성을 위해서 말을 고른다……. 그 답답함도 사랑의 묘미죠."

놀리는 듯한 빌헬름의 어조에 스바루도 익살스럽게 어깨를 으쓱였다.

"오, 간만에 연애 자랑할 분위기네요. 빌헬름 씨한테도 그런 시절이 있었나요?"

"들어 보시겠습니까?"

"꼭 듣고 싶네요."

스바루가 공손히 예의를 갖춰 인사하자 빌헬름은 “그럼 어쩔 수 없군요.” 하고 재는 투로 기쁘게 이야기하기 시작했다.

파란 눈은 먼 곳을 응시하고, 저편에 있는 사랑스러운 기억을 일깨운다.

“지금도 그렇지만 옛날의 전 지금보다 더 말이 서투르고 말이 부족한 사내였습니다. 처음 만났을 당시에 안사람은 검을 휘두르려는 생각밖에 머릿속에 없는 사내의 화제에 자못 따분했을 테죠.”

“하지만 사모님은 그런 빌헬름 씨와 대화하는 걸 즐기셨던 거죠?”

“안사람은 속이 넓은 여성이었지요. 그 호리호리한 몸에 짊어진 숙업의 무게에 괴로워하면서도 그걸 다른 사람이 일절 깨닫지 못하게 했어요. 그런 안사람에게 저는 아마도 처음 만났을 적부터 끌렸습니다만…… 어리석게도 당시의 전 그런 사실을 전혀 깨닫지 못하고.”

어지간히 당시의 꽉 막힌 자신이 부끄러운지 빌헬름의 목소리에는 희미한 후회와 수치가 서려 있었다. 그런 반응이 희한해서 스바루의 입 끝에 웃음기가 걸렸다.

“뜻밖인데요. 빌헬름 씨한테도 뭐랄까, 순진하던 시절이 있었군요.”

“정말로, 검에만 자신을 바쳤습니다. 검을 잡았을 적의 마음도 잊고서 몰두하는 것이 삶의 양식이라는 듯이. ――이유를 떠올리게 해 준 것도 안사람이었습니다만.”

“사모님을 좋아한다고 깨달은 건 혹시 그때인가요?”

“……스바루 님에겐 숨길 수 없나 보군요.”

힘없이 중얼거린 빌헬름의 말에 스바루는 침묵으로 응했다.

아마 빌헬름은 지금 자기가 어떤 얼굴인지 깨닫지 못하는 것이리라. 그 사실이, 그 얼굴을 보여 준 것이 스바루는 몹시 자랑스러웠다.

빌헬름의 눈이, 볼의 주름이, 어조가, 몸짓이, 모든 것이 설명하고 있다.

그는 지금도 만난 당시의 아내── 테레시아 반 아스트레아에게 연심을 품고 있다.

그 얼굴을 보고서 그가 사랑에 빠진 순간을 누가 알아채지 못할까.

“──읍.”

스바루는 빌헬름의 얼굴을 보다가 저도 모르게 울 뻔했다.

눈시울에 뜨거운 것이 치민다. 왜, 남의 사랑하는 얼굴을 보고 이렇게나 가슴이 뜨거워지는 것인가. 이런 곳에서 울면 빌헬름을 난처하게 만들지 않는가.

“스바루 님 말씀이 맞습니다. 제가 안사람에게 품은 감정을 깨달은 건 그때였지요.”

스바루가 얼굴을 내리깔고 눈물을 감출 때, 빌헬름은 옛 이야기를 이어 나갔다. 그 배려에 기대며 스바루는 더욱 열을 띠고 그의 이야기에 귀를 기울였다.

“검을 휘두르는 것이 제 전부였습니다. 하지만 검을 휘두르기 전까지 생각하던 것도, 검을 휘두름으로써 생각한 것도 저를 형성하는 전부였지요. 안사람은 제게 그런 당연한 사실을 깨우쳐 주었어요. 그 뒤로는 검을 휘두를 때마다 안사람을 떠올립니다."

"그건, 지금도 그런가요?"

"——저와 안사람을 이어 주는 건 예나 지금이나 검입니다."

스바루가 물어보는 말에 빌헬름은 살짝 말을 멈추고 나서 말을 꺼냈다.

달빛을 등지고 스바루와 마주 보는 빌헬름. 그 눈은 복잡한 감정에 젖어 있다.

자랑스러움이 있다. 회한이 있다. 주저가, 정열이, 수치가 있다. 용감함과 애절함도 있었다.

——하지만 그 전부에 사랑이 있었다.

"검을 휘두르는 한, 저는 안사람을 끝없이 떠올리겠죠. 따라서 저는 죽을 때 검을 쥐면서 죽고 싶습니다. 그건 제게 안사람과 함께 있다는 뜻이지요."

그것이 빌헬름의 서툴고 올곧으며, 하나뿐인 사랑 방법이다.

스바루는 숨을 집어삼키고 신음하듯이 몇 번씩 얕은 호흡을 반복했다. 혀가 저리고 폐가 경련하는 감각이 있다. 하지만 심장 고동을 가슴 위로 누르고 입술을 움직였다.

지금, 눈앞에 있는 빌헬름이 멀게 보이는 지금이기에 말해야만 한다.

"죽을 때라느니 복 달아나는 말씀 하지 마세요. 빌헬름 씨도 아직 한참 젊을 만큼 젊은데 은퇴할 생각만 하시면 곤란해요."

"스바루 님?"

"크루쉬 씨랑 페리스도 빌헬름 씨한테 엄청 기대잖아요. 기억이 불안한 크루쉬 씨는 힘든 입장이고, 그걸 지탱하는 페리스도 겉으로야 안 드러내지만 필사적이라서 빌헬름 씨가 도와줘야죠. 그리고, 저도!"

"———."

"저도 빌헬름 씨에게 배우고 싶은 게 아직 많이 있어요. 적 진영인데 뭔 어리광이냐고 여기실지도 모르죠. 그래도 전……."

——스바루는 빌헬름을 좋아했다.

그렇기에 여윈 아내에 대한 감정과 함께 그 원수를 갚아 낸 그를 남자로서 존경한다.

그에게 그럴 맘이 없었다손 쳐도, 몇 번씩 루프한 스바루 안에서도 열흘에 못 미친 사제 관계였지만 스바루는 빌헬름의 강함을 동경했다.

그런 빌헬름의 입에서 『죽음』을 의식한 말을 듣는 것을 스바루는 두려워했다.

——스바루는 전보다 더 지인의 『죽음』에 민감해졌다.

그것은 로즈월과의 약속이 이유이기도 하며, 『사망귀환』에 대한 스바루 자신의 생각이 변화한 영향도 있다. 지인의 『죽음』을 생각하면 감정을 컨트롤할 수 없어진다.

그야말로 에밀리아나 베아트리스가 남몰래 위태롭게 여길 정도로.

"여전히 전 말 고르는 재주가 서툴러서 못쓰겠군요."

쓴웃음. 그리고 빌헬름은 우두커니 선 스바루와의 거리를 좁혔다. 한 걸음. 또 한 걸음 다가온 『검귀』는 툇마루에 선 스바루 바로 눈앞까지 이르렀다.

그리고 파란 눈이 흔들리는 스바루의 검은 눈을 곧게 꿰뚫었다.

"스바루 님. ——당신의 그건 미덕이지만 약점이기도 합니다."

그 말에 웃음의 여운은 없다. 하지만 꺼리는 것도 꾸짖는 것도 아니었다.

그건 왠지 타이르는 말로, 연장자가 연소자에게 이르는 말 같았다.

더 분명하게 말하자면 할아버지가 손자에게 무슨 말을 전하려는 음성이었다.

"안사람에게도 그런 점이 있었습니다. 자기 마음을 억누르고 주위에 있는 사람의 마음만을 우선하다가 자신을 뒷전에 두고 마는 나쁜 버릇이."

"나쁜 버릇……일까요. ……아니, 애초에 전 그렇게 착한 놈이 아녜요. 모두 다 행복해질 수 있으라거나 그런 식으로 소원한 적은 없어요. 전 그냥 제 주위에 있는 사람들만이라도 행복하면 그걸로 되는 놈이에요."

"그 주위 사람이라는 범위의 문제죠. 안사람은 바란 게 아니었으나 한 여자가 지니기에는 과분한 힘을 지니고 있었습니다. 그리고 그 힘이 닿는 범위는 그녀가 생각하고 바라던 것보다 훨씬 멀고 넓었습니다."

빌헬름의 아내, 테레시아 반 아스트레아는 선대의 『검성』이다.

그 약력 정도는 스바루도 요 1년 동안에 접할 수 있었다. 루그니카 왕국의 존망을 흔들던 내전. 그 싸움을 종결로 이끈 구국의 영웅, 그것이 테레시아다.

그런 영걸과 비교될 만한 뭔가가 나츠키 스바루에게 있을 리가 없다.

"사모님 말씀은 알겠어요. 하지만 저한테 그걸 끼워 맞추는 건 아무리 그래도."

"평시의 안사람은 꽃을 아끼는 것을 좋아하는 평범한 여성이었지요. 역사에 이름을 남긴 영웅들이 평소부터 한없이 영웅이던 건 아닙니다. 그리고 스바루 님, 당신의 이름도 손이 닿는 범위도 지금은 당신 생각 이상으로 넓어졌어요. 그건 앞으로 더더욱 넓어집니다."

"그렇지는……."

"전 확신합니다. 스바루 님은 혼자서 해낼 수 없는 일을, 혼자서는 해낼 수 없는 누군가를 모아서 반드시 해내고야 마는 인물이라고."

"__________."

말문을 잃었다. 빌헬름의 과대평가에 할 말을 잃을 수밖에 없었다.

스바루는 약하고, 머리도 나쁘며, 의지조차 허약한 반편이다. 혼자서 아무것도 못하기에 말주변을 부려 남을 끌어들여서 그

때그때 때우는 짓을 반복했을 뿐이다.
그런데 어째서 빌헬름은 이런 스바루를 그렇게까지 높이 평가하는가.
"지금은 아직 스스로 모를지도 모릅니다. 그 사실을 깨닫지 못하는 이도 아직 많이 있겠죠. 하지만 언젠가 누구나 알 겁니다."
"저는 별 볼 일 없고, 속절없이 못난 놈이라고요."
"네. 별 볼 일 없고 속절없이 못난 당신이, 저는 좋습니다."
한 박자 띄우고 빌헬름은 만족스럽게 끄덕였다.
"그리고 그렇게 생각하는 사람들은 앞으로 더 늘어나겠죠."
"————."
길게, 숨을 내뱉었다.
빌헬름의 말은 역시 과장스럽다. 그럴 리 없다고 웃어넘겨도 책망당하지 않을 만큼 현실성이 없는 발언이었다.
이걸 웃어넘기지 못하는 건 그 말을 한 사람이 다름 아닌 빌헬름이기 때문이다.
"……다소, 말이 많아졌군요. 시간을 오래 빼앗아서 죄송합니다."
스바루가 떠안은 갈등을 보면서 빌헬름은 멋쩍은 듯 고개를 숙였다. 하지만 스바루는 그렇게 만든 걸 후회하듯 고개를 가로저었다.
"지금 해 주신 말씀은 제대로 생각해 보겠습니다. ……뭔가 죄송해요. 사모님 자랑을 좀 들어보자는 취지였는데."

"아니요. 오랜만에 저도 만족……하기엔 모자라지만, 안사람 이야기를 할 수 있어서 기쁘더군요. 요즘은 크루쉬 님도 페리스도 좀처럼 시간을 내주지 않는 까닭에."

"그만큼 자랑하고도 모자라요? 게다가 진영 내의 미묘한 관계 이야기까지 듣고 말았어!"

"조금 지나치게 감상적이 되었습니다. 슬슬 노인의 긴 이야기는 접도록 하지요."

옅게 미소 지은 빌헬름이 정원에서 툇마루에 발을 올렸다. 대화가 끝날 분위기에 스바루는 별생각 없이 손을 뻗어 빌헬름이 복도에 오르는 것을 거들었다.

"————."

빌헬름이 스바루의 손을 잡고 복도에 올랐다. 순간, 노검사의 체중을 팔에 느낀 스바루는 불현듯 큰방의 기억을 떠올렸다.

그와 동시에 스바루는 정원에 오는 도중에 하던 생각을 돌아보았다.

이것은 몹시 무신경하고 예의가 없는 말일지도 모른다. 그렇다 해도——.

"빌헬름 씨. 저는 다른 집 집안 사정에 끼어들거나 서슴없이 남의 마음을 건드리는 짓도 졸업했다고 생각하는데요……."

"——예. 듣고 있습니다."

"……라인하르트와는, 친하게 지낼 수 없나요? 가족……이죠?"

할아버지와 손자. 아스트레아 가문의 인간관계가 복잡한 것은 대강 상상이 갔다.

그 관계에 함부로 파고들면 스바루는 빌헬름과 쌓은 신뢰를 잃을지도 모른다. 하지만 이런 생각이 들고 말았다. 상처 입기를 두려워하며 아무 말도 하지 않는 관계에 매달릴 가치가 있느냐고.

깊이 들어서 준 빌헬름의 행동이, 스바루에게 그런 생각을 들게 해 주었다면.

"스바루 님과 이야기하다가 생각했습니다."

"————."

"왜 저는 자기 손자와 이렇게 말을 주고받지 못하는 거냐고."

그건 고뇌에 찬, 빌헬름의 진심에서 우러나온 회오였다.

빌헬름의 옆얼굴에서 표정이 사라졌다. 무표정. 그러나 무감정은 아니다. 강고한 껍질 깊숙이 봉해 넣은 더없이 강한 감정.

——그것은 또렷한 후회였다.

"저는 후회가 많은 사내입니다. 하지만 제게는 자기 인생 중에서도 결코 변명하지 못할 후회가 세 개 있습니다. 그중 하나가, 지금의 저와 손자 사이에 있는 도랑의 원인입니다."

"하지만 빌헬름 씨는 그걸 후회하는 거죠?"

"후회한들 용서받을 일이 아닙니다. 그만큼 그때의 제가 손자에게…… 라인하르트에게 내던진 말은 무겁습니다. 구제하기 어려울 만큼, 용서하기 어려울 만큼 어리석었습니다."

무표정을 가장한 빌헬름의 마음속에 영혼을 태울 만한 불꽃의 조짐이 있다.

그 불은 오랜 세월 빌헬름의 마음을 용서하지 않으며 불태우는 분노의 업화였다. 후회의 마음이 불씨가 되고, 불꽃은 빌헬름을 까맣게 태워 재가 될 때까지 용서치 않는다.

“안사람의 원수를 갚는다는 명목으로 저는 그 후회로부터 하염없이 눈길을 돌려 왔습니다. 그리고 원수를 갚은 지금, 원래라면 다가서야 마땅하다고 알고는 있어요.”

“하지만 용기가 안 난다는 건가요.”

“민망할 따름입니다. 손자가 지금도 나를 원망한다. 그렇게 생각하니 발걸음을 옮길 수가 없더군요.”

진심으로 자기 자신에게 실망한 것만 같은 빌헬름의 한탄.

급속히 작아져 버린 것만 같은 노인의 모습에 스바루는 얼떨떨해졌다. 그렇게 얼떨떨한 가운데, 참다못하고 웃음을 터트렸다.

“스바루 님?”

“죄, 죄송해요. 웃을 생각은 없었는데요. 좀 힘들어서.”

빌헬름은 믿을 수 없다는 표정을 짓지만 스바루 쪽도 믿을 수 없었다.

어쩌면 둘의 관계는 더 손 쓸 도리가 없을 만큼 뒤틀린 것이 아닐까, 그런 가능성도 각오했었는데.

“빌헬름 씨는 왠지, 자신이 라인하르트의 할아버지라고 자칭할 자격은 없다는 식으로 생각하는 것 같은데요.”

“예, 그 말이 옳습니다. 손자를 상대로 자기가 잘못했음을 알면서도 용기를 내지 못하지요. 그런 겁 많은 자신에게 정말이지

정나미가…….”

“그거, 손자한테 미움받는 걸 겁내는 할아버지로밖에 안 보인다고요.”

“……하.”

그때까지 어두운 표정이던 빌헬름이 의표를 찔려 눈이 휘둥그레졌다. 그런 그의 반응에 스바루는 아직껏 뺨에 웃음의 여운을 남긴 채로 말을 이었다.

“저야 둘이 무슨 이유로 거북해졌는지 제대로 모르죠. 그러니까 엉뚱한 말을 할지도 몰라요. 하지만 그 외부인인 제가 봐도 빌헬름 씨는 라인하르트와 진지하게 화해하고 싶어 해요. 그럼 사과하는 편이 틀림없이 낫죠.”

“하지만 라인하르트는 그래도 용서해 주진 않을 겁니다.”

“한 번에 용서해 주지 않는다면 용서해 줄 때까지 사과하자고요. 애당초 용서받고 싶어서가 아니라 사과하고 싶어서 사과하는 거잖아요? 사과하는 쪽의 사과하고 싶은 마음은 이기적인 거죠. 왜냐면 사과하는 쪽이 나쁜 짓을 한 사람이니까요.”

“────.”

이번엔 스바루가 꺼낸 극단론에 빌헬름이 할 말을 잃을 차례였다.

물론 스바루도 이게 너무나 방자한 폭론임은 알고 있다.

그래도 손자와 대화 나누길 겁내며 앞으로 내딛기를 두려워하는 빌헬름에게는 필요하다. 분위기를 무시하고 당당히 수치를 잊으며 행동하고 까불어댈 굵직한 정신이.

그리고 그것이 바로 나츠키 스바루가 제일가는 특기 아닌가.

"그야, 몇 년이나 소원하다가 갑자기 사과를 받으면 처음에는 '얘 뭐냐' 가 되겠죠. 하지만 몇 번씩 사과하다 보면 '얘 뭐냐' 도 변해요. 그게 '얘도 어쩔 수 없네' 인지 '얘 짜증 나네' 인지는 모르겠지만요."

"악화된 것 같기도 합니다만."

"그래도 변화죠. 최악으로 고정된 지금보다야 움직인 만큼 더 낫지 않아요?"

여러 사람의 인상을 최악인 상태로 스타트하게 하는 데에는 정평이 난 스바루다. 인간관계 최악으로 사방팔방에 포위당하는 것쯤 스바루로서는 별것도 아니다.

그리고 스바루에게는 승산이 있었다. 왜냐면 라인하르트는 ——.

"——라인하르트 걔, 백경 때 일을 듣고 싶다고 그랬어요."

넉살 같은 말의 마지막에 스바루는 아마 열쇠가 될 그 사실을 담았다.

다실로 가는 도중, 라인하르트는 확실하게 스바루에게 그렇게 말했다.

그 말을 듣고 빌헬름이 파란 눈을 부릅떴다.

"백경이 두 사람의 거북한 사이에 관계가 있는지는 몰라요. 하지만 만약 관계가 있다면 라인하르트는 백경을 토벌한 게 빌헬름 씨인 걸 알아요. 빌헬름 씨가 10년 이상 걸려 할머니 원수를 갚았다는 걸, 걔도 안다고요."

"————."

"분명히 개도 굳어 있던 게 움직이는 순간은 지금이 아닐까, 기대하고 있을걸요."

라인하르트의 본심이야 스바루는 도저히 알 수 없다.

애당초 라인하르트와는 친구가 된 경위도 너무나 의문이다. 너무 만만한 게 아닐까 걱정스러울 수준이다. 필시 무력함이나 무지함을 한탄한 적은 없는 게 아닐까 싶던 적도 있다.

——그럴 리 없다. 라인하르트도 분명히 많은 고민을 떠안고 있다.

스바루가 보면 초인으로밖에 안 보이는 빌헬름도 한 꺼풀 벗겨보면 어디에나 있는 남자에, 어디에나 있는 할아버지로, 어디에나 있는 고민과 결함을 떠안은 인간이다.

라인하르트도 그럴 거라고 생각해서 뭐가 이상하단 말인가.

라인하르트가 그런 남자라면 친구를 위해 스바루는 할 수 있는 일이 있다.

이 오지랖이 그런 일 중 하나라면 좋겠다고 소원한다.

"손자는…… 라인하르트는, 말을 들어줄까요?"

잠시간의 침묵을 거치고 빌헬름은 쥐어짜듯이 그렇게 물었다. 그 말이 처음 한 걸음을 내딛는 계기를 바라고 있었기에 스바루는 웃었다.

"우선은 짜증 날 만큼 말을 붙이고 눈칫밥 먹는 것도 좋은 법이죠. 저도 백 발 쏴서 한 발 맞으란 정신으로 에밀리아땅에게 접근하고 있는데요."

"나 원──."

스바루의 답변을 듣고 기대에 어긋난 내용에 빌헬름이 고개를 가로저었다.

그리고 노인은 고개를 들어 머리 위에 떠오른 은빛 달을 올려다보면서.

"스바루 님에게는 못 당하겠군요."

웃음을 머금은 어조로 말했다.

제4장 『시끄러운 정적』

1

——이튿날 아침, 기분 좋게 깨어난 스바루는 아침 해가 비추는 정원에 서 있었다.

발밑에 모래 감촉을 맛보면서 스바루는 아침의 선선한 공기를 폐로 빨아들이고 "웅—!" 하고 기지개를 켰다. 그 모습에 옆에서 있는 에밀리아가 자그맣게 웃었다.

"뭐니? 스바루, 왠지 오늘 아침 엄—청 기분 좋네. 좋은 일 있었어?"

"아침부터 에밀리아땅의 땋은 머리 웨이브가 귀여운 것도 있고, 어제는 자기 전에 잠깐 좋은 일 있었거든."

"그렇구나. 잘됐다. 어제는 스바루, 좀 고민하던 것 같았으니까."

그렇게 말한 에밀리아가 미소와 함께 살짝 자신의 물결 이는 은발을 손으로 매만졌다.

어젯밤의 계획대로 땋은 머리를 푼 에밀리아의 은발은 완만하게 물결이 일었다. 평소의 머리 모양도 물론 귀엽지만 가끔 다른 특징이 도드라진 매력 또한 미소녀의 특권이다.

그렇다고는 해도 어제 일로 걱정을 끼쳤던 건 바람직하지 못하다. 물론 뮤즈 상회에서 저지른 실패의 반성은 크지만 그건 그거, 이건 이거다.

"그쪽은 무겁게 받아들이기로 하고…… 베아코, 오늘 아침은 왜 그래? 그렇게 뾰로통해서."

"안 뾰로통한 것이야. 아무렇게나 말하지 마."

그러고 얼굴을 확 돌린 건 툇마루에 앉아서 스바루와 에밀리아를 바라보는 베아트리스였다.

아무것도 아니라며 고집스러운 태도지만 오늘 아침의 그녀는 일어났을 때부터 말수가 적고, 덤으로 지금도 두리번두리번 불안하게 주위를 흘끔거리고 있다. 걱정하지 말라는 게 무리다.

"그렇게 안 귀여운 오기 부리지 마. 무슨 일 있었으면 순순히 이야기해. 중요한 일일지 누가 알아?"

"그래, 베아트리스. 고민이 있으면 같이 고민할래. 나도 믿음직해."

"에밀리아의 말에는 항의하고 싶은 부분이 있어. 하지만……."

자기 가슴을 두드리는 에밀리아를 의심스럽게 보고 나서 베아트리스는 둘의 눈총에 밀렸다. 베아트리스는 자신의 롤 머리에 손길을 뻗어 그 꼬인 머리를 만지작거렸다.

"실은 어제, 여관 종업원한테 들은 말이 있는 것이야. 그 종업원은 베티한테만 '이 여관에는 밤이 되면 사람 아닌 존재가 나타난다' 고 몰래 전하고 가더라."

"호오, 사람 아닌 존재."
"처음에는 베티도 일소에 부친 것이야. 하지만 노파심에 주의는 해두었어. 그랬더니, 어젯밤의 일이었지."
"두근두근……."
베아트리스의 이야기에 말려들어 에밀리아는 가슴을 잡으며 눈을 일렁이고 있다. 그 반응에 흥이 올랐는지 베아트리스의 목소리에는 더욱더 열기가 담겼다.
"밤중에, 이상한 기척을 느끼고 베티는 눈을 떴어. 그리고 얼빠진 얼굴로 자는 스바루를 깨우지 않게 살그머니 방을 나간 것이지."
"남이 잠자는데 얼굴 빤히 보는 게 아니랍니다. 엉큼해."
"빠, 빤히 안 봤어! 제대로 힐끔힐끔 정숙하게 본 것이야!"
베아트리스가 제 무덤을 파지만 귀여우니까 그 부분은 무시했다.
"아무튼 베티는 그 기척을 좇아갔어. 그리고 현관 앞에서 마침내 그 기척의 발생원을 찾아내서……."
"찾아내서, 어쨌어……?"
"암흑 속에 떠오른 창백한 얼굴과 정면으로 대치한 것이야! 상대도 베티를 알아채고 그대로 눈싸움……. 일진일퇴의 공방이 이어졌지!"
"눈싸움! 그래서, 그래서!"
"흐흥. 하지만 베티 또한 대정령이지. 상대는 두려워하며 도망친 것이야."

"다행이다. 안심했어. 베아트리스가 죽어 버리지 않을까 싶어서……."

베아트리스의 임장감 넘치는 괴담 썰풀이에 지나치게 감정이입한 에밀리아의 감상이 호들갑스러웠다. 애초에 베아트리스가 죽었더라면 여기에 있는 귀여운 생물은 무엇이란 말인가.

그나저나 제법 잘 지은 이야기였다고 스바루는 감탄했다. 그리고——.

"그래서, 실제로는 어떤데? 오토."

"아니 그게요. 현관 앞에서 토하려던 저를 베아트리스가 빤히 보던 건 눈치챘는데요……. 속이 안 좋아서 쭈그린 틈에 없어졌던데요."

그 말과 함께 비틀대는 발걸음으로 정원에 얼굴을 내민 오토. 그가 설명한 어젯밤의 진실에 베아트리스가 "세상에 맙소사인 것이야……." 하고 아연실색했다.

유령의 정체를 봤더니 마른 갈대더라. ——이 경우에는 고주망태 오토가 되리라.

자기 체험을 현실적으로 부정당하는 바람에 세차게 동요한 베아트리스의 머리를 에밀리아가 쓰다듬어 주고 있다. 아마 여관 사람도 한눈에 알아챈 것이다. 베아트리스가 희귀할 정도로 '놀려먹으면 귀여운' 속성을 가졌다고. 실제로 빨개진 얼굴이 귀여우니 굿 잡이다.

"그나저나 넌 어제 저녁 식사 때도 안 돌아오던데 뭐 하고 있었어?"

그런 흐뭇한 베아트리스를 본체만체하고, 스바루는 해쓱한 낯의 오토에 갸우뚱했다. 아침부터 낯빛에 핏기가 없는 오토는 비틀비틀 툇마루에 앉고 말했다.

"그러니까 헤어지기 전에 말했잖아요. 모처럼 프리스텔라까지 발길을 옮겼으니 쉽게 만날 순 없는 사람들이랑 대화를 나누고, 오우웩."

"오우웩이라니 위험해라. 너, 초면 때만큼 취했다고."

"……저, 나츠키 씨랑 초면일 때는 취해있을 상황이 아니었을 텐데요."

"네가 그렇게 말한다면 그런 거겠지. 네 머릿속에서는."

오토는 짚이는 구석이 없는 표정이지만 방금 말은 오히려 그의 기억 쪽이 정상이다.

스바루 시점의 초면은 그의 초면과 장소도 전개도 어긋난다. 단지 이런저런 일이 있어서 잃어버린 루프의 사건을 간곡하게 설명할 심산은 없다.

그러므로 스바루는 의아한 표정의 오토에게 "좌우지간." 하고 한쪽 눈을 찡긋하며 말을 이었다.

"너무 베아코 교육에 안 좋은 모습 보이지 말고. 뭐, 네가 여러모로 우리 진영 위해서 일해 주는 거야 아는데."

"제가 맘대로 하고 있을 뿐, 읍, 이에요. ――그것만이 이유는, 아니고 말이죠."

"――?"

"그보다."

오토는 해쓱한 표정을 힘들게 일그러뜨리고 정원의 경치를 바라보면서 말했다.

"가필이 눈에 안 띄네요. 아침에 얼굴을 안 내밀다니 드문 일이잖아요. 평소에는 누구보다 일찍 일어나 산꼭대기에서 포효하고 있을 텐데."

"포효하기에 딱 맞을 높은 곳이 안 보였나 보지. 뭐 이건 농담이고, 걔는 지금 조금 민감한 상태야. 일단 보이면 자상히 대해줘."

"솔직히 지금은 자기 자신에게 가장 자상하고 싶은 참인데 말이죠……. 읍, 머리 아파……."

비틀비틀 툇마루에서 허물어져서 그로기 상태인 오토의 모습에 스바루는 쓴웃음 지었다.

"그래서 오토도 왔는데, 오늘은 뭐 할 예정이야?"

뾰로통한 베아트리스를 뒤에서 껴안고 에밀리아가 갸우뚱했다. 그 말에 스바루는 "그렇지." 하고 턱에 손을 짚었다.

"키리타카와의 재교섭은 문제가 있겠군. 릴리아나를 인질로 삼아 마정석과 교환하는 작전으로 가려 했던가?"

"뭐가 어떻게 되면 그런 강경책이?! 어제 일 똑바로 반성한 거 맞아요?!"

"미안. 릴리아나에 대한 자그마한 분노가 작전에 영향을 주고 말았네."

릴리아나의 무사태평한 얼굴을 떠올리고 사과하는 스바루. 그 앞에서 오토는 숙취를 앓는 머리에 자기 목소리로 타격을 주어 자폭 중이었다. 잠시 신음하다가 그는 울상과 함께 말했다.
"일단, 불의 각이 되면 다시 뮤즈 상회를 찾아가 볼 예정이에요. 어제 그 『백룡의 비늘』 분이 중재해 준다면 고맙겠는데."
오토가 이름을 든 것은 키리타카의 호위 다이너스다. 『백룡의 비늘』은 그가 소속된 용병단으로, 현재는 키리타카의 사병으로 고용되었다.
하는 걸 보면 호위라기보다는 릴리아나 문제에 대처하는 비서처럼 느껴졌지만.
"일단 나츠키 씨는 남아 주세요. 반론은 안 받아요."
"왜냐고 묻고 싶은 마음을 꾹 참는다. 나도 내가 없는 편이 대화가 매끄러워질 거라고는 생각을……. 근데 그러면 난 뭐 하러 프리스텔라에 온 거지?"
"베아트리스랑 놀러 온 거 아녜요? 추억이나 많이 만들어 주지그래요."
"베티가 얕보이는 느낌이 드는 것이야! 이의를 제기하겠어!"
분개하는 베아트리스의 호소를 흘려듣고 일단 오후의 방침은 굳어졌다. 방침이라고 해도 요컨대 오토 외에는 대체휴일 같다고나 할까.
"그럼 난 에밀리아땅이랑 베아코 데리고 같이 공원이나 갈까."
"어? 난 오토랑 같이 키리타카 씨네 가는 거 아니야?"
"오늘은 재교섭 약속을 잡으러 갈 뿐이니까요. 에밀리아 님을 데려가는 건 예의가 없는 방문이죠. 어제, 먼저 보내드린 것도 같은 이유예요."

에밀리아가 놀라자 그렇게 말한 오토가 "하지만." 하고 스바루에게 의심스러운 눈길을 보냈다.

"그걸 이유로 나츠키 씨가 뭘 꾸미는지까지는 전 모르겠지만 말이죠."

"꾸미다니 누가 듣고 오해하겠네."

그렇게 받아치긴 했으나 역시 오토다. 틀리기는커녕 제대로 짚었다.

꾸미는 건 없어도 계획은 있었다. 제법 운에 의지한 계획이긴 했지만.

"어제, 배에서 도중에 내렸을 때 예쁜 공원을 발견했거든. 에밀리아땅이랑 같이 중간에 베아코 끼우고 손이라도 잡으며 걷자 싶어서."

"와, 재미있겠다. 그런데 그런 식으로 편하게 보내도 되려나? 어때요? 오토 선생님."

"학생에게 그런 기대를 받으면 안 된다고 말을 못하죠. 뭐, 출발 전에 돌아오면 가필만 데리고 가겠습니다. ……소동만은 일으키지 마세요."

"왜 그걸 나 보고 말하는데. 베아코한테 말해, 베아코한테."

"그러는 것이야. 이 중에서 제일 연장자인 베티야말로 인솔자라고."

오토의 걱정 방향을 오인하고 베아트리스가 허리에 손을 짚으며 떡 버티고 섰다. 전혀 분위기를 파악하지 못해서 귀엽다. 힘껏 베아트리스의 머리를 마구 쓰다듬었다.

그런 식으로 화기애애한 시간을 보내는 스바루 일행 쪽으로
——.

"여— 다들 모였네. 꽤 아침 이르네?"

손을 들면서 펠트가 복도를 쿵쿵 걸어왔다.

어젯밤의 유카타 복장에서 일신한 오늘 아침도 그녀는 건강미 있는 하얀 팔다리를 노출한 모습이다. 어젯밤, 저녁 식사 전에도 들고 있던 책을 한 손에 들고 있어서 스바루는 고개를 모로 꼬았다.

"좋은 아침. 어제도 궁금했지만 그거 뭐 읽는 거야?"

"아— 라인하르트랑 승부했거든. 걔가 책에서 문제 낸 다음 내가 답하는 거야. 못 이기면 다음 휴일에 일리아랑 못 만난단 말이지……."

즉, 승부란 명목으로 펠트의 승부욕을 이용한 『교육』의 일환인가.

지긋지긋하다며 얼굴을 찌푸린 펠트가 정원에 사뿐히 내려섰다. 그리고 그녀는 왕선 후보자의 등장에 가까스로 몸을 일으킨 오토를 손가락으로 가리켰다.

"이 녹색 오빠, 어제는 없었지? 언니네 식구야?"

"어, 맞아. 우리 내정관이지. 뭐, 너한테 친 같은 존재지."

"의미를 잘 모르겠지만 아마 좋은 의미가 아니겠죠!"

듣기에 따라선 실례되는 딴죽과 함께 오토의 자기소개는 충분히 성립되었다. 그런 대화에 펠트는 "친이라니?" 하고 스바루를 보며 갸우뚱했다.

"너네 라친스 말이야. 걔들하곤 좀 안면이 있어서. 기왕이니 애정을 담아 세 명 모아 톤친칸이라고 부르고 있지."

"아하, 괜찮네. 가스통, 라친스, 캠벌리가 톤친칸이란 거냐! 틀린 말도 아니고 어감이 걔네다워서 재미있잖아."

"나도 1년 전의 내게 일어난 기적에 놀랐지. 더 다른 기적이면 좋았을 텐데 말이다."

삼총사가 아니라 *톤친칸이라고 이름 지은 나 자신에게 건배. 하는 김에 펠트의 마음에 든 결과, 앞으로도 톤친칸이라고 불릴 바보 삼총사의 미래에도 건배.

펠트가 "근데 말이야." 하고 스바루와 에밀리아를 번갈아 쳐다보았다.

"아까부터 언니네가 추는 괴상망측한 춤은 또 뭐야. 장난치는 거야?"

"야야, 괴상망측하다니 못하는 말이 없어. 이건 라디오 체조라고 어엿한 건강법이라고."

이상하다는 표정의 펠트에게 스바루는 에밀리아와 함께하던 라디오 체조를 설명했다. 아침, 에밀리아 진영이 마당에 집합한 이유는 이 라디오 체조 때문이다.

여행지든 여행길 도중이든 간에 아침의 라디오 체조는 건강을 위해서 빠트릴 수 없다.

"건강과 장수의 비결로, 어린이부터 어르신까지 폭넓게 사랑받고 있지. 에밀리아땅이 왕이 되면 아침에는 반드시 이거 하기

---

* 톤친칸(頓珍漢): 일본어로 못 알아먹을 말을 하는 얼뜨기를 의미한다. 1권에서는 『띵똥땡』으로 번역했다.

로 나라의 법률로 만들 거야."

"그래. 다 같이 매일 아침 계속하면 엄—청 기분 좋을 거야."

"그러셔……? 나라면 그 공약 내건 놈을 왕으로 뽑을 맘이 싹 가시는데……."

한 차례 라디오 체조를 지켜보고 펠트는 떫은 표정으로 중얼거렸다.

견해의 차이는 서글프지만 처음에는 싫어하더라도 계속하다 보면 익숙해지기 마련이다. 실제로 메이더스령의 각지에서는 공전의 라디오 체조 붐이 퍼지고 있다.

"확실히 언니네 영지에서 이상한 축제가 유행한다는 말은 자주 듣지. 이상한 춤이나, 호박 속을 파내서 뒤집어쓰는 놀이라거나, 여자가 남자에게 과자를 준다든가 그러지?"

"지금은 아직 변경의 이색 축제 취급이지만 언젠가는 나라가 출동하는 프로젝트로 만들고 싶다. 그렇게 생각하자니 이벤트 보급하는데 아나스타시아 씨 협력이라도 받으면 좋을 성싶군."

밸런타인데이가 과자업계의 음모라고 회자되는 건 유명한 이야기다. 요컨대 큰돈이 움직이는 건수란 말로, 아나스타시아라면 달라붙을 것 같은 느낌이다.

진지한 표정으로 스바루가 골똘히 생각하자 그 모습을 보던 펠트가 에밀리아에게 작은 소리로 말 붙였다.

"저기, 저 오빠는 만날 저런 식이야?"

"응. 스바루는 대체로 만날 저런 식이야. 장난치는 것처럼 보이지만 실은 열심히 여러모로 생각해 주고 있어. 그리고 그러는 척하며 장난칠 때도 있어."

"왜 언니가 그렇게 자랑하는 투인지 당최 모르겠수."

기분 탓인지 살짝 가슴을 펴는 에밀리아의 말에 펠트는 고개만 갸우뚱할 따름이다.

이따금 발생하는 상황이지만 에밀리아는 정신 연령 문제로 연하 상대에게 어느 쪽이 손윗사람인지 알 수 없어질 때가 있다. 지금이 바로 그런 느낌이었다.

"그러고 보니 펠트는 혼자 있니? 라인하르트하곤 같이 안 다니네."

"애도 아닌데 따라다녀도 걸리적거릴 뿐이라고. 그리고 이건 나도 인정하기 싫지만 걔는 내가 부르면 1초 만에 와."

실룩대는 표정으로 펠트가 말하지만 아마 농담이 아니라 사실이리라. 그 부분은 라인하르트의 위엄이 넘쳐 나와서 실로 오묘하다.

"근데 어제도 본 느낌으론 아마 너랑 라인하르트도 사이좋게…… 사이좋나? 꽤 마음을 터놓은 감 있더군. 처음에는 그토록 뒤죽박죽이란 느낌이던데."

"어, 그러니? 난 처음부터 두 사람이 사이좋게 보였는데……."

"이보셔. 이 언니 눈깔, 진짜로 보석이 박힌 거 아니야? 제대로 보이게 안 닦아 두면 위태로워서 내가 다 무섭다."

실로 시적인 펠트의 표현에 스바루는 교양과 성장을 느끼면서 크게 찬동했다. 펠트는 자신의 고운 금발을 벅벅 거칠게 긁고 말을 이었다.

“뭐, 오빠가 하는 말은 부정 안 해. 나도 마냥 툴툴대고 있을 순 없고. 걔랑 같이 하자고 마음먹은 이상, 걔는 내 책임…….”

“——펠트 님, 부르셨습니까?”

“안 불렀엄마!!”

그 순간, 불쑥 튀어나오듯 라인하르트가 출현했다.

느닷없이 라인하르트가 자기 바로 뒤에 나타나자 펠트가 크게 고함쳤다. 그녀의 카랑카랑한 목소리에 라인하르트는 눈썹을 들어 올린 뒤 “펠트 님.” 하고 이름을 불렀다.

“아직 새벽입니다. 이곳은 제 저택이 아니오니 너무 소란스럽게 구시면 주위에 폐가…….”

“시끄러. 설교하지 마! 애초에 넌 어떤데. 내가 부르면 1초는커녕 다 부르지도 않았는데 오질 않나!”

“에밀리아 님, 안녕하십니까. 스바루도 잘 잤고? 좋은 아침인걸.”

“지한테 불리할 때만 날 무시하지 마!”

라인하르트가 밝은 웃음과 함께 아침 인사를 건네자 스바루가 손을 들었다. 라인하르트의 태도에 격분한 펠트가 멱살을 잡고 그 머리를 흔들었다.

물론 라인하르트의 힘이라면 쉽게 떨칠 수 있겠지만 당하고만 있다.

“저 봐. 펠트랑 라인하르트, 엄—청 사이좋지.”

“그러게. 사이좋은 구경감 시나리오네.”

"그 죽도록 불쾌한 말은 뭐야! 맘에 안 들어!"

스바루는 생글생글 미소 짓는 에밀리아의 말에 동의하며 꽥꽥 대는 펠트의 목소리를 흘려들었다. 그 대신에 스바루는 펠트에게 휘둘리는 라인하르트를 쳐다보고 있었다.

그는 난처한 듯이 눈썹 끝을 들고 쓴웃음에 가까운 표정을 짓고 있지만, 스바루에게는 그것이 유달리 자연체로 보여서 기묘한 안도감을 느꼈다.

그와 동시에, 생각했다. ――요 1년 동안에 두 사람 또한 왕선에 도전할 주종이 된 거라고.

"자, 마무리도 잘됐으니 아침밥 먹으러 가 보실까!"

"수긍 못해―!"

펠트의 카랑카랑한 소리를 들으면서 스바루는 맑은 날씨의 하늘을 올려다보며 크게 기지개를 켰다.

어젯밤과, 지금. ――아마 오늘은 좋은 하루가 될 것이다.

그런 근거 없는 기대가 유난히 진실미를 띠는 것처럼 느껴졌다.

2

"――잘들 잤나? 뭐꼬, 짝 지어서 사이도 좋네."

큰방에 찾아온 스바루 일행을 맞이하며 아나스타시아가 희미하게 웃으면서 말했다.

그녀가 보기엔 에밀리아 진영과 펠트 진영이 함께 있는 건 놀랄 상황이리라. 하지만 마찬가지로 스바루도 그 마중에는 놀랐다. 이유는 아나스타시아의 요염한 기모노 차림새에 있다.

평소의 목도리에 기모노를 입은 아나스타시아. 그 모습에 에밀리아 쪽도 "와." 하고 놀랐다.

"좋네, 좋아. 아무래도 오늘 아침도 똑바로 놀래킨 모양이라 기쁘데이."

"그 복장, 멋져. 그거 혹시 어제 목욕 때 말한 거야?"

"그랴. 이게 기모노데이. 유카타하꼬 비슷하지만도 살짝 입는 수고가 든다카이."

자랑하듯 그 자리에서 빙 도는 아나스타시아의 말마따나 파랗게 물든 기모노는 훌륭하게 돋보였다. 하늘하늘 지는 꽃잎을 본뜬 무늬도 매력적으로, 카라라기의 재현력에는 혀를 내두를 뿐이었다.

"그 기모노란 것도 카라라기에 전해지는 거야?"

"그랴. 이것도 호신 시대부터 장인이 계승한 몇 없는 문화 중 하나인기라."

"호신 시대라."

또다시 스바루 앞을 막아서는 의문의 인물『황무지의 호신』.

필시 스바루 및 알과 마찬가지로 400년 전에 소환되었을 동향의 이세계인——.

"이번 일이 다 끝나면 호신에 대해서 본격적으로 조사해 보실까……."

스바루에게 이제 와서 이세계에 소환된 현상에 관해 왈가왈부할 작정은 없다.

——이미 이해와 결판을 끝마쳤다.

소환의 구조든 소환자의 목적이든 하나도 모르는 판국이지만, 이 소환은 끌고오기만 하는 일방통행이며 돌려보내는 편리한 수단은 존재하지 않는다고.

그에 관해서 감정은 별처럼 많지만 지금의 스바루가 알고 싶은 건 자신과 비슷하게 소환된 선배가 이 세계에 남긴 족적과 그 최후. 그뿐이었다.

"아나스타시아 님, 오늘 아침은 더욱더 아름다우십니다. 제게도 모습을 보여 주시지 않아서 염려했습니다만, 괜한 걱정이었군요."

"에헤헷. 내 비밀 병기 아이고—. 우야튼 완성해서 도착한 기 프리스텔라에 오기 직전이던기라. 율리우스에게 숨기는 기 힘들었다 안카나."

그 뒤에 율리우스가 큰방에서 합류하자 아나스타시아가 자기 기사에게 기모노를 과시했다. 거기서 율리우스의 느끼한 찬미가 있고, 만족스러운 기색을 내비친 아나스타시아는 갸우뚱했다.

"어라? 미미 아들하곤 같이 없었나?"

"리카드는 용무를 전한 채로 아직 오늘 아침에도 안 돌아왔습니다. 그리고 미미 말입니다만…… 아무래도 에밀리아 님의 시종인 가필을 쫓아다니는 것 같아서."

"어, 미미가 가필을?"

식구의 이름이 나와서 에밀리아의 눈이 동그래지자 율리우스는 "네." 하고 끄덕였다.

"어젯밤부터 가필과 미미는 여관에 돌아오지 않았다더군요. 그 사실을 알고 헤타로와 티비는 당황해서 거리로 뛰쳐나갔습니다."

"그 전언을 요슈아가 받고, 지금 야기해 주었다. ——그라코롬 생각해도 되긋나?"

아나스타시아가 허리에 손을 짚고서 율리우스 뒤에 숨듯이 따르던 요슈아에게 확인했다. 갸름한 얼굴의 청년은 그 말에 고개를 움츠리며 한심한 표정으로 머리를 조아렸다.

"죄, 죄송합니다. 저…… 본인도 필사적으로 말렸는데, 헤타로가 전혀 귀도 기울이질 않아서. 티비도 걱정했었고요."

"미미 일이 되믄 헤타로는 주위가 깜깜해지니께네. 하지만 티비가 있다믄 괜찮긋지……. 그 대신 요슈아에게 부탁하고 싶은 기 있다만도."

황공해하는 요슈아에게 웃어 주며 아나스타시아는 고개를 드는 청년의 어깨를 두드렸다.

"원래는 헤타로캉 티비한티 부탁할 셈이었는디, 대정문에 편지를 받으러 갔으믄 칸다. ——중요한, 중요한 편지니께."

그렇게 말한 아나스타시아의 시선이 힐끔 스바루 쪽으로 돌아갔다. 그 의미심장한 시선의 의미가 어제의 큰방에서 있던 대화와 겹쳤다.

대정문에 도착한 중요한 편지. 그것이 바로 『폭식』의 단서인 것이다.

"부탁한다. 요슈아. 네가 내 희망이다."

"왜 당신에게 부탁받는 거죠?! 이건 아나스타시아 님께서 본인에게 내리신 지시인데요?!"

두 어깨를 거머쥐는 스바루를 뿌리치고 요슈아가 빠르게 장지문으로 걸어갔다. 그리고——.

"지시는 똑똑히 받았습니다. 맡겨 주십시오. 똑바로 티비의 대리를 맡겠습니다!"

요슈아는 힘차게 아나스타시아에게 단언하자마자 큰방을 뛰쳐나갔다. 그 묶은 뒷머리가 눈에서 사라지자 아나스타시아는 목도리를 살짝 만지며 말했다.

"딱히, 아침밥은 묵은 뒤라도 상관없는디……."

그렇게, 공을 애태우는 젊은이의 태도에 쓴웃음 지었다.

"——늦었습니다. 저희가 마지막 같네요."

마지막에 큰방으로 들어온 사람은, 오늘은 긴 녹발을 묶은 크루쉬였다. 아가씨 같은 복장은 그대로 남긴 채 꽃장식과 하얀 리본이 녹발을 화려하게 꾸미고 있다.

그녀의 코디네이트는 이어서 큰방에 나타난 페리스의 소행이리라. 가벼운 발걸음의 페리스 바로 뒤에 집사복을 입은 빌헬름이 속 붙어 있다.

오늘도 어김없이 등이 꼿꼿한 노인의 모습에 스바루는 어깨를 긴장했다. 떠오르는 건 어젯밤 달 아래에서 검귀와 주고받은 말들이었다.

"————."

그것을 회상하는 스바루와 마침 그를 보던 빌헬름의 눈빛이 교차했다. 무심코 숨을 죽인 스바루에게 빌헬름은 조용히 눈인사했다.

그 몸짓이 스바루에게는 '걱정할 필요 없다' 는 메시지처럼 느껴졌다.

"이로써, 오늘 아침은 다 모였나 부네. 몇 개 부족한 얼굴도 있는 기 같은디……."

"우리 가필도 그렇지. 미미랑 같이 있으면 괜찮겠지만, 그 늑대 자식."

정확히는 호랑이 자식이라고 하고 싶은 바지만, 아무리 그래도 아침에도 안 돌아올 뿐더러 연락까지 없는 건 제법 불안하다. 소화하기 어려운 패배감. 그 감정을 어디서 달래고 있는가.

함께 있다는 미미와 묘하게 꼬이지만 않으면 좋겠는데.

"마, 걱정도 일도 식사 다음에 하까. 『로할로의 패인은 공복에 있다』데이."

손뼉을 치고 아나스타시아가 관용구를 인용하면서 자기 자리에 앉았다. 그 행동을 따라 다른 사람들도 어제와 같이 같은 진영끼리 뭉쳐 방석에 진을 쳤다.

"그라믄 날라 주긋나?"

각 진영이 자리 잡은 것을 보고 아나스타시아가 장지문 밖에 말을 건넸다. 그러자 열리는 장지문 저편에서 여관 종업원이 여럿 달라붙어 뭔가를 날라 긴 탁자 위에 설치했다.

큰 탁자에 꽉 차는 검고 거대한 물체── 철판이 쿵 놓였다.

"오늘은 카라라기의 국민적인 전통 요리—— 다이스키야키를 대접하는 날이데이!"

기모노의 소매를 어깨까지 걷은 아나스타시아가 기세등등하게 내뱉었다.

그 호쾌한 자세와 준비에 놀라는 이들 앞에서 종업원이 철판에 재빠르게 기름을 두르고 둥근 용기에 넣은 묽은 반죽을 잇따라 손수레에 실어 큰방으로 운반했다.

다이스키야키—— 그 어감과 눈앞의 철판, 반죽.

그것들을 번갈아 보다가 스바루는 그 전통 요리의 정체를 간파했다. 그것은——.

"——오, *오코노미야키라고?!"

카라라기에서 다이스키야키라고 전해지는 『오코노미야키』의 당당한 등장이었다.

3

"스바루, 봐! 예쁘게 뒤집었어! 자신작이야! 먹어 봐!"

"그럭저럭 맛있게 된 것이야. 스바루, 기왕이니 베티가 구워 준 이 다이스키야키, 먹여 줘도 돼."

에밀리아가 함박웃음으로, 베아트리스가 살짝 쑥스럽게, 각각 눈앞의 철판에 직접 부친 다이스키야키가 되다 만 것을 권했다.

---

* 오코노미야키 : 일본식 부침 요리. 오코노미와 다이스키는 둘 다 일본어로 '좋아하는 것'이라는 의미가 있다.

"둘 다 우선은 자기부터 맛보고 나서 남한테 권하자."

스바루의 양식 있는 조언에 따른 둘이 그 맛에 몸부림쳤다. 참고로 스바루가 부친 오코노미야키는 최상의 완성도. 그러나 에밀리아 진영에서 으뜸가는 실력은 스바루가 아니었다.

"자, 에밀리아 님도 베아트리스도, 이쪽이 다 익었어요. 아아! 에밀리아 님, 덜 익은 건 속 앓는다고요! 베아트리스는 소스 너무 뿌렸어요!"

엄마 같은 오토의 활약으로 일단 진영 내의 식탁은 확보할 수 있을 것 같아서 천만다행.

그런 광경을 흘긋거리며 스바루가 다른 진영의 수중으로 눈길을 돌리니.

"펠트 님, 다음 게 익었습니다."

"오, 잘한다. 그런 식으로 팍팍 부쳐라. 그 요리랑 과자 만드는 실력만은 나도 고맙게 여기니까."

정면의 펠트 진영은 심상찮은 손놀림의 라인하르트가 잇따라 부친 지고의 다이스키야키가 바로바로 펠트의 위장으로 사라진다. 펠트의 몸 어디에 들어가는지 사라진 다이스키야키는 이미 다섯 장 이상. 생명의 신비를 느낀다.

"자자자— 자자자—! 막 부쳐 낸 이게 바로 본고장 다이스키야키데이!"

당연하지만 다이스키야키의 조예가 깊은 아나스타시아의 솜씨도 상당하다. 그녀는 두 개의 뒤집개를 구사해 철판 위에 멋진 숯덩이를 연성하는 데에 성공했다.

기개만으로는 방법이 없음을 여실히 깨우치게 하는 일례다.

"역시 대단하십니다, 아나스타시아 님. 하지만 저는 살짝 부치는 시간을 짧게 하는 편이 취향 같습니다. 아나스타시아 님의 손을 번거롭게 하는 건 본의가 아닙니다만……."

"됐데이, 됐데이. 맡겨만 두그라. 율리우스는 머스마인디 혀가 참 섬세하다 안카나."

만든 본인에게 먹여서 반성을 촉구하는 스바루와 달리 율리우스는 숯덩어리를 싹 비운 다음에 우아하게 개선책을 제안했다. 그 주군의 체면을 세우는 자세, 그야말로 기사도. 절대 흉내 내기 싫다.

"아, 크루쉬 님~. 페리 거 깔끔하게 익었어요. 자요, 자."

"어머, 진짜네요. 하지만 저도 안 져요. 후후, 보세요."

그렇게, 알콩달콩 동성 사이인 양 스스럼없이 대화하는 건 크루쉬와 페리스다. 엄밀히는 동성이 아니지만 그 점은 새삼스러우니 생략한다.

어쨌든 둘의 수중에는 실적이 따르고 있어 그녀들의 다이스키야키는 말 그대로 철판 같은 완성도――. 페리스는 둥근 반죽에 고양이 귀를 곁들일 여유까지 있을 정도다.

"음후―. 그럼 페리의 다이스키야키에 사랑의 마음을 담아 먹여드릴게요. 크루쉬 님, 앙― 하구 입을 벌려보세요―."

"어, 어? 저기, 응, 저…… 아, 앙……."

앳된 아가씨 아우라 때문인지 그 대화가 유달리 배덕감이 서린 것처럼 느껴진다. 남은 건 그런 분홍빛 공간 옆에서 자신의 다이스키야키에 착수하는 빌헬름인데──.

"음……."

반죽을 뒤집으려다가 철판에 붙어서 조각 난 그것에 『검귀』가 신음했다. 부치는 시간이 길었는지 뜻밖에 요령 없는 구석을 발휘한 모습이다.

"왠지 보면 안 될 걸 본 기분이군. 근데, 그렇다면…… 엇."

"오빠 그거, 맛있게 익었네."

빌헬름에게 구조의 손길을 보내자고 생각한 차에, 펠트의 방해가 들어왔다. 그녀는 스바루가 팩 모양으로 부쳐낸 다이스키야키에 눈을 빛냈다.

"아니, 너네는 궁정 요리사도 이럴까 싶은 수준의 다이스키야키가 양산되고 있잖아. 궁정 요리사가 다이스키야키 만들지는 모르겠다마는."

"그야 그런데, 가끔 눈앞의 다른 게 먹고 싶어지잖아? 이런 철판으로 부치는 요린데 저 자식이 만들면 뭐든지 고상하게 완성되고."

"그럼 펠트에게는 내가 부친 다이스키야키를……."

"난 먹을 거 이야기 중이거든. 숯 장인 언니는 꼬맹이하고나 놀아."

마침내 숯 장인 대접당한 에밀리아가 시무룩 고개를 떨구고 베아트리스에게 위로받았다. 그런 둘의 풀 죽은 모습에 스바루는 쓴웃음 지었다.

"너, 내 에밀리아땅이랑, 내 베아코를 괴롭히지 말아 줄래?"

"언니야 몰라도 저 꼬꼬마까지…… 아니, 맞아. 그거야, 그거!"

스바루의 답변에 펠트가 손뼉을 치다가 그대로 "거기 말이야." 하고 몸을 앞으로 기울이며 물었다.

"꼭 물어보자 마음먹었는데. 오빠네 되게 소문 많이 들리던데 까놓고 말해서 그건 얼마나 구라야?"

"처음부터 거짓말이라고 단정하려고 하지 마라. 거짓말 비율이 많은 것 같잖아."

"그치만 아무리 그래도 못 믿겠잖아. 오빠가 혼자서 백경 두 동강 내고 마녀교 놈들을 주먹으로 때려잡고, 대토도 토끼 구이로 만들어 먹었다고 들어도 말이지."

"관련 정보는 맞지만 결과에 이르는 중간 대목에 헛소문이 많구만?!"

그걸 전부 스바루가 혼자서 해냈다면 지금쯤은 나라의 영웅이나 왕이 되어 있어도 될 지경이다. 힘으로 왕위를 찬탈해 에밀리아를 왕비로 삼아 애정 행각을 한다.

"——후."

다만 그런 스바루의 세찬 딴죽을 아랑곳하지 않으며 작게 웃는 목소리가 있었다. 그것도 출처는 두 곳. ——각각의 탁자 앞에 앉은, 율리우스와 빌헬름 두 사람이었다.

"——『가장 뛰어난 기사』랑 할아버지는 왜 웃었어? 내가 웃기는 이야기 했나."

"웃기는 이야기라면야 전체적으로 너무 웃기는 이야기였다마는. 세계에 대한 내 공헌도가 너무 크잖아. 노벨 평화상 주지 그러냐."

실제로 받아서 무슨 이득일지 모르겠지만 좌우간 영예로운 상의 대표다.

논공식에서는 훈장을 받은 적도 있었지만 도통 그 가치를 알기 어렵기에 스바루는 자신의 공적이 어떻게 평가받고 있는지 그 실감이 희박했다.

그런 스바루와 펠트의 대화에 빌헬름은 "아니요." 하고 말을 꺼냈다.

"백경 토벌에서 스바루 님의 공헌은 헤아릴 수 없습니다. 스바루 님 없이 제 비원이 이루어질 일은 없었습니다. 제 검에 걸고 분명히 단언하죠."

"마녀교 사건도 같아. 다름 아닌 그가 지휘를 잡았고, 그 지휘가 있었기에 나온 전과다. 나와 다른 사람의 조력이야 목청 높여 주장할 수 있을 만한 공헌이 아니지."

빌헬름의, 그리고 율리우스의 올곧은 평가에 말을 잃었다. 그 다음 뒤늦게 찾아온 것은 맹렬한 열이었다. 부끄러움에 스바루의 귀와 목이 타올랐다.

"그, 그만해 주라! 그렇게 이상하게 날 띄우지 말라고! 우쭐댔다간 어떤 꼴불견 드러내는지 다들 알면서 왜 그래!"

"너는 그 뒤의 활약으로 충분히 자신의 추태를 지우는 결과를 보였지. 언제까지나 그 사실에 구애될 필요는 없어. 그 뒤의 공적은 전혀 별개라고, 그렇게 자랑스러워해야 해."

"당신이 이루어 낸 것은 당신 말고 아무도 이루어 내지 못한 것. 그러니 저는 목숨이 다할 때까지 당신과 함께 전장을 달린 것을 긍지로 삼을 겁니다."

"——아."

칭찬으로 사람을 잡는다. 지금까지 나츠키 스바루는 몇 번씩 거듭거듭 죽어 왔다.

하지만 이렇게 무시무시한 살해 방법은 처음이다. 지금, 스바루는 칭찬으로 살해당하고 있다.

정말로 죽어 버릴 정도의 부끄러움에 시달리며 스바루는 도움을 바라듯 에밀리아를, 베아트리스를 쳐다보았다. 그러나 스바루를 사이에 둔 둘은 사랑스러운 웃음과 함께 말했다.

"그래. 스바루는 엄—청 노력했어. 난 그런 스바루가 내 기사님을 해 주는 게 정말로 자랑스럽고 기뻐."

"뭐, 뭐어, 베티의 파트너라면 그쯤은 할 수 있는 게 당연한 것이야. 오히려 주위가 스바루가 대단한 걸 너무 늦게 깨달았을 정도지 뭐야."

생각도 못한 완전 긍정. 추켜올림을 받는 스바루는 그 무시무시함에 머리가 아찔했다.

그리고 기가 막히게도 큰방의 아무도 스바루에 대한 평가를 부정하지 않았다. 그러기는커녕 다들 하나같이 스바루에게 보내는 눈길은 따스하고, 자상한 것으로——.

"이런저런 일이 있었나 본데, 오빠 심성은 안 변했네. 안심했다."

"시끄러! 너희, 너무 날 칭찬하지 마! 다들 좋아지잖아!!"

펠트가 그렇게 마무리 지은 자리에, 한계를 맞이한 스바루의 소리가 폭발했다.

그 순간, 큰방의 따스한 공기가 파열하고 그 자리에 있던 전원의 웃음소리가 터졌다.

“————.”

그렇게 요란하게 웃음을 사면서 스바루는 힐끔 빌헬름 쪽에 눈길을 주었다.

노린 것은 아니었지만 큰방의 분위기는 지금 제법 양호하다. 뭔가, 사태를 좋은 방향으로 기울이는데 이토록 적절한 상황은 좀체 만들 수 없다.

“음.”

문득 스바루의 시선을 알아채고 빌헬름이 눈썹을 올렸다. 스바루는 그런 그의 수중, 부서진 다이스키야키를 눈짓으로 가리키고 이어서 턱짓으로 그의 옆—— 라인하르트를 가리켰다.

그 의미를 깨닫고 빌헬름이 조용히 숨을 집어삼켰다.

빌헬름의 옆에서 라인하르트는 펠트를 위한 다이스키야키의 양산을 재개하고 있다. 그 솜씨는 할아버지와는 하늘과 땅만큼 차이가 나서, 스바루는 그렇기 때문에 계기가 될 수 있다고 생각했다.

그리고 빌헬름 또한 파란 눈을 일렁이며 갈등, 미혹, 주저, 머뭇거림을 반복하고 반복하며 자기 안의 복잡한 감정과 싸웠다.

하지만 빌헬름이라면 그것을 타도하고 분명히 내디딜 수 있을 거라고——.

『——프리스텔라 시민 여러분, 안녕하세요. 기분 좋은 아침이네요.』

그, 목소리가 여관 밖—— 아니, 하늘에서 들려온 것은 그런 타이밍이었다. 난데없는 목소리. 그것이 환청이 아닌 건 놀라는 에밀리아의 반응을 봐도 분명하다.

"오오? 이거 뭐야. 되게 목소리 큰 놈이 다 있군."

"펠트 씨는 참, 그럴 리 있긋나. 이건 이 도시에서 매일 아침 하는 일…… 도시 청사에 있는 『미티어』를 쓴 방송이데이."

"『미티어』를 쓴, 방송……."

생각 없는 펠트의 중얼거림에 아나스타시아가 대답하고 그 설명을 스바루가 입 안에서 되뇌었다. 『미티어』란 이른바 마법적인 기술로 조성한 매직 아이템의 총칭이다. 개중에는 스바루의 원래 세계 기술과 비슷하게 작동하는 도구도 있으며, 이 방송을 하는 『미티어』란 것도 스피커나 확성기 부류라고 추측이 됐다.

"매일 아침, 방송이 있나요? 그건 뭣 때문에?"

"유사시의 대비라고 들었습니다. 이 도시는 구조상 긴급시의 피난경로가 한정적이므로 유사시에 혼란이 발생하지 않게끔 방송을 듣는 습관을 들였다더군요."

"흐응—. 오호라. 합리적인 생각을 하는구냥."

율리우스의 설명에 크루쉬와 페리스가 감탄했다. 마찬가지로 스바루 또한 감탄했다.

『미티어』를 똑바로 쓸모 있는 기술로써 도시에 공유하자는 생각이 일단 신선하다. 스바루가 아는 한, 여태까지 『미티어』

는 멀쩡하게 사용된 예가 없다. 가까스로 대화경(對話鏡) 정도가 있겠지만 그것도 원래 소유자가 마녀교이므로 인상은 좋지 못했다.

다만 별달리 이 순간이 아니어도. 타이밍이 안 좋다는 말을 안 할 수가 없었다.

"참고로 이 방송의 제안자도, 『미티어』의 제공자도 키리타카 씨라더군요."

"어."

그런 스바루의 사고에 노이즈를 추가한 것은 악의 없는 표정의 오토였다.

스바루는 몇 초 생각에 잠겼다. 뇌리에 주마등처럼 키리타카와의 기억이 뛰어다녔다.

"아니지." "아닌 것이야." "후훗, 오토는 참 농담 잘하는구나."

"나츠키 씨랑 베아트리스는 어쨌든 에밀리아 님까지?!"

스바루와 베아트리스의 결론과 에밀리아의 미소에 오토가 깜짝 놀랐다. 그동안에도 방송은 이어져 확실히 왠지 모르게 귀에 익은 목소리가 온 도시에 말을 보내고 있었다.

물론 여러 번 소문을 통해 키리타카는 우수하다고 들었지만, 역시 직접 마주한 인상은 컸다. 도무지 평가와 실물이 겹치지 않고, 이 방송 역시——.

『그리고 오늘 아침도 여러분께 제가 마음뿐인…… 아니! 멋진 축복을 보내드리죠! '가희' 릴리아나 양의 차례올시다아아!』

"아, 이거 본인 맞다."

중간에 최고조로 흥분하자 스바루 안의 추억과 방송이 일치했다.

요컨대 역사적인 순간을 그에게── 아니, 그네들에게 방해당한 것이다. 그네들이 잘못한 건 아니지만 스바루는 머릿속에서 일단 키리타카의 뺨을 후려갈겼다.

그리고 『미티어』 너머로 장소를 양보하는 소리와 작은 헛기침이 들리고.

『여러분 안녕요. 릴리아나예요오. 매일 아침 가희라는 취급받아서 부담이 많이 가는 느낌인데요. 열심히 노래하고 연주해서 즐거움을 드릴 생각이니 이 짧은 한때를 여러분도 꼭 좀 즐겨주시고 응원 부탁이요.』

몸 움직임까지 상상될 만한 기세로 릴리아나의 목소리가 온 도시에 울려 퍼졌다.

순간, 큰방의 각 진영에도 기대의 기색이 퍼졌다. 특히 릴리아나의 노랫소리가 얼마나 좋은지 아는 에밀리아와 베아트리스, 그리고 아나스타시아 쪽의 표정은 밝다. 마뜩잖은 얼굴로, 딴 생각 때문에 표정이 어두워진 건 그야말로 스바루 정도뿐일까.

신기하게도 키리타카의 목소리는 『미티어』를 넘어서라면 미묘하게 잠기는 소리로 들리는데, 릴리아나의 목소리는 그렇지가 않다. 『미티어』와의 궁합이나 발성법의 차이일까.

어쩌면 노래의 여신이 내린 총애가 릴리아나의 목소리에 가호를 내렸을지도 모른다.

그렇게 릴리아나가 악기를 잡는 소리에 큰방의 기대가 더욱더 부풀어 오르고――.

『그럼, 부르겠습니다. 들어주세요. ――「검귀연가, 제2막」.』

"억."

그 선곡에 스바루가 목을 꿈틀거리고, 동시에 곡이 시작됐다.

방송에 음악이 타고 마음을 직접 뒤흔드는 아름다운 멜로디가 온 도시에 뿌려졌다. 그 음악에 압도되고 노랫소리에 압도되어 스바루는 『검귀연가』에 귀를 빼앗겼다.

정말로 타이밍이 안 좋은 가희―― 그러나 질이 안 좋게도 그건 정녕코 근사한 노랫소리였다.

4

『검귀연가』의 여운이 도시에 남는 가운데, 여관의 큰방에는 복잡한 공기가 흐르고 있었다.

릴리아나의 노래. 그 자체가 멋졌던 데에는 칭찬의 말이 끊이지 않는다. 실제로 아무 일도 없으면 이 자리의 모두는 그녀의 노래를 칭송하며 안주 삼아 환담을 이었을 터다.

단 하나의 엇갈림. ――그 선곡이 『검귀연가』만 아니었더라면.

검에 매달리고, 『검성』을 원했던 『검귀』의 이야기. 그것은 다름 아닌 빌헬름의 젊은 시절 무용담이자 그와 가장 사랑스러운 아내와의 만남 이야기이기도 했다.

즉, 어젯밤에 나눈 빌헬름과의 대화를 감안하면 더 없을 정도로 타이밍 안 좋은 선곡이다. 잃은 아내에 대한 감정을 털끝만큼도 흐리지 않으며 떠안고 있는 빌헬름에게는.

당연하지만 큰방의 사람들 중에 빌헬름과 『검귀연가』의 관계를 모르는 사람은 없다. 에밀리아마저 뺨을 굳히고 펠트까지도 깝깝하단 표정을 짓고 있다.

따라서 스바루도 자못 시름이 있으리라고 빌헬름을 불안하게 쳐다보고——.

"————."

곧게, 잔잔한 호수처럼 고요한 파란 눈에 스바루는 숨을 집어삼켰다.

딱 한 번, 빌헬름이 스바루의 검은 눈에 끄덕여 대답했다. 그리고 그는 천천히 자신의 왼쪽 옆에 앉아있는 빨강머리 청년, 자신의 손자를 돌아보고 입을 열었다.

"——라인하르트."

스바루의, 주위의 불안 따위 베어버리듯이 빌헬름이 그 이름을 말했다.

그 목소리에 라인하르트는 눈을 크게 뜨고 빌헬름을 응시했다. 빌헬름 또한 라인하르트의 시선을 정면으로 받아 냈다.

침묵이, 둘 사이를—— 아니, 큰방 전체를 휩싸고 있었다.

할아버지와 손자의 대화. 그 예감에 전원의 표정을 긴박감이 채색했다. 실내에, 철판 위에서 익는 다이스키야키의 소리만이 이어졌다.

그리고 그 침묵이 몇 초인지 몇십 초인지 애매해지려는 순간.
“그게, 말이다.”
“네, 왜 그러시죠.”
“……잘, 부치지를 못하겠다. 요령이 있으면 가르쳐 주지 않겠느냐.”
더듬더듬, 무뚝뚝한 말로 빌헬름이 그렇게 말했다.
그 말을 내뱉는 데에 빌헬름의 정신력이 얼마나 필요했는가. 그 사실을 아는 스바루와 아무래도 같은 기분을 지닌 크루쉬 쪽이 놀라고 있었다.
그 초췌한 조부의 말에 라인하르트의 옆얼굴과 파란 눈에서 복잡한 감정이 출렁거렸다.
갈등인가, 아니면 더 다른 무엇인가. 라인하르트는 눈을 감고 그 감정을 내쉬는 숨결로 덮어냈다.
“――네. 알겠습니다. 할아버지.”
그, 눈이 가늘어지고 입술이 옅게 호를 그리는 표정을 웃음이라 하지 않고 뭐라 하리오.
라인하르트가 항상 머금고 있는 타인에게 안심감을 주는 영웅의 웃음이 아니다. 그것은 라인하르트라는 청년이, 『검성』이 아닌 그가 지은 웃음이었다.
빌헬름이 말없이 멍하니 있다가 천천히 고개를 숙였다.
곧바로 받아들일 수는 없다. 그러나 실감은 늦더라도 반드시 닿을것이다.
닿기만 한다면, 다음에는 인정하고 골을 메꾸면 된다.

두 사람의, 할아버지와 손자 사이에 생겨났던 길고 깊은 도랑을 비슷한 시간을 들여서.

스바루는 그 미래를 상상하고, 그저 만감 어린 기분으로 주먹을 세게 쥐었다.

그렇기에——.

"——그건 아니지, 아버지. 이제 와서 너무 편하게 굴잖아."

갑자기 장지문을 열고 얼굴을 내민 빨강머리 남자.

얼굴이 불그스름한 남자의 말에 담긴 악의에 시간을 잊고 멍해질 수밖에 없었다.

5

——최고의 순간을, 최악의 방법으로 때려 부순다.

빨강머리 남자의 소행은 말하자면 그런 부류의 사악—— 아니, 추악이었다.

불쾌한 얼굴의 남자는 희미하게 술 냄새와 함께 다듬지 않은 수염이 난 뺨을 손으로 매만지며 추잡한 웃음을 지었다. 연령은 40대 안팎쯤 될까.

그 사소한 몸짓과 흐트러진 차림새가 필요 이상의 혐오감을 부르는 건 그 남자의 외견이 소재 자체는 단정하기 때문이다. 아름다운 것이 몹시 불성실하게 더럽혀졌다.

훤칠한 남자의 모습에는 그런 근원적인 혐오감을 부추기는 것이 있었다.

"……당신, 누구야?"

"아앙?"

큰방의 전원이 입을 다문 가운데, 처음에 목소리를 꺼낸 사람은 바로 스바루였다. 허리 뒤에 손을 두르고 그곳에 있는 무기를 잡고 위협한다. 머리에 피가 올라 노하고 있었다.

지금, 요령 없는 두 사람의 화해가 이루어져야 했다. 그걸 방해받은 데에 대한 분노다.

친구와 존경하는 사람의 관계가 회복할 터인데. 그걸——.

"대답해. 당신, 도대체 누구야?"

"……퍽이나 적의 그득한 눈매셔, 꼬마. 갓 기사가 된 주제에 누구한테 시비 터는지 알고나 있냐?"

"웃기지 마시지. 시비 건 건 댁이고, 고스란히 뒤집어쓴 건 나거든."

드디어 인내의 한계가 가까워져 스바루가 그 자리에서 일어났다.

옆의 베아트리스가 조용히 스바루의 손을 잡으려 대비했다. 듬직한 파트너는 지금 스바루의 마음에 솟구치는 분노의 불길에 찬동해 주고 있다.

남자는 그런 스바루를 깔아보며 불쾌하다는 표정으로 거칠게 머리를 긁었다.

"열불 나는 꼬마군. 이봐. 『검성』이든 유클리우스든 상관없어.

뭐하면 아가일이라도 된다. ——이 무례한 꼬마, 썰어 버려."

머리를 긁던 손으로 스바루를 가리키고 남자가 무책임한 목소리로 기사단원에게 명령했다. 그 방자한 발언이 스바루에게는 세 사람에 대한 모욕으로밖에 느껴지지 않았다.

이번에야말로 진심으로 스바루는 남자의 따귀를 갈기고자 팔을 내뻗으려——.

"외람되오나."

하지만 그 거동은 직전에 율리우스가 어깨를 누르는 바람에 중단할 수밖에 없었다.

어느 틈에 일어난 율리우스가 스바루 바로 오른쪽에 서서 어깨를 잡고 있었다. 스바루가 돌아보자 율리우스는 턱을 움직이고는 의연하게 남자를 노려보았다.

"현재 저와 페리스, 그리고 라인하르트 이하 3명은 특무에 따라 본래 역할에서 벗어났습니다. 따라서 설혹 부단장님일지라도 저희에게 명령할 권한이 없으실 겁니다."

"맞아. 페리는 지금 명실상부 크루쉬 님의 종이랍니다—. 그러니까 명령에는 못 따릅니다—."

율리우스의 말에 편승해 페리스가 크루쉬의 팔에 안겨들어 경박하게 대답했다. 팔이 안긴 크루쉬는 한순간 놀랐지만 금방 진지한 표정으로 남자를 응시했다.

쳐다보니 큰방에 있는 다른 이들의 표정도 어슷비슷. 남자에 대한 적의를 숨기지 않았다.

당연하다. 할아버지와 손자의 화해. 전원이 지켜보던 그 과정을 때려 부순 게 이 남자니까.

"오— 오— 무섭네, 무서워. 당연히 농담이지. 열 내지 말라고. 아무리 내가 장식용 부단장이래도 그 정도 규정은 안다고."

"장식용, 부단장……?"

비릿한 웃음과 함께 술기운을 풍기는 남자가 내뱉은 말에 스바루는 눈썹을 찌푸렸다. 그 중얼거림을 들은 남자는 다시 스바루에게 조롱의 눈초리를 보냈다.

"오냐. 장식용이다. 장식품에다 미움받는, 루그니카 왕국 근위기사단 부단장, 『밥벌레』 하인켈은 날 말하지."

"밥벌레든 미움받든, 당당하게 굴지 마시지."

"카하핫, 요거 귀가 따갑네. 아프다, 아파. 아프고 아파서 못 견디겠으니…… 그 주둥이 막아 버린다, 망할 꼬마."

"——웃."

가늘어진 눈동자에 스친 음침한 어둠에 섬뜩한 한기가 스바루의 등줄기를 치달았다.

그것은 강자와 대면할 때나, 백경 및 『마녀』 같은 압도적인 존재에게 느끼는 외경과는 다른 감각이다. 그와 다른, 스바루에게는 친근한 혐오와 가까운 것을 느꼈다.

"침착하도록, 스바루. 부단장님의 분위기에 말려들면 안 돼."

숨을 집어삼킨 스바루에게 옆의 율리우스가 타일렀다. 그 말에 남자—— 하인켈은 음습한 웃음과 함께 율리우스를 쳐다보았다.

"핫, 역시 가장 뛰어나신 기사. 말도 참 곱게 쓰지. 거기다 기사로서 실력도 갖추었다면 그야 정통파로 존경도 모으기 마련이지."

"칭찬해 주셔서 영광입니다, 하인켈 부단장님. ……그런데 이번엔 무슨 용건으로 행차하셨습니까? 부단장님의 역할은 왕도 왕성의 수호라고 기억합니다만."

"고상하게 비꼬는군. 나 하나 없는 것 가지고 성의 경비에 무슨 문제가 있지? 마코스 단장님께 맡겨 두면 문제없고…… 정작 지켜야 할 왕족도 안 남았잖아?"

"하인켈!"

입장을 고려하면 불경하기 짝이 없는 하인켈의 발언에 빌헬름이 노호를 질렀다. 『검귀』는 무시무시한 표정으로 푸들푸들 입술을 떨었다.

"하인켈……."

"한 번만 불러도 알아듣습니다. 아직 귀가 어두워질 나이 아녜요. 뭐, 주정뱅이의 헛소리라고 여기고 흘려들어 주십쇼. 그보다……."

씁쓸한 빌헬름의 음성에 하인켈은 흥 깨진 얼굴로 어깨를 으쓱였다. 그리고 그는 빌헬름과 같은 파란 두 눈으로 실내를 둘러보았다.

"야박하게 왜 이래요. 『백경』 토벌 축하, 저도 건네 보고 싶었는데 그냥 지나치고 말이야. 14년이나 걸친 대사업 아닙니까. 나도 축하하는데 끼어서 그 기쁨을 공유할 권리는 있다 이거지. 안 그렇수? 아버지."

“하인켈, 나는…….”

“라인하르트! 너도 그렇지?”

“――――.”

악의를 처바른 표정으로 하인켈이 빌헬름의 마음을 후볐다.

노인의 표정에 칼날로 베인 고통이 퍼지지만 하인켈은 아랑곳하지 않았다. 항변하려는 목소리를 가로막고 그가 다음으로 악의를 겨눈 쪽은 라인하르트였다.

그 말에 침묵을 지키던 라인하르트의 시선이 하인켈과 교차했다.

“너도 아버지 덕분에 어깨 짐을 덜었잖아? 마누라 원수, 어미 원수, 할머니 원수를 갚아 준 위대한 할아버지시다. 수고하셨습니다 한마디는 해야지? 누가 뭐래도…….”

하인켈은 거기서 말을 끊고 말의 칼날에 독을 듬뿍 발라 말했다.

“――네가 죽게 한 선대님의, 그 원수를 갚아 주셨잖냐?”

――그것은 스바루가 아는 한도에서 가장 추악하다고 불러 마땅할 남자의 표정이었다.

하인켈의 말에는, 표정에는, 태도에는, 목소리에는, 몸짓에는, 시선에는, 그라는 존재에게서 파생된 모든 개념은 그저 악의만으로 빚어 있었다.

순연한 악의. 존재의의 전부를 추악하게 만든 남자가 그곳에서 있었다.

“그만해라, 하인켈! 너는…… 너란 놈은 어디까지……!”

"이제 와서 번드르르한 소리 집어치우쇼, 아버지. 아버지만은 날 비난할 자격 없어. 선대를 죽였다고 처음에 라인하르트를 힐난한 건 다름 아닌 아버지잖아."

"윽——."

하인켈의 말은 이 세상의 증오와 저주를 팔팔 졸인 듯이 악랄했다. 그리고 그 내용 또한 차마 듣지 못할 폭언이었다.

놈이 한 말은 전부 거짓말이다. 잘못이다. 허위다. 당연히 속임수다.

죄다 있을 수 없다. 라인하르트가, 빌헬름이, 두 사람은, 그럴 텐데——.

"————."

라인하르트도 빌헬름도 입을 다물고 부정하려 들지 않았다.

왜냐. 한마디, 아니라고 말만 해 주면 된다. 엉터리라고 잘라내면 스바루는 아무 미혹도 없이 그 말을 믿을 수 있다.

전우와 존경하는 은사. 술에 취한 악한. 어느 쪽을 믿을지 고민할 필요도 없다.

그러니까 두 사람에게는 딱 한마디만, 스바루를 믿게 할 말을 꺼내 주길 바랐다.

"불리해지면 입을 다물냐. 15년이나 그 꼬라지였지. 너나 아버지나 하나도 안 변한 거야. 안 변했으면 화해할 리가 있겠어. 그렇게 편한 팔자를 테레시아 반 아스트레아가 용서하겠냐."

침묵이 내려앉은 큰방에서 하인켈의 모독만이 이어졌다.

거론한 이름. 그것은 빌헬름의 아내이자 라인하르트의 할머니이며――.

"――죽은 어머니는 우리를 저주하고 있어. 우리는 3대가 다 용서 못 받아."

선대 『검성』을, 테레시아를 어머니라고 부르는 남자.

그것은 라인하르트의 아버지이자 빌헬름의 아들.

"하인켈 반 아스트레아……."

그렇게 입에 담고 스바루는 그 이름의 어감이 와 닿는 것을 느끼고 말았다.

정확하게 남자의 내력을 파악했다. 틀림없이 눈앞의 남자는 아스트레아의 가문에 이름을 올린 남자다. ――그 인간성이 스바루가 아는 아스트레아 가문과 동떨어져 있더라도.

"반을 달지 마, 꼬마. 나는 그 검명(劍名)을 못 받았어. 하인켈 아스트레아다."

씁쓸하게 뇌까린 스바루의 목소리를 주워듣고 하인켈이 혀를 찼다.

한순간 그 얼굴에 스친 감정은 어쩌면 이 자리에서 처음 보이는 하인켈의 고통이었다. 가족을 욕할 때는 음침한 기쁨만이 있던 눈에 지금 첫 고통이 지나갔다.

그런 건 아무 위로도 못 된다고 스바루는 즉각 내쳤지만――.

"그래서, 당신은 뭐 하러 여기 온 거야?"

"에밀리아?"

하인켈의 눈 뜨고 못 볼 언동들에 큰방에 있던 전원이 충격을 받았다.

그런 가운데, 처음에 일어나 그렇게 물은 사람은 다름 아닌 에밀리아였다.

스바루 앞에 서서 등에 물결치는 은발을 흘리는 소녀의 목소리에는 자그마한 분노가 서렸다. 그것이 진짜 분노라고, 스바루는 뚜렷하게 실감했다.

그녀가 진심으로 화낼 때는 언제나 타인이 부조리하게 상처 입는 순간이다.

라인하르트와 빌헬름이 상처 입은 것에, 그녀는 분노를 느껴 주었다.

"……이거 보게. 당신이 에밀리아 님이라. 소문은 전부터 들었죠. 듣자니 승산이 없는 싸움에 떠밀려 나온 가엾은 반마(半魔) 공주님이라던가."

"당신이 날 어떻게 생각하는지 그건 언젠가 이야기해 보고 싶지만, 지금 그 이야기는 안 했어. 내가 묻고 싶은 건 하나뿐이야. 당신은 뭐 하러 여기 온 거야?"

도발적인 말투로 에밀리아를 우롱할 속셈이었는데 빗나가는 바람에 하인켈이 머쓱해했다.

에밀리아의 당당한 태도에 실내의 다른 진영 사람들도 놀라는 걸 알 수 있었다. 어제부터 오늘 아침까지 내비친 에밀리아의 모습을 감안하면 그 변화에 놀라는 건 당연하다.

이 때문에 그녀는 구태여 푼수를 가장했던 것이다. 거짓말이다. 민낯 맞다.

"여기에 우리가 모인 건 아나스타시아 씨가 초대해 줬기 때문이야. 하지만 전원이 한 번에 모인 건 우연이고 그럴 때 당신이 우연히 찾아왔다는 생각도 안 들어. 당신이 근위기사단의 높은 사람이라고 해도 그래. 어떻게 된 건지 가르쳐 줘."

"쯧, 듣던 이야기랑 다르잖아……."

"제대로 대답해 줘."

혀를 차고 머리를 거칠게 긁는 하인켈은 명백하게 에밀리아에게 눌리고 있었다.

에밀리아는 화내고는 있지만 결코 시위 행위에 나서려는 건 아니었다. 발산하는 압력은 마력과는 관계없는, 그녀 자신이 가진 자질에 따른 것이다.

"자신만만하게 쳐들어와서 여자가 노려보는 정도로 찌그러지면 안 되지. 아저씨, 꽤 꼴사나운데, 엉."

"누가 아니래. 먼 재미있는 얘기를 들을 수 있을까 기대했는디, 이라믄 가희나 관찰하는 편이 훨씬 기상천외하고 재미있지 않겠나."

"어머, 그런가요? 그렇다면 풍류를 모르는 신사분은 돌려보내드리고 꼭 소문 자자한 가희님과 한때를 함께 보내고 싶은걸요."

"――큭."

에밀리아에 이어 펠트, 아나스타시아, 크루쉬로부터도 원호사격이 들어왔다.

하인켈과 마주 보는 에밀리아와 비슷하게 셋에게서도 동등한 패기가 멋모르는 난입자에게 꽂혔다. 네 명의 위압을 받으며 하인켈의 뺨이 푸들거렸다.

수준이 다르다고나 말하면 될까.

직함과 관계자로서 입장을 비교했을 때, 그 차이는 너무나 뚜렷했다.

"직성은 풀렸습니까? 부단장님. 혹여 그 밖에 용건이 없다면 이 자리는 물러나 주시는 게 서로 득이 될 것 같습니다."

하인켈의 안색과 여성진의 싸한 분위기를 보고 율리우스가 제안했다.

그건 어떤 의미로 하인켈에게 건네는 도움의 손길이었다. 스바루는 가능하면 이 자리에서 하인켈의 마음을 꺾어야 한다고 생각했지만 더 이상 대화를 길게 끄는 것도 피하고 싶었다.

하인켈을, 더 이상 라인하르트와 빌헬름과 같은 방에 두기 싫다.

"으, 큭……."

"부단장님, 결단을. 가능하다면 더 이상은 아무 말도 하시지 않는 편이 서로……."

"——그럴 필요는 없다, 범용한 것."

——그 목소리는 기이하게 요염하며 동시에 모든 것을 깔아보는 오만함으로 채워져 있었다.

들은 이의 마음을 꿇어 엎드리게 하는 압도적인 음성은, 목소리 주인이 자신에게 품는 절대적인 우월감으로 타인의 가치관을 밀어내고 새로운 규칙을 억지로 제시하는 경탄스러운 미성이었다.

그 목소리에 큰방의 전원이 하인켈의 등 뒤, 닫힌 장지문으로 눈을 돌렸다.

이미 하인켈은 누구 안중에도 없다. 있는 것은 장지문 너머에서 이리로 다가오는 태양 같은 열기에 대한 주목뿐. 그리고——.

“어중이떠중이가 잘들 모인 모양이로고. 애썼구나. 이렇게 소녀가 직접 발길을 옮기기에 합당한 자리를 용케 준비했어. 그 점만은 너희 행실을 칭찬해 주겠다.”

대담하게 가슴이 트인, 피처럼 붉은 드레스를 입고 과하게 풍만한 가슴을 껴안은 팔로 들어 올린 그 인물은 하얀 살결을 아낌없이 과시하듯 요염하게 미소 지었다.

진홍빛 눈은 모든 것을 불꽃으로 삼키듯이 깔아보고, 고혹적인 분위기는 온 세상의 수컷에 해당하는 모든 존재를 매료하며 사로잡을 마성의 현현이었다.

아름다운 것도 도가 지나치면 폭력이 된다. 그녀의 존재는 바로 그 체현이었다.

——소녀의 이름은 프리실라 바리에르.

본래 이 잔치에 초대받지 않았을 다섯 번째이자 마지막 왕선 후보였다.

6

“그나저나 퍽 궁벽한 곳에서 회합을 가졌군. 멀리 나오느라 그만큼 불편하더구나. 뭐, 거리 경관과 진기한 모양의 여관은 소녀의 취향이긴 했다마는.”

붉은 부채로 입가를 가리고 큰방을 둘러본 프리실라는 큭큭 목을 울렸다.

그녀의 발언에, 그 난데없는 출현에 놀란 이들은 반응을 하지 못했다. 그 모습을 보고 프리실라는 고운 눈썹을 언짢게 찌푸렸다.

"무어냐. 반응이 안 좋군. 소녀가 이렇게 일부러 먼 걸음을 하지 않았더냐? 다 같이 바닥에 이마를 대고 소녀의 방문을 감격의 눈물로 맞이하는 게 올바른 예절이 아니더냐."

"……무슨 대신님 행세야. 그런 광경, 실현되면 그냥 독재 국가잖아."

"흠?"

프리실라의 방자한 폭론에 스바루는 저도 모르게 끼어들었다. 그러자 그 중얼거림을 들은 프리실라는 갸우뚱하며 스바루를 붉은 눈으로 옭아매었다.

"……누구냐? 네놈은. 이곳은 분수 모르게도 소녀와 왕좌를 다투겠다는 어리석은 자가 모인 방 아니냐. 그런 곳에 어이하여 네놈 같은 범속한 종자가 끼어 있는가."

"참말이냐."

자못 진심으로 서슬 퍼런 모멸을 받는 바람에 스바루는 어깨를 푹 떨어뜨렸다.

농담 같은 시늉도 없거니와 비꼬거나 조롱하는 낌새도 없다. 즉, 순수하다. 프리실라는 순수하게 스바루라는 존재를 망각했다.

그녀와는 제법 인상적인 만남을 거쳤을 텐데, 아주 싱겁게.

"공주. 아무리 그래도 그거 너무하지 않아? 거야 공주 입장에서는 하잘것없을지도 모르겠는데, 나로선 형제는 그럭저럭 재미있는 상대거든?"

그런 최악으로 정체된 큰방의 공기를 가르듯이 가벼운 목소리가 프리실라를 불렀다.

목소리는 살짝 탁하고 찰칵거리는 희미한 금속음을 수반하고 있다. 쿵쿵 소리를 내며 복도를 지나 프리실라 옆에 선 것은 외팔이 남자였다.

머리를 칠흑의 쇠투구로 가리고, 산적 같은 허름하고 거친 해괴한 복식의 남자. 프리실라의 시종이며 스바루와 같은 처지——이세계에서 소환된 남자, 알이다.

당연하지만 주군과 동행한 모양인 알은 프리실라에게 실실대며 어깨를 으쓱이고 일깨워 주었다.

"그 왜, 기억 안 나? 성에서 공주네가 소신표명하던 때, 많은 사람 앞에서 개망신당한 놈이 있었잖아? 그게 저기 형제야. 공주도 실컷 배 껴안고 웃었으면서 왜 그래."

"기억 안 난다. 애초에 소녀가 배를 안고 웃는 품위 없는 짓을 할까 보더냐. 소녀 같이 존귀한 존재를 흔한 마을 처녀와 같이 보지 마라. 다음엔 목을 치겠다, 알."

"그렇댄다, 형제. 미안한데 역부족이었어. 열심히 처음부터 다시 호감도 벌어 주라."

"너도 1년 동안 발언력 좀 늘려 놓으라고!"

빠르게도 주인의 의식 개혁을 포기하고 스바루에게 사과하는 알. "미안타, 미안." 하는 가벼운 태도에는 요 1년의 변화가 느껴지지 않아 스바루는 변함이 없는 주종의 모습에 한숨지었다.

"변하는 건 형제처럼 젊은 녀석의 특권이지. 나 같은 아저씨한테는 무리야, 무리."

"장래에 이런 어른이 되지 말자는 랭킹의 독주 태세에 들어갈 참이었다고. ——예외를 제외하고 말이지."

알의 넉살에 대해 스바루는 대답 끝에 하인켈을 쳐다보았다. 프리실라의 등장 이래 완전히 주의 끝으로 내몰린 남자는 그 프리실라를 아양 떠는 웃음과 함께 쳐다보았다.

"늦었잖아, 프리실라 아가씨. 당신이 하도 안 와서 간담이 서늘……."

"재잘대지 마라, 범용한 것아. 소녀가 춤추라고 명령하면 멈추라고 명령하지 않는 한 죽을 때까지 춤추는 게 범속한 것의 책무다. 그걸 착각해 소녀를 바로잡겠다고 우쭐대면 편히 죽진 못할 거다."

"윽……."

한순간, 하인켈은 형세가 역전됐다고 얼굴이 밝아졌지만 정작 프리실라의 날카로운 설봉에 입을 다물었다. 다만 그 둘의 대화에 스바루는 의혹을 품고 눈꼬리를 곤두세웠다.

"프리실라, 그치를 데려온 건 너냐?"

"……범속한 것아. 네놈, 누구 허가를 받고 소녀의 존함을 함부로 부르지? 어머니처럼 관대한 소녀여도 어린 아해 말고 방자한 작자에 대한 한도는 엄연히 있노라.”

“공주.”

잔혹한 눈초리를 스바루에게 보낸 프리실라를 알이 짧게 불렀다. 그 목소리에 담긴 희미한 간청에 프리실라는 한쪽 눈을 감으며 한숨을 내쉬었다.

“웬 노릇인지 네놈은 묘하게 소녀의 시종 마음에 든 모양이로고. 그 목, 가까스로 붙어 있음을 알에게…… 아니, 소녀를 숭앙해라. 그걸로 퉁치지.”

“……관대하신 마음씨 감사하우. 그래서, 질문의 답변은?”

“이 범용한 것을 데려온 게 소녀냐는 말이더냐? 하면 그 생각은 옳다. 그 말대로야. 이놈은 소녀가 불러 이 자리로 데려왔다.”

“──크! 뭣 때문에!”

“굳이 말하자면 그게 재미있을 성싶었기 때문이지.”

초대 받지 않은 손님. 그것이 초래한 조부와 손자가 화해할 기회의 파탄── 그것을 무섭도록 야멸찬 이유로 일으킨 프리실라에게 스바루는 할 말을 잃었다.

그리고 스바루가 입을 다물고 황망해할 때, 프리실라는 “그래.” 하고 말을 거듭했다.

“일그러진 가족 상황과 그것을 볼썽사납게 수습하려는 꼴불견. 그런 추악한 공연을 태연히 춤추게 둘 수 있을 리 없지 않느냐? 따라서 소녀 취향으로 대본을 다시 썼다. 볼만했으렷다?”

“프리실라아!”

악랄을 웃도는, 악마의 말투에 스바루는 격분했다.

볼만하다고, 이 여자는 그렇게 말했나. 라인하르트와 빌헬름, 한 걸음만 더 있으면 가족으로 돌아왔을 두 사람의, 그 마음에 깊게 상처를 입혀 놓고 그걸 볼만하다고.

"관둬, 형제. 여기서 우리가 붙어 봤자 이득이 없어. 공주 성격이 나쁜 건 원래 그렇잖아. 재수가…… 운세가 나빴다고 여기고 못 본 척하셔."

"알면 네가 똑바로 고삐나 잡아. 운세는 무슨. 웃기지 마."

혈기가 치솟은 스바루를 알이 그 오른팔로 눌렀다. 외팔이인 그는 이 상태에서 자신의 검을 뽑을 수 없다. ──다툴 생각은 없다고, 그 의사를 표명하고 있는 것이다.

어금니를 세게 깨물었다. 정신이 들고 보니 실내에서 분노로 제정신을 잃은 건 스바루뿐이었다. 후보자들은 물론, 율리우스와 페리스에게도 상황을 시끄럽게 만들 낌새는 없다.

당연하다. 이곳은 황공하게도 왕국의 차기 옥좌를 노리는 별들의 모임. ──그런 판국에 감정에 맡겨 서로 상처 입히는 일은 아무도 바라지 않는다.

"하지만 그렇다면 마음은 얼마든지 상처 입어도 된다는 거냐고……!"

"스바루……."

견디기 어려운 분노를 혀에 싣는 스바루를 에밀리아가 애잔하게 눈을 일렁이며 불렀다. 소매를 당기는 감촉에 눈치를 채니 베아트리스도 스바루의 손을 잡아 주고 있었다.

둘의 그 배려를 받고 스바루는 씁쓸한 표정으로 길게 숨을 내뱉었다.

"멍청한 개가 짖는 소리는 끝난 모양이로군. 소녀도 오늘은 얼굴이나 비치러 들렀을 뿐이니라. 너희의 울상도 봤다면 그 이상의 용무는 딱히 없어."

"건 또 훌륭하기도 하제. ……내, 댁한티만은 오늘 모임은 안 전했을 터다만도, 어데서 들은 기가?"

휘저을 대로 휘젓고 만족했다고 떠드는 프리실라를 아나스타시아가 제지했다. 아나스타시아는 그 연두색 눈에 경계를 드리우고 입가에 미소를 띠면서 말했다.

"깜빡 실수로 말 흘릴 만한 아에게는 안 들려줬을 터인디."

"겉치레로 떠들지 마라, 불여우. 무슨 일이든 누구 귀에 들어가면 눈물방울처럼 번지는 것은 피할 수 없다. 수가 늘면 구멍도 늘지. 타인의 동향에 신경을 쓰는 건 너희만이 아니야."

"흐응, 뜻밖이데이. 프리실라 씨는 그런 짓 안 할 끼다 싶었는디."

비꼼을 섞은 감탄에 프리실라는 조소를 띠며 부채를 부쳤다.

"볼만한 곳이 없는 미련한 자라면 흔해 빠진 범속과 같이 묶을 뿐. 설마 소녀와 왕위를 겨루겠다는 너희가 그러한 속물이라고 실망시키지 않으렷다?"

"……진짜, 댁도 잘 모를 사람이데이."

아나스타시아가 프리실라의 발언에 기가 막힌 듯한 음성으로 탄식했다.

스바루도 아나스타시아의 말과 같은 의견이다. 프리실라는 다른 후보는 안중에 없다고, 제 길만 갈 뿐인 성질이라고 철썩같이 잘못 짚고 있었다.

하지만 오늘 그녀의 언동을 감안하면 프리실라는 번듯하게 첩보 활동을 하고 대책을 가다듬어 얕잡아 보지 않으며 실행에 옮기고 있다. ──그것이 이 최악의 전개를 불러냈다.

"그 아저씨, 라인하르트네 아버지지?"

그때까지 진행되던 이야기 흐름을 무시하고 왈가닥스러운 목소리가 다른 화제로 치고 들어갔다.

그 소리를 꺼낸 사람은 자기 접시의 다이스키야키에 포크를 찌른 펠트였다. 그녀는 그것을 호쾌하게 입에 물고 입을 소스로 더럽히면서 프리실라를 노려보았다.

"전에 성에서 허물없이 굴어 댔고, 아까 이야기로 왠지 모르게 알거든. 딱히 난 얘 가족 관계 따위 모르겠는데…… 아저씨랑 니 관계는 별개야."

"……호오. 기껏해야 빈민가의 계집애 나부랭이가 소녀에게 무슨 훈계를 하겠다고?"

"남의 일도 아니니깐. 어쨌든 아스트레아 가문의 가장 자리는 라인하르트 게 아니야. 우리 생명선이란 걸 거기 아저씨가 쥐고 흔들고 있잖아."

펠트가 거론한 내용에 그녀 옆에 있는 라인하르트의 뺨이 굳었다. 그 반응을 보고 스바루 쪽에도 그 사실의 중대성이 전해졌다.

고아이며 아무런 뒷배도 없는 펠트에게는 라인하르트의 친가인 아스트레아 가문 말고 기반이 없다. 요 1년, 그녀는 아스트레아의 영지를 중심으로 활동해 조금씩 후보로서 이름을 날렸다. 하지만 그 발판이 무너지면 어떻게 되는가.

아스트레아 가문의 소유물, 그 실권이 끝까지 하인켈에게 있다면.

"헹, 겨우 그쪽에 머리가 따라잡았냐. 굼뜨다고, 굼벵이들이."

그 말에 간신히 자기 뜻대로 되었다고 하인켈이 볼을 일그러뜨렸다.

"그런 이야기다. 아스트레아 가문의 가장 직위는 이 몸이 잡고 있지. 난 그걸 라인하르트에게 양보했다는 생각이든 양보할 생각이든 털끝만큼도 없어. 나랏일로 겁나 바쁜 『검성』님께! 그런 번거로운 일을 맡기다니 당치도 않으니 말이지!"

"이름뿐인 장식용 영주가 잘난 척 지껄이네. 야, 너네 영지가 무슨 꼴이었는지 알기나 해? 그딴, 주위 녀석들에게 맘대로 놀아나게 두고."

최대한 어조를 낮춘 펠트를 하인켈은 "무섭네, 무서워." 하고 조롱했다. 그 도발적인 언동에 혐오와 모멸이 실내에 휘몰아쳤다.

그, 너무나 악질적인 언동에 견디다 못해 마침내 라인하르트가 고개를 들었다. 그는 애써 무표정을 유지한 채로 부친이 아니라 옆의 펠트를 보고 입을 열었다.

"펠트 님, 저는……."

"라인하르트."

무슨 말을 하려던 라인하르트. 그 입술의 움직임이 멈추었다. 그것은 펠트가 그의 코끝에 들이댄 포크가 원인이다. 주군의 행동에 말문이 막혀 라인하르트의 눈이 일렁거렸다. 그리고 펠트는 그런 라인하르트 쪽을 보지도 않으며——.

"——잠자코, 당당한 낯짝이나 해."

담담히, 그렇게 내뱉은 펠트의 말에 라인하르트가 눈을 부릅떴다. 하지만 직후에 그에게 생겨난 변화 쪽에 펠트 외의 전원이 놀랐다.

"——예."

엄숙히 끄덕인 라인하르트의 파란 두 눈에 빛이 돌아왔다. 친아버지에게 힐난당하고 할아버지와의 화해가 방해받은 상황의 고통이 그 순간만이나마 확실하게 사라진 것이다.

"……이놈이든 저놈이든, 지랄하고 있어."

그 모습을 목격하고 하인켈이 다시 기대가 빗나갔단 표정으로 혀를 찼다. 그러나 그는 고개를 내젓고는 바로 천박한 웃음을 그 얼굴에 되찾았다.

"뭐라고 해 봤자 네 위기감은 정답이라고, 라인하르트의 주인마님. 아스트레아 가문은 내 거야. 그리고 난 너를 지지 안 해."

타인을 헐뜯고 매정한 말로 상처 입힌다. 그것만을 목적으로 하인켈은 말의 칼날을 내세웠다.

"내가 지지하는 건 누군지 설명할 필요도 없겠지. 너희는 요 1년, 열심히 해 줬어. 그 성과는 훌륭해. 그 훌륭한 성과를 선물로, 나는 프리실라 아가씨한테…….”

“이놈, 범용한 것아.”

“아앙? 뭐야, 프리실라 아가씨. 지금 난 중요한 이야기를.”

“시끄럽다.”

그 직후, 그 포학에 누구나 숨을 집어삼켰다.

짧게 내뱉은 프리실라는 눈이 동그래진 하인켈의 머리에 부채를 번뜩 휘둘렀다. 접힌 부채가 바람을 가르고 하인켈의 장신이 무시무시한 기세로 뒤집혀 바닥에 내동댕이쳐졌다. 그 충격에 하인켈의 눈이 허옇게 뒤집히고 일격에 의식이 날아갔다.

하지만 프리실라의 징계는 그걸로 끝나지 않는다. 쓰러진 하인켈을 발끝으로 차올려 공중에 띄운 순간에 프리실라가 팔을 당겼다. 그대로 그녀의 팔이 후려치는――.

“공주, 발작은 그쯤 해. 죽겠다.”

그 손목을 잡고 제지의 말을 건넨 알을 프리실라의 붉은 눈이 노려보았다. 하지만 알의 행동은 옳다. 멈추지 않으면 하인켈은 죽어 있었다.

왜냐하면 프리실라의 팔에는 어느 틈에 아름다운 진홍색 검이 잡혀 있었기 때문이다.

붉게 빛나는 도신에 물결치는 무늬가 새겨져 한눈에 예사롭지 않은 명품임을 알 수 있는 물건. 그 칼은 눈을 깜빡이는 사이에 프리실라의 수중에 출현해 역시 눈 깜빡할 순간에 세계에서 사라졌다.

그 광경을 지켜보고 알은 천천히 프리실라의 팔을 놓았다.

"나 참, 참아 주라. 양검(陽劍)까지 뽑으면 심장에 안 좋…… 분도킥!"

"무례하다, 알. 누구 허락을 받고 소녀의 옥 같은 살결을 만지느냐. 여자가 궁해 정욕을 태우는 거야 자유다만 소녀를 더럽히는 건 몽상만으로 그쳐 두도록."

해방된 팔로 알의 명치를 때려 시종을 몸부림치게 한 프리실라. 그녀는 코웃음을 치고는 꼴사납게 바닥에 널브러진 하인켈을 냉랭한 눈으로 내려다보았다.

그 붉은 눈에 스친 야멸찬 감정은 참으로 무시무시하다.

"더없이 멋모르는 짓을 저지른 잡배에게 내릴 자비라곤 없지만…… 알의 말에도 일리 있나."

"그렇게 생각해 준다면 더 자상하길 바라는데, 난."

"그러지 마라. 소녀 또한 악마가 아니다. 나중에 상으로 발을 핥게 해 주마."

"그러면 내가 기뻐하는 것처럼 말하는 거 관두지?! 오해받거든!"

무릎을 꿇은 알의 호소에 프리실라는 상관도 하지 않았다. 대신에 그녀는 손뼉을 치고 말했다.

"슐트, 거기 범용한 놈을 날라라. 아직 쓰고 버리기에는 아까워. 간호나 해 주어라."

"알겠지 말입니다! 프리실라 님."

그 박수에 불려서 나타난 사람은 복도에서 대기하던 것 같은 분홍머리 소년 집사였다. 전에 프리실라의 저택에서 본 인물로, 몽실몽실한 곱슬머리가 깜찍한 어린 소년이었다.

미성숙한 몸을 집사복으로 감싼 소년, 슐트는 잔달음질로 하인켈에게 달려갔다.

"실례하지 말입니다, 하인켈 님."

의리 있게 말한 소년은 하인켈의 두 다리를 잡고 복도로 데리고 나갔다. 이곳저곳 부딪히는 운반 작업이지만 슐트는 불평 하나 없이 일에 종사했다.

그런 소년의 일하는 모습에 알은 자기 투구의 이음매를 손가락으로 만지작거리며 말했다.

"우리 슐트는 언제나 기특하지. 공주도 나중에 꼭 칭찬해 줘야 해."

"저놈이 소녀를 정성껏 섬기는 건 당연한 일이니라. 그게 슐트의 예쁜 구석 아니더냐. 제대로 상은 내려 줄 것이야. 슐트에게도 나중에 발을 핥게 해 주지."

"그 장면은 너무 배덕적이라 위험하네. 좀 다른 상으로 바꿔 줘."

"흠. 하면 소녀에게 안겨서 같이 잠을 자는 영예로군."

"……뭐, 그거라면 괜찮나. 내가 대신했으면 할 정도군."

그런 맥 빠지는 주종의 대화를 거쳐 프리실라의 눈길이 다시 큰방으로 돌아갔다. 개중에서도 그녀의 눈길이 가는 쪽은 험악한 얼굴을 한 펠트다.

생각해 보면 왕성에서도 이 둘은 서로 노려보고 있었다. 궁합이 나쁜 건 보증수표다.

"그래서, 아까 아저씨 이야기는 진심이야? 우리 내쫓고 영주로 돌아올 거냐고."

"만약 그렇다고 하면 넌 어쩔 거지? 눈물로 베개를 적시며 순순히 물러날 것이냐?"

"핫, 뭔 웃기는 소리야. 나는 누가 뭐라 그러든 눈물로 베개를 적시는 짓만은 절대 안 해. 가장이 아니라서 영지를 꼭 놔야 한다면 이야기는 간단하잖아."

그렇게 말한 펠트는 뺨을 일그러뜨리며 사납게 웃고 라인하르트를 손가락으로 가리켰다.

"그 아저씨가 얘한테 가장 자리를 양보하게 해 주지. 얘도 꽤 얼빠졌지만 그 아저씨보다는 멀쩡히 해먹을걸. 영감태기는 얼른 은퇴나 시켜 주지."

"————."

실현성의 유무는 몰라도 그건 매우 고소한 선고였다.

펠트의 선언에 프리실라의 눈이 가늘어졌다. 그리고 프리실라는 입매를 다시 부채로 가리고 말했다.

"그 범속한 것의 이야기를 진담으로 들을 필요는 없다. 모양뿐인 영주가 돌아와 봤자 영민의 신뢰는 너희에게 있지. 민중은 어리석고 몽매하지만 그 어리석음 때문에 받은 원한을 잊지 않는다. 마음 없는 장기짝 취급하는 수밖에 재주가 없는 저치가 어찌 다룰 수 있을까."

"……그럼 왜 그 아저씨를 데리고 왔는데?"

"말하지 않았더냐. 그치는 유흥을 위해 데려온 것에 불과하다. 그리고 가치는 있었지."

자기 가치관에 대한 절대적인 신뢰를 담아 프리실라는 단언하고 방을 둘러보았다.

그녀의 자세는 강고하다. 포기하고 신종하는 것 말고는 강한 마음으로 상대할 수밖에 없다.

"————."

그리고 이 자리에 있는 그녀의 대립 후보 네 명은 후자의 의지를 망설임 없이 표명했다.

그 시선을 받고 프리실라는 정녕 만족스럽게 끄덕였다.

"그러면 된다. 머잖아 다가올 소녀의 승리는 약속되었다. 하면 가는 길에는 파란과 유흥을 바라느니. 소녀를 들뜨게 해라, 소녀의 적대자들아. ——그것이 너희 단역의 다른 역할이니라."

당당히, 왕선 개시부터 1년을 지나 프리실라가 네 후보자에게 선고했다.

그것이 요 1년의 성과를 본 그녀의 재정. 이 세상 모든 것이 자신에게 편리하게 움직인다고까지 장담하는 프리실라 바리에르가 가진 진홍의 눈이 찾아낸 결론.

그런 그녀의 선고를 받고 왕선 후보자들은 강한 결의를 눈에 드리웠다.

"그 교만, 울면서 후회하게 해 주마."

정면으로 큰소리를 친 펠트의 말이 이 자리에 있는 모두의 뜻이 되었다.

7

——그렇게 수습되긴 했으나 큰방의 분위기를 완전히 복원하기는 불가능했다.

펠트의 큰소리에 만족스러운 표정을 지은 프리실라는 알과 시종을 이끌고 곧장 여관을 나갔다. 그녀가 보자면 목적을 이루어 흡족하다는 걸까.

스바루 일행이 입은 피해를 고려하면 방자하기 짝이 없는 행동이었다.

결국 회식은 각 진영이 순서대로 물러나 환담의 재개도 뜻대로 되지 않는 채로 해산하게 되었다. ——라인하르트와 빌헬름, 둘의 화해도 이루지 못한 채로.

"그 자리에 가필이 없어서 정말로 살았네요."

이는 회식을 끝내고 혼자서 뮤즈 상회로 출발한 오토가 남긴 말이었다.

확실히 그의 말마따나 그 회식에 가필 등, 혈기 왕성한 이들이 남아 있었더라면 대참사는 모면할 수 없었으리라. 그래 보여도 하인켈은 구사일생한 것이다.

물론 일이 그렇게 됐을 때는 그런 짓을 한 진영의 평판이 땅에 떨어졌을 테고.

"설마, 거기까지 노리고 행패를 부렸다……는 건 생각이 지나친 걸까."

모든 것을 내다본 것 같은 프리실라의 불타는 눈이 그런 무시무시한 상상을 부추겼다. 그 상상을 부정하고 우연이라고 주장하면 그건 그거대로 그녀의 강운을 긍정하는 느낌이었다.

"머리나 식혀, 바보 자식. ……결국 울컥한 건 나뿐이었건만."

스바루는 큰방의 사건을 돌아본 다음 부족한 자제심을 진심으로 한심하게 여겼다.

펠트마저 이성적으로 행동한 자리에서 가장 감정적이 된 건 스바루였다. 에밀리아와 베아트리스에게도 마음고생을 심하게 시키고 말았으리라.

침착하지 못한 마음을 가라앉히려고 스바루는 에밀리아 일행과 약속한 산책을 나가기 전에 저택을 걸어 다녀 마음을 다스리는데 애쓰고 있었다.

기분 탓인지 발밑으로 마룻바닥이 삐걱거리는 소리가 자기 마음이 삐걱거리는 상황을 반영한 듯 느껴진다. 그게 몹시 귀에 거슬려 스바루는 자신의 삐걱거리는 마음을 자각하고자 마루를 세게 밟았다.

"마루에 화풀이하지 마. 여관 사람을 곤란하게 할 거다."

마루를 노려보는 스바루 옆에서 목소리가 들려왔다. 어느새 스바루는 정원에 인접한 툇마루에 와 있었고, 마당에 선 율리우스의 시선을 받고 있었다.

살짝 삐죽 선 보라색 머리카락에 손을 대고 선선한 바람을 받는 모습이 묘하게 잘 어울리는 남자다.

"에밀리아 님이나 베아트리스 님과는 동행하지 않나?"

"보면 알잖아. 다들 애가 아니라고. 프리한 시간을 바랄 철이지. 나에게도 그걸 존중하는 섬세한 마음쯤은 있어. 나중에 데이트 약속도 했고."

"몇 가지 처음 듣는 단어가 있지만 얼추 사정은 파악했어. 아무래도 너도 다른 사람을 배려하는 마음은 배운 모양이군."

"윽, 너 말이다……."

먼저 시비조였던 건 스바루지만 율리우스의 말투에 쉽사리 나가떨어져서 어조가 거칠어졌다. 하지만 그 짜증은 율리우스의 표정을 보자마자 사라졌다.

율리우스는 뭔가, 회오를 참는 것처럼 속눈썹을 떨며 말했다.

"미안하다. 네가 다른 사람을 배려할 줄 모르는 인물이라면 먼저 자리에서 그토록 부단장님에게 언성을 높일 일은 없었겠지. ……오히려 난 감사해야 했어."

"난 그냥 혼자 빡쳤을 뿐이야. 다들 냉정했는데, 한심하기도 하지."

"안 그래. 네가 성급한 행동을 보이는 바람에 주위가 되레 냉정해질 수 있었던 것에 불과하지. 나도 포함해서 그래. 네 경솔함이 도움이 될 때도 있어."

"너, 사실은 날 칭찬할 생각 없지?"

지독하게도 말해서 스바루는 얼굴을 찌푸렸다.

"알아. 더 침착하게, 항상 냉정하게. 그게 기사답단 거잖아. 생각이 부족한 건 자각하고 있어. 초등학교 통지표에도 매번 같이 적혔으니까."

"……그야 기사다움을 바란다면 네 행동은 칭찬받을 게 아니지. 하지만.”

반성하는 스바루 앞에서 별안간 율리우스가 말을 끊었다.

그리고 그가 행한 동작에 스바루는 놀라 눈을 부릅떴다.

“뭔 작정이야.”

“보는 바와 같지.”

“보는 바와 같다면, 나한테는 네가 내게 머리 숙인 것처럼 보인다만.”

스바루 앞에서 율리우스가 허리를 굽히며 머리를 숙이고 있었다.

기사의 인사도, 귀족의 예법도 아니다. 한 개인의 행동이 그곳에 있었다.

“네게 감사를. 나를 대신해 그 자리에서 의분을 드러내 준 네게, 감사하고 싶다.”

“……의미를 모르겠군.”

“기사다움을 중시하면 어떤 곳일지라도 기사답게 행동하는 것이 요구되지. 설령 친구가 헐뜯기고 치욕을 받더라도 감정대로 행동하는 건 있어서는 안 돼. 하지만 너는 그러지 않았지.”

머리를 숙인 채로 율리우스는 스바루의 성급함에 감사의 말을 거듭했다.

생각도 못한 반응에 스바루는 연거푸 눈을 깜빡였다. 그리고, 이윽고——.

“대신에 화내 줘서 고맙다, 이거냐. ——너, 바보 아니냐?”

스바루가 짜증 그대로 내뱉은 말에 율리우스는 고개를 들었다. 그는 스바루의 분노를 정면으로 받아 내고 그 입술을 자조하듯이 풀었다.

"바보……라고?"

"바보인 데다가 까불고 있어. 왜 내가 네 대신에 화낸 걸로 되는데? 내가 화낸 건 내가 열 받았기 때문이다. 누굴 대신해서 그 수염쟁이를 때리려던 게 아니야."

뭘 착각하냐고, 스바루는 율리우스에게 정말 어이가 없었다.

스바루의 분노도 의분 같이 고급스러운 게 아니다. 아스트레아 가문의 문제는 스바루에게는 모를 일투성이다. 그렇기에 멋대로 상상하고, 멋대로 화냈을 뿐이다.

"그게 열 받았으면 너도 화내면 됐잖아. 나 혼자니까 여유 떨고 있었지만 너도 가담했더라면 더 쉽사리 쫄아서 도망쳤을걸, 그 꼰대."

"명색이 근위기사단의 부단장이다. 직속 상사에게 그런 무례한 짓은 좀처럼 할 수 없어."

"지금은 직속이 아니고 너도 방금 명색이라고 토를 달았네. 사고방식이 답답해. 기사답자고 마음먹는 사이에 마음에도 갑옷을 껴입은 거냐?"

율리우스가 입을 다물자 팔짱을 낀 스바루는 하늘을 쳐다보며 코에서 숨을 내쉬었다.

멍청한 말다툼이다. 고맙다는 소리를 듣고도 마음에 안 든다고 스바루는 율리우스에게 반발해 애먼 화풀이나 하고 있다.

"마음에도 갑옷이라. ……후, 정말이지 귀가 따가운데."

“내가 생각해도 멋있는 표현 같지만 흘려들어. 뻘소리야.”
“아니, 단단히 새겨 두지. 네게서 배울 것도 있다고 생각하니 기분 좋은 구석이 있군. 1년 전에는 생각할 수 없던 일이야.”
“말해 두겠는데 난 아직껏 꿈에서 가끔 시달리거든.”
“흠……. 가능하면 매일 밤 너와 꿈에서 재회한다는 건 사양하고 싶은 바로군.”
“나도 에밀리아땅과 꺅꺅 우우후가 좋다! 네 쪽이 꺼져!”
머리를 숙인 기특한 분위기 따윈 삽시간에 잊고 율리우스는 평소 하던 대로 머리를 쓸어 올렸다. 그 태도에 안도를 느끼는 자기 자신이 싫어서 스바루는 다른 화제를 끄집어냈다.
“그 수염쟁이 말인데……. 부단장에 라인하르트네 아버지라는 건 진짜지?”
“의심스러워하는 건 별수 없겠지. 하지만 사실이다. 그 인물이 바로 루그니카 왕국 근위기사단 부단장, 하인켈 아스트레아 본인이야.”
“인사부에 안목이 없는지 이유가 있는지, 문제는 없는지 의문시하는 말은 안 나오냐?”
“모든 물음에 있다고 대답하지. 물론 위에서도 근위기사단에서도 부단장의 자질을 의문시하는 목소리가 없지는 않아. 실제로 부단장의 감투도 장식물로서 주어진 거나 마찬가지라 그분이 실무를 맡는 모습을 본 사람은 없겠지.”
고개를 젓는 율리우스의 답변에 스바루는 낙하산 공무원을 떠올렸다.

요직에 앉아 별다른 일도 없는데 연봉은 고액. ──하인켈의 입장은 바로 그것이다. 주위가 무능하다고 여기는데도 그렇게 행동할 수 있는 멘탈도 놀랍다.

"설마, 『검성』의 부친이란 걸 등에 업고 행세하는 건 아니겠지."

"……그런 면도 없지는 않지. 하지만 가장 큰 이유는 부단장이 아니라 라인하르트에게 있어. 아스트레아 가문에 있다고 해야 할지도 모르겠지만."

"아스트레아 가문이란 말은…… 빌헬름 씨도 포함해서?"

"그분은 빌헬름 님의 아들이자 아스트레아 가문의 현 당주다. 라인하르트의 친부이기도 하지. 그런 인물을 냉대했다가 왕국에 반감을 가지면 어떻게 되지?"

빠른 말로 애써 무감정을 의식한 율리우스의 대답.

그 말을 듣고 스바루는 몇 초 생각하다가 바로 이해했다.

하인켈 아스트레아. 그 남자가 왕국에 우대받는 이유는──.

"──하인켈이 왕국에 반항할 마음을 먹으면 『검성』 일가가 적이 될 수도 있다. 그렇게 안 되도록 폭탄을 소중히 잡아두고 있단 말이냐? ……그건 즉, 왕국이 라인하르트도, 빌헬름 씨도 안 믿는다는 소리잖아!"

그렇다면 그건 라인하르트와 빌헬름에 대한 모욕일 뿐이다.

그 두 사람의 인간성을 보고 어떡해야 두 사람이 나라를 배신한다고, 그렇게 생각할 수 있단 말인가.

"네 분노는 지당해. 하지만 왕국은 있을지도 모르는 가능성을 고려해야만 하지."

"있을지도 모르는 가능성이라니 뭔 소리야! 그런 일, 있을 수 없잖아……!"

"……빌헬름 님은, 근위기사단의 전 단장이다."

한 발짝, 거리를 좁힌 율리우스의 말에 스바루는 숨을 죽이고 움직임을 멈추었다.

"15년 전, 왕성에서 왕족이 한 명, 어떤 자에게 유괴당한 사건이 있었지. 당시 빌헬름 님은 근위기사단의 단장으로 유괴된 왕족 수색의 책임자이기도 했어."

"그게 뭐? 나도 그 유괴 이야기 정도는 들었어."

납치된 왕족이 펠트가 아닌가. 그것이 펠트가 왕선에 참가하는 계기였을 터다. 그 현실미 없는 이야기를 율리우스는 왜 여기서 도로 끄집어내는가.

"유괴된 아이를 찾지 못한 것도 알아. 근데 그게 왜? 그 책임을 지고 기사단을 그만두게 되어서, 그래서 빌헬름 씨가 나라를 원망한다는 거야?"

"그게 아니야. ——하지만 선대 『검성』님을 포함한 백경 토벌을 위한 『대정벌』. 그건 빌헬름 님이 수색 때문에 왕도를 떠난 사이에 이루어졌어."

율리우스가 던진 말에 스바루의 사고에는 다시 공백이 생겼다. 그 공백을 파고들듯 언젠가 들은 빌헬름의 말이 살아났다.

빌헬름은 말했었다. ——그는, 아내가 죽을 때 곁에 있을 수 없었다고.

"사건 때문에 부인의 임종에 함께하지 못했다. 그렇기에 그 사람이 애먼 원한을 품고 있다고?"

"빌헬름 님의 진의는 몰라. 다만 수색이 중지되어 대정벌 그 자체도 실패로 끝난 다음, 빌헬름 님이 근위기사단을 사직하신 건 사실이지. 그 뒤, 마코스 단장님이 회복에 진력하지 않았으면 근위기사단은 재건되지 못했을 거야."

"그 뒷일 따위 알까 보냐! 내가 말하는 건 빌헬름 씨 이야기야. 너는 어떻게 생각하는데? 그 사람이, 사모님 때문에 주위를 원망해서, 그래서……."

모든 것에 원한을 품고 왕국에 반기를 들지도 모른다고, 그렇게 의심받고 있었는가.

그 사람을, 빌헬름 반 아스트레아를, 그런 인간이라고 여기고 있는가.

그토록 올곧게 남을 사랑하고 그 때문에 모든 것을 팽개친 남자를 보고 어떻게 그런 생각을 한단 말인가. 그 눈을, 등을 보고 모르는 것인가.

어째서 스바루가 좋아하는 사람들은 이유 없는 편견에 시달릴 뿐이란 말인가.

"그 사람은 그런 사람이 아닌 걸, 왜 다들 모르는 거야……."

억누른 목소리로 말하고 스바루는 눈앞에 서 있던 율리우스를 노려보았다. 그 눈빛을 정면으로 받아 내는 율리우스의 눈이 왠지 선망하듯이 스바루를 보고 있다.

안다. 이 분노가 엉뚱한 것이며 방향이 잘못됐다는 것도 안다.

율리우스가 말한 건 어디까지나 객관적인 이야기다. 그 자신이 빌헬름을 의심하고 그 마음을 잘못 짚은 것은 결코 아니다.

왜냐면 율리우스는 1년 전, 백경과의 전투를 마친 빌헬름을 위로하고 있었다.

14년간 계속 쫓던 숙원을 달성한 빌헬름을, 그는 위로하고 있었기에.

"……미안하다. 내가 바보지."

"아니. 너는 미안할 것 없어. 네가 옳아. 잘못된 건 내 쪽이지. ──잘못된 일을, 바로잡지 않고 잘못된 대로 두는, 내 쪽이야."

시선을 떨어뜨린 둘은 답답한 심정에 눈을 감았다.

빌헬름의 본심이 의심받는 토양은 여전히 있다. 그리고 그것은 말이나 행동으로 당장 어떻게 할 수 있는 부류가 아니다.

"라인하르트도, 그래?"

"그 친구는 사정이 또 다르지. ──라인하르트에게는 한때 하인켈 님의 말에 고분고분하던 때가 있었어. 부자지간이라서 그렇단 말로 넘어갈 수준을 넘어선 시기가 있었지."

스바루로부터 눈을 피한 율리우스는 왠지 분하게 입을 열었다.

하지만 율리우스는 그 소상한 사정을 털어놓지 않고 한 번 숨을 내쉰 뒤 말을 이었다.

"라인하르트 본인의 자립을 계기로 그런 행동은 없어지기 시작했지. 하지만 그런 만큼 왕국은 염려하고 있어. 또 그런 일이 있지 않을까 하고."

"……그래서, 하인켈이 라인하르트에게 맞이 간 명령을 내리지 않게 왕국은 열심히 하인켈의 비위를 맞추고 있단 소리냐?"

"혹은 더 안 좋지. 이건 어디까지나 소문의 범주를 넘지 않는 이야기이긴 하지만, 네게는 전해 두지. 라인하르트의 벗으로서 그 자리에서 분노해 준 네게는."

불안해지는 운을 떼고 율리우스는 가볍게 주위에 의식을 돌렸다. 엿듣는 사람이 없는지를 확인한 다음에 그는 스바루를 돌아보았다. 그리고——.

"부단장에게는, 15년 전의 왕족 유괴 사건에 관여했다는 의혹이 있어."

"——?!"

"확증은 없지. 하지만 그런 의혹과 관련해 수도 없이 사정 청취를 한 것은 사실이다."

"그런 일, 있을 수 있는 거냐. 그, 유괴에 관여했다니."

"사태의 진위는 이 와중에 관계없어. 그런 의혹을 가진 인물이 왕국의 최고 전력을 뜻대로 휘두를 가능성이 있다. 그게 문제시되고 있는 거야."

『검성』의 칭호가 가진 화려한 영예—— 그러나 실태가 밝혀짐에 따라 스바루는 그게 영예가 아니라 저주처럼 여겨질 따름이다.

"애초에 그게 진실이라면 빌헬름 씨가 사모님의 죽음을 지켜볼 수 없던 원인을 만든 건 아들인 하인켈이란 뜻이 되는데."

"……그 수준의 이야기가 아니야. 당시, 이미 검을 놓고 현역에서 물러난 테레시아 님을 대정벌에 참가하도록 추천한 건 하인켈 님이라더군."

"자기 어머니를, 마수의 최전선에 내보냈단 거야?!"

"이쪽은 당시 기록으로 남아 있어. 부단장이 대정벌에 참가하는 걸 사퇴하는 대신에 테레시아 님을 추천해 참전시켰다고."

그 사실이 가리키는 실상을 이해하자 스바루는 말문을 잃을 수밖에 없었다.

하인켈은 자신의 어머니를, 자신의 희생양 삼아 전장으로 내보냈다. 그 전장에서 어머니는 전사하고 아버지는 죽음을 지켜보지 못한 채 복수의 칼을 잡고, 자신은 아들의 재능을 방패 삼아 평안한 타락의 나날을 탐닉했다는 뜻이 된다.

있을 수 없다. 그런 짓을 할 수 있는 인간이, 실존할 리가 없다.

하인켈의 인간성을 긍정하고 싶은 게 아니다. 그런 후안무치한 짓을 하고 태연하게 있을 수 있는 인간이 존재한다니, 스바루의 윤리관이 허용할 수 없는 것이다.

"……미안하다. 이 같은 이야기를 마음의 준비도 없이 들려줄 게 아니었군."

입을 다물고 말을 잃은 스바루에게 율리우스가 침울한 목소리로 사과했다.

듣는 스바루가 이런 판국이다. 말하던 그도 냉정하게 있었을 리가 없다. 항상 이성적이도록 의식하는 율리우스의, 안 어울리는 태도였다고 할 수 있다.

"……듣겠다고 한 건 나였어. 네가 잘못한 건 없어."

"칭찬받을 자세가 아니지. 풍문과 선입관을 섞어 다른 집안을 다 봤다는 양 떠들다니 너무나 무신경했어. 기사로서 부끄러워해야 할 언동이었다."

"하지만 넌 본 거지? 라인하르트의, 친구였으니까."

율리우스의 자기반성에 스바루는 고개를 가로저었다.

"네가 언제부터 라인하르트와 친구인지는 모르겠는데, 걔를 걱정하는 건 알아. 그러니까 울컥하는 것도 당연하고 그게 이상하다고도 생각 안 해. 남의 집 사정이라며 얌전히 짜져 있는 게 정답이라고도 생각 안 해."

천박한 호기심을 의심하다니, 율리우스를 아는 사람으로서는 어처구니없다.

우정을 탓해서 어쩐단 말인가. 나츠키 스바루는 율리우스 유클리우스를 안다.

"아까도 말했잖아. 예의범절만 번드르르한 기사다움에 딱히 구애될 필요가 어디 있어. 그래. 갑옷 벗고 유리가 되어 보는 것도 나쁘지 않아. 그만큼 융통성 있는 편이 잘 풀릴 때가 있을지 누가 알아?"

유리란 율리우스가 마녀교 토벌에 협력할 때 자기 입으로 말한 가명이다.

입장상 율리우스로서 용병단에 가담할 수는 없던 그가 궁색함을 우아함 뒤에 숨기고 쓴 가명. 최종적으로는 아무도, 본인마저도 부르는 걸 잊은 쓸모없는 가명이었다. 하지만 그때의 율리우스는 기사답지는 않았다.

"유리라. 참으로 그리운 이름을 다 끄집어내는군."

"한시적이기는커녕 한순간에 잊은 설정이니까. 떠올린 나 자신을 칭찬하고 싶을 정도다."

"……하지만 기사다움에 얽매이지 말라니, 넌 퍽이나 어려운 말을 하는군. 내가 뭐라고 불리는지 모르는 건 아닐 텐데."

"그렇게 가장 뛰어나다느니 어깨 으쓱대니까 몸도 마음도 딱딱한 거 아니냐. 목욕할 때는 갑옷 벗고, 다시 입기 전에 스트레칭 하라고."

스바루가 그 자리에서 허리를 굽히고 유연성을 과시하듯 손바닥을 찰싹 땅바닥에 붙였다. 요 1년 동안에 습득한 유연성. 그것을 자랑스럽게 선보여 줬다고 생각했다.

"지금 그걸로 나한테 이겼다고 생각한다면 네 얕은 견식을 한탄할 도리밖에 없군."

"으어어?!"

그렇게 말하며 우쭐대는 스바루에게 율리우스는 발을 앞뒤로 벌린 훌륭한 가랑이 찢기를 보여 주었다. 훤칠한 다리를 쭉 뻗어 너끈히 지면에 엉덩이를 붙이는 유연성에는 기겁했다.

모조리 다 스바루를 쉽사리 추월하는 징그러운 남자다.

"그, 그래도! 류리레 치며 노래하는 거라면 내 가치는 굳건할 거라고!"

"그걸로 이기는 데에 별로 의의를 찾을 수 없지만 나도 교양 수준이라면 연주할 줄 안다."

"크악! 나왔다, 교양! 너 같은 놈이 말하는 교양이란 건 초일

류란 의미란 것쯤은 알거든! 난 너하곤 절대 밴드 안 먹는다! 보컬 빼앗겨!"

"——그렇군."

아우성치는 스바루 앞에서 뻗은 다리를 되돌리고 율리우스가 일어섰다.

그의 짧은 한숨에 스바루가 눈썹을 찌푸리자 그 시선에 율리우스는 앞머리를 쓱 쓸어 넘기고 뽐내는 미소와 함께 하늘을 쳐다보았다.

"유리로서 쳐다보는 하늘은, 쐬는 바람은, 이런 기분이었나."

"아앙?"

"생각해 보면 그때도 하늘색은 평소와 다르게 보였지. 그 기억이 떠오른 기분이라서."

"영문 모르겠네. 느끼하게 폼 잡는 자식."

자기 감상에 젖은 듯한 어깨를 밀어내고 스바루는 툇마루에 털썩 앉았다. 그런 스바루의 악담에 율리우스는 쓴웃음 짓고 햇살을 눈부셔 하듯 눈을 가늘게 떴다.

거북해지는 대화 분위기를 다른 분위기로 억지로 쫓아낸다.

물론 이야기한 내용이 기억에서 사라지지는 않고, 응어리가 가슴에 남은 건 부정할 수 없다. 그래도 그것만을 질질 끌지 않게 협력은 할 수 있다.

——떨어진 곳에서 보면 그런 두 사람은 평범한 친구 사이로 보였다.

제5장 『극장형 악의』

1

율리우스와 중요하고도 별것 없는 대화를 마친 스바루는 에밀리아와 베아트리스를 데리고 『물의 날개옷 여관』에서 밖으로 나오고 있었다.

"저기, 스바루. 마당에서 율리우스랑 엄—청 친하게 무슨 이야기 했었어?"

"그 녀석하고 친하게 이야기했다는 말은 엄—청 잘못됐지만, 무슨 이야기였을 것 같아?"

"다음에 어디 놀러 갈래? 라거나?"

"학교 친구?!"

안타깝지만 에밀리아가 기대할 만큼 스스럼없는 관계가 아니고, 만약 스바루와 율리우스가 같은 학교에 다니는 관계였다 쳐도 교내 서열 때문에 친구는 될 수 없다.

학교란 일종의 귀족 사회와도 비슷한 배타적인 계급 사회가 완성된 사회 집단인 것이다.

"그렇게 생각하면 처세가 힘들단 의미로는 이쪽이나 저쪽이

나 똑같군."

"그렇게 비밀로 할 거 없는데. 가르쳐 주면 뭐 어때서."

"정말로, 서로 상대 탐색이나 한 거야. 그거 말고는 좀 잡담이나 한 정도고."

"그게 친구란 거 아니니?"

이상하다는 듯 갸우뚱하는 에밀리아의 말에 스바루도 "글쎄." 하고 갸우뚱했다.

확실히 객관적으로 보면 친구 같은 느낌이 들지만 단연코 스바루와 율리우스는 그렇지 않을 터다. 친구가 아니라 더 끔찍한 무언가. 구체적으로는 모르겠지만.

"뭐, 친구는 아니야. 그것만은 틀림없어."

"고집쟁이……."

"누가 아니래."

기가 막힌다는 표정의 에밀리아의 말에 한숨을 쉬는 베아트리스가 동의했다. 어째선지 둘이서 이해를 나누는 분위기. 따돌림당해서 스바루는 무척 서운하다.

어쨌든 율리우스와의 친구 운운을 무시하고도 그와 대화한 내용── 아스트레아 가문의 문제를 에밀리아에게 전하는 건 양심에 찔렸다. 남의 집안 사정을 경솔하게 발설하는 걸 주저한 까닭도 있지만 가장 큰 이유는 알면 부담이 되는 부류의 정보이기 때문이다.

뿌리 깊은 아스트레아 가문의 문제. 그것은 타인이 함부로 건드려도 될 게 아니다.

그걸 알면서 율리우스도 스바루에게만 사실을 밝힌 것이다. 이런 일로 주군을 번거롭게 하지 말라고, 그 정도의 배려는 할 수 있게 됐다고 내다보고.

율리우스가 높이 샀다는 그 사실에 참으로 속이 울컥거린다.

"그래서, 스바루. 산책 가자고 말해 준 건 기쁜데, 뭘 꾸미고 있니?"

말로 표현 못할 울컥거림과 씨름하는 스바루에게 에밀리아가 미소 지으며 물었다.

순간, 스바루는 놀라서 눈썹을 치켜 올렸다가 바로 그 표정을 얼버무리듯 어깨를 으쓱였다.

"이봐, 이봐. 누가 듣고 오해하겠어, 에밀리아땅. 꾸미고 자시고 없다니까. 난 그냥 순수하게 아름다운 물의 도시를 러브러브 설렁설렁 하고 싶었을 뿐이야."

"흐응— 그런 소리를 하는구나? 스바루는 진짜로 옹고집쟁이라니까. 아무리 나라도 지금 상황에서 그렇게 애매한 소리 들어도 안 믿거든."

에밀리아가 토라진 듯이 입술을 삐죽이자 스바루는 난처한 표정으로 이마에 손을 짚었다. 쳐다보니 스바루와 에밀리아 사이에서 두 사람과 손을 잡은 베아트리스는 도움을 청하는 스바루의 눈길에 모르는 척. ——아무래도 편을 들어 주지 않을 것 같다.

그사이에도 에밀리아의 눈초리는 풀리지 않아 스바루는 맥없이 항복했다.

"알았어, 백기 들게. 이번에는 에밀리아땅 서프라이즈 작전을 보류하지."

"서푸라이즈……라는 말은, 또 뭔가 이상야릇한 짓으로 놀래킬 생각이었어?"

"이상야릇하다니 요즘 못 듣는 말일세……. 아, 미안 미안!"

늘 하는 대사에 화난 투로 볼을 부풀리는 에밀리아에게 이번에야말로 완전 항복. 더 하다간 뒷일이 무섭다며 스바루는 아쉬운 마음을 누르고 비밀을 털어놓았다.

"진짜로 뭔가 꾸민다 할 정도의 일이 아니라고. 지금 도시 한복판에 있는 공원에 가고 있는데 어제는 거기서 노래하는 릴리아나랑 마주쳤거든."

"와, 진짜? 그럼 오늘도 릴리아나가 노래하고 있을까?"

"눈이 반짝거리는 게 귀엽네. 암튼 릴리아나의 노래에 흥미가 있기도 하고, 탐색도 하고 오토에게 지원사격도 해 주고 싶어서."

키리타카와 단독으로 교섭하러 간 오토는 어제 스바루의 실수로 도랑이 생긴 상대를 적 삼아 대체 얼마나 고전을 강요당할까.

결코 오토의 교섭력을 신뢰하지 않는 건 아니지만.

"그와 비슷할 만큼 나는 걔가 중대 국면 외에서 재수가 없다고 믿거든."

"그렇다고 또 릴리아나에게 의지하는 건 참으로 무섭지 뭐야. ……뭐, 빠냐가 걸렸으니까 기회를 노리는 스바루의 마음은 이해하는 것이야."

어제 실패와 릴리아나 편애. 양쪽 다 마음에 둔 베아트리스라도 역시 팩을 위해서는 이견을 내세우지 않는다. 단, 그 의견에 에밀리아는 마뜩잖은 표정을 지었다.

"하지만 그 때문에 릴리아나를 이용하는 것처럼 되다니, 뭐랄까……."

"이해해. 에밀리아땅은 그렇게 느끼겠다 싶었고. 그래서 별로 말하기 싫었는데……."

"싫었는데?"

"그래도 굳이 말해야 할까 싶어서. ……에밀리아도 앞으로 왕선 해 나가는 중에 많은 사람의 생각이나, 타산이나 손해득실 같은 생각하고 무관할 수는 없어. 물론 나는 에밀리아가 언제나 정직하게 있기를 바라지."

"――――."

고민에 잠긴 에밀리아에게 스바루는 떠밀어 내듯 구태여 그 뜻을 전했다.

솔직하고 정직. 타인의 선한 마음을 믿는 에밀리아의 자세는 틀림없이 미덕이다. 그러나 스바루는 그게 무지 위에 성립되는 미덕이라면 약하다는 것과 다를 바 없지 않을까 생각했다.

진정으로 그 미덕이 그녀의 심신에서 기인하는 것이라면, 무지에서 벗어나도 본질은 손상되지 않는다. ――에밀리아는 배우고 강해지고 나서도 변함없기를 바란다.

그것이 앞으로도 에밀리아 곁에 있기를 맹세한 스바루의 소원이다.

"뭐, 그런 계산 포함한 생각을 빼더라도 릴리아나와는 여러모로 이야기해 줄 약속이 있거든. 에밀리아땅이 걔랑 친해지는 건 전혀 나쁜 짓 아닐걸."

사색에 빠진 에밀리아에게 스바루는 가벼운 농담 투로 편하게 말했다. 그 말에 에밀리아는 긴 속눈썹으로 테를 두른 눈을 내리깔고 작게 숨을 내쉬었다.

"응, 알았어. 나도 제대로 생각할게. 항상 고마워, 스바루."

진지한 표정으로 끄덕이는 에밀리아. 그 말에 스바루는 "응." 하고 응답했다.

전하고 싶은 말이 전해졌다. 그 확신과 손맛이 있는 데에 위안받는다. 그와 동시에 쓸데없는 오지랖은 아니었나 후회하는 마음도 조금 싹텄다.

"아아, 뭔가 이상한 말을 해버렸나. 역시 릴리아나 만나러 가는 건 관두고 데이트할래? 수룡 크루징 같은 거 로맨틱해서 괜찮겠던데."

"『크루징』이 뭔지 모르겠지만 용선에 타면 스바루는 뱃멀미하잖니. 난 스바루를 어부바해서 거리를 걷는 건 좀 싫어."

"그리고 이미 공원도 코앞인 것이야. 포기하고 체념해."

깨끗하게 단념할 줄 모르는 스바루에게 에밀리아와 베아트리스의 최후통첩. 정면에 보이기 시작한 장소는 이번에는 목적지까지 헤매지 않고 다다른 도시의 공원이었다.

분수가 물을 뿜어 올리고 햇살 속에 물보라가 빛나는 환상적인 광경이 펼쳐져 있다.

그리고 오늘은 기념비가 아니라 그 분수 옆에 많은 구경꾼이 몰려 있었다.

"오늘도 어김없이 공연은 대호평이란 느낌 같은데……."

열광하는 청중의 분위기가 공원을 휩싸고 있지만 그 인상은 어제와 크게 다르다. 가장 큰 요인은 연주와 노랫소리 외에 들리는 손 박자와 추임새다.

"와, 왠지 엄—청 떠들썩해라."

"그런가 봐. 어제와 달리 꽤나 소란스럽게 판을 벌인 것이야."

스바루와 같은 의문에 부딪혀 기뻐하는 에밀리아 옆에서 베아트리스가 크게 갸웃했다.

오늘 아침의 『미티어』 방송도 그렇지만 릴리아나의 선곡은 당사자의 기질에 반해서 차분한 곡이 많다. 노래와 음악으로 청중을 별세계로 유도해 오감 전부로 매료하는 마의 기술이다.

그런 인상과 지금 들리는 악곡에는 미묘한 위화감이 있다.

본래 있어야 할 형태에 뭔가 다른 이물질이 섞여든 것 같은, 그런 위화감이.

"——————."

정신이 들고 보니 그 위화감의 정체를 확인하려는 듯 스바루는 청중 한쪽에 들어가 있었다.

남녀노소 불문하고 『가희』의 노래에 매료된 사람들은 열광의 소용돌이였다. 그런 그들의 줄을 가르며 스바루는 에밀리아와 베아트리스의 손을 끌고 안으로, 안으로.

그렇게 청중의 가장 앞줄로 나아간 순간, 손 박자가 우레 같은 박수로 변모했다.

드높이, 명랑하게 울려 퍼지는 류리레의 음색. 그것은 노래가 피날레에 도달한 증거이며 이 열광을 만들어낸 음악의 폐막이기도 하다.

그리고 이를 성취한 『가희』는 함박웃음으로 고개를 돌리고 말했다.

"대단히 멋진 춤이었어요! 저, 예사롭지 않은 발놀림에 무심코 눈이 튀어나오는 줄 알았어요!"

"너야말로 제법 소녀의 흥을 돋우는 노래와 연주니라. 애썼구나. 시인의 예능으로 이만큼 흥이 오른 건 오랜만이야."

그렇게 말하고 고혹적으로 미소 지은 붉은 여자와 『가희』 릴리아나가 힘차게 악수를 나누었다.

그 광경을 앞에 두고 길게 숨을 내뱉은 스바루의 뇌리에 한마디가 스쳤다.

——『위험하니 섞지 마시오』였다.

2

"감동했어요." "춤 굉장했어요!" "다음에도 보러 오겠습니다!"

영화의 CM 같은 코멘트를 남기고, 청중들은 가희와 무용수 유닛에게 손을 흔들며 해산한다. 그 감동은 어제와 막상막하인 기세다.

그 칭찬에 릴리아나는 가히답지 않은 표정으로 콧구멍을 벌름거리며 만족스러운 눈치. 뜻밖인 건 그 옆에서 손에 든 부채로 자신을 부치는 프리실라도 기분 좋게 입술에 미소를 띠고 있는 것이었다.

"프리실라는 다른 사람 평가는 신경 안 쓰는 타입이라고 철석같이 믿었는데……."

"오호오호오호호?! 거기 계신 건 나츠키 님이랑 에밀리아 님, 그리고 여아님이 아닌지?!"

마지막 청중을 배웅한 순간에, 릴리아나가 공원에 남은 마지막 세 명, 스바루 일행의 존재를 깨닫고 트윈테일을 펄쩍거렸다. 무슨 원리냐.

그대로 날듯이 달려온 릴리아나. 그 말에 베아트리스가 눈썹을 모았다.

"여아님이라고 들렸어. 도대체 뭔 소리인 것이야. 스바루, 설명해."

"말한 본인더러 설명하라고 해. 자, 사탕 줄 테니 얌전히 있어."

"이런 걸로 할짝할짝…… 안 넘어가는 것이야 할짝할짝……."

입 안에서 사탕을 굴리는 베아트리스는 내버려 두고 스바루는 눈앞에서 빙글빙글 트윈테일을 휘두르는 릴리아나와 마주 보며 그 머리카락을 두 손으로 거머쥐었다. "끄에!" 하고 릴리아나가 외쳤다. 그러나 이로써 움직임은 멈추었다.

"어제는 바빠져서 약속도 못했지만 오늘도 여기에 있어 줘서 다행이군. 아니 그보다, 그거냐. 너, 매일 키리타카가 일하는 중에는 쫓겨나는 거냐.”

“무슨 말이 그러세요! 안 그렇거든요. 확실히 키리타카 씨의 일이 있는 낮에는 성심성의껏 밖에 행복을 뿌려 줬으면 좋겠다는 말은 듣고 있지만요.”

“그건 좋은 말로 내쫓긴 거 맞네.”

키리타카는 키리타카대로 인간적으로 문제는 있지만, 가릴 건 가린다는 뜻이리라. 거래 장소에 릴리아나가 있으면 정리될 이야기도 정리되지 않는다. 마땅한 조처다.

그리고 좋은 말로 내쫓겨서 공연을 하던 건 좋지만——.

“——조금 전부터 무어냐, 네놈. 소녀를 빤히 쳐다보고, 불경하지 않느냐.”

없는 가슴을 펴고 존재하지 않는 수염을 당기는 액션을 취하는 릴리아나. 그 옆에서 풍만한 가슴을 과시하듯이 팔짱을 낀 프리실라가 스바루를 경멸하듯이 코웃음을 쳤다.

“소녀의 춤에 넋이 나가는 건 당연한 일이다만 여전히 추잡한 시선을 보내는 건 참지 못하겠군. 소녀의 색향에 홀리더라도 용서할 수 있는 건 남는 향을 맡는 것뿐이다.”

“춤 보지도 못했고 그런 변태적인 취미도 없어. 난 에밀리아땅처럼 청초하고 가련한 게 취향이거든. 너만큼 파괴력이 있으면 도리어 흥분이 식는 타입.”

“소녀보다 빈궁한 반마를 택하다니 가엾은 남자로다. 하나 소녀도 세상에 악식가가 있음을 용서 못할 만큼 도량이 좁지 않다. 하물며 진정 아름다운 것을 모른다면 무리가 아닌 일이지.

언젠가 그 좁은 세상을 소녀가 몸소 넓혀 주리라."

가치관의 차이가 프리실라의 철학에 저항할 기력을 스바루로부터 앗아갔다. 세계의 진리가 자기 자신 안에 있는 프리실라에게는 스바루의 상식적인 의견일랑 아무런 의미도 없다.

"그렇다는 건 프리실라가 춤을 추고 있던 거구나. 엄—청 뜻밖이야."

"놓치고 못 본 것을 후회하도록. 소녀 또한 흥이 오르지 않으면 춤은 추지 않는다. 그리고 그건 흔한 일이 아니지. 이 예능인의 노래에는 그럴 만한 가치가 있어서 말이야."

"진짜냐. 너도 릴리아나 절찬하는 파벌이냐고."

릴리아나의 노래가 대단한 건 스바루도 인정하지만 특히 여성진의 반응이 장난 아니다. 들은 여성은 다들 릴리아나 편을 든다. 현재, 100퍼센트였다.

솔직히 프리실라까지 함락했다면 가는 곳에 적이 없는 셈이지 않은가.

"근데 근데요. 프리실라 님과 에밀리아 님, 때를 주름잡는 화제의 왕선 후보님이 동시에 발길을 옮겨 주시다니 릴리아나, 감사감격감루예요!"

그 대립 후보가 대면한 분위기에서도 마이페이스를 고수하는 릴리아나는 강하다.

에밀리아와 프리실라가 미묘한 관계임은 릴리아나라도 알고 있을 것이다. 유달리 시치미 떼는 발언도 아마 의도한 것이 틀림없다.

"크헤헤, 그만큼 제 노래가 대단하단 말인가요오? 아유아유, 쑥스럽미—!"

"아니, 이거 본모습이네."

우쭐대며 신나서 부끄럼 타는 릴리아나의 모습에 스바루는 생각이 지나쳤다고 어깨를 뚝 떨어뜨렸다. 그다음 문득 스바루는 프리실라가 동행도 없이 혼자 있는 데에 눈길이 갔다.

"너, 혼자야? 알이나 망할 자식이나 귀여운 집사 군은?"

"슐트는 외출시키면 길을 잃는다. 열심히 애쓰는 모습이 예쁘지만 그뿐이라서. 알은 곁에 놔두면 잔소리가 시끄러워서 버려놨다. 망할 자식에 대해서는 모른다."

"망할 자식은 공통 언어로서 통하긴 하는군……."

뜻밖에 멀쩡한 답변을 받아서 스바루는 놀랐다. 더불어 자기 진영에 들여놨을 터인 하인켈의 취급이 나쁜 데에도 마찬가지로 놀랐다.

그렇게 취급받아 당연한 인물이긴 하지만 그렇다면 왜 식구로 들인 것일까.

"어차피 그것도 흥이 올랐다거나 그런 거겠지."

"이유 따위 사소하지. 본디 본인이 자기 선전한 걸 받아들인 것에 불과해. 유흥에 쓸 수 있는 동안은 써먹지만 가치가 없어지면 즉각 내던진다. 그 정도는 분별하고 있겠지."

"아니, 그건 모르지……. 분별하지 못해서 너한테 맞아 쓰러진 거 아니고?"

그러기는커녕 알이 말리지 않았으면 그 자리에서 무엄하다고 참살당하는 꼴이 되었을 가능성도 있었다. 필시 그리되기 전에 라인하르트가 말리러 들어갔겠지만.

"그러고 보니 나도 턱을 걷어차여 작살난 적이 있었던가."

1년 전, 왕도를 기점으로 발생한 루프 가운데, 스바루는 한 번 프리실라의 역정을 사서 안면을 걷어차인 적이 있다. 그녀의 발차기 한 방에 빈사 상태가 된 기억이 되살아났다.

그 생각을 하니 그 큰방에서 보인 압도적인 전투력에도 수긍이 갔다.

"그래서, 시종들은 빼놓고 나들이 중인가. 혼자서 위험하지 않아?"

"졸자 셋이 없어졌다고 소녀에게 무슨 위험이 있지? 그네들이 있어 봤자 후방 확인이나 하는 정도 아니겠느냐."

"그럼 여기서 릴리아나와 춤추던 건 우연이란 뜻이야?"

에밀리아의 물음에 프리실라는 "흥." 하고 코웃음을 친 뒤 팔짱을 끼었다.

"시답잖은 왕도의 거리와 달리 이 도시의 경관은 소녀의 무료함을 달래더군. 그렇게 물의 흐름을 즐기던 참에, 이 예능인의 노래가 귀에 들리더구나."

"이야— 갑자기 춤추며 난입하셨을 때는 어쩌나 싶었죠. 가끔 있단 말이죠. 제 노래로 들뜨는 사람. 웬만한 경우에는 노래로 때려눕혀서 돌려보내 드리는데요!"

"너, 진짜로 『가희』 같지가 않네……."

난입자를 노래로 격퇴하다니 너무 록하다.

그리고 느닷없이 춤으로 참전하는 프리실라의 행동에도 아연실색이란 한마디뿐이었다. 그런데 청중을 그토록 사로잡았으니 여간내기가 아닌 춤을 선보인 것이리라.

"소녀를 제쳐놓고 그만큼 인심을 끌어모으는 건 너무 방자하다. 하나 네 노래에는 그럴 가치가 있더군. 어떠냐? 기왕이면 소녀 옆에서 노래꾼으로서 섬길 마음은 없느냐."

"정말 정말 감사합니다! 참으로 영광스러운 평가, 저도 콧대가 오르고말고요! 근데! 근데요! 거절하겠습니다!"

생각 외로 릴리아나의 노래가 마음에 든 모양인 프리실라의 권유. 그것을 릴리아나는 웃으며 거의 망설임도 없이 거절했다.

그 순간, 살이 따끔거리는 기척이 공원을 휩싸고 스바루는 무심코 몸이 굳었다.

릴리아나는 지금 무섭도록 대담하고 호쾌한 결단을 내렸다. 그녀는 프리실라의 기질을, 그 냉혹하다고도 할 수 있는 즉흥적인 위협을 하나도 이해하지 못하고 있다. 분위기를 파악하지 못했다.

"호오, 거절하는가. 왜, 소녀의 권유를 거절하지?"

아니나 다를까 응수하는 프리실라의 목소리 톤이 내려가고 붉은 눈이 또렷해졌다.

섬뜩하니 칼날이 목덜미를 어루만지는 기척을 당사자가 아닌 스바루마저 느끼는 압박감.

단 한마디가 목숨을 거둘지 모르는 상황에서, 릴리아나는 손에 든 악기를 쓰다듬었다.

"저는 릴리아나, 음유시인이에요. 지금에야 이렇게 부탁을 받아 도시에 머물고 있지만 언젠가는 바람을 타고 다시 유랑할 여행자의 몸. 토지에 얽매이지 않고 사람에 얽매이지 않고, 그것이 생업이라고 삶을 결정했어요."

"따라서 소녀의 권유는 못 받겠다고."

"어머니도, 그 어머니도, 또 그 어머니도, 제 일족은 그래 왔어요. 저희는 형태 있는 것을 남기지 않고 노래만을 사람의 마음에 남기고 사는 일족. 바람을 가둘 수 없듯이 노래를 막는 건 아무도 못해요."

그리고 릴리아나는 "그러니까." 하고 말을 이었다.

"권유는 감사하지만 거절하겠습니다요. 제 노래가 울리는 곳은 저 자신도 모른 채 바람에 맡기는 대로 가고 있는지라."

악기를 들고 자랑스럽게 말하는 릴리아나의 표정에는 망설임이 없다.

거기에는 항상 그녀를 에워싸는 세상을 업신여기는 익살스러운 기색도, 남의 신경을 호흡하듯이 긁는 분위기도 없다.

그저 음유시인—— 노래로 이야기를 자아내는 그런 생물의 긍지가 있었다.

"————."

릴리아나의 답변을 듣고 프리실라는 팔짱을 낀 채로 한쪽 눈을 감고 있다. 그리고 남은 한쪽의 눈, 작열의 불꽃보다 더욱 시뻘건 눈초리가 릴리아나를 곧게 꿰뚫었다.

그 눈빛에도 한 톨도 흔들리지 않는 릴리아나의 표정에 프리실라는 불현듯 숨을 내쉬었다.

"——좋다. 그 신념과 의지, 훌륭하다. 용서하라. 멋모르는 건 내 쪽이었어."

"아아뇨오. 그렇지는. 저야말로 죄송하죠오."

미소를 머금은 프리실라에게 당연하다는 듯이 릴리아나가 가슴을 폈다.

두 사람의 대화에 스바루는 아연실색할 수밖에 없다. 설마 프리실라가 자기 의견이 거부당했는데 받아들일 줄은 몰랐다.

"무어냐, 범부. 네놈, 그 불쾌한 낯짝은 대체 웬일이더냐."

"웬일이라니, 놀란 얼굴 말고 무슨 얼굴로 보인다고 그래. 나는 틀림없이 권유를 거절한 릴리아나를 네가 두 동강 내겠거니 싶어 벌벌 떨고 있었는데……."

"어처구니없는 우려로고."

프리실라가 코웃음을 치고 내뱉지만, 그 말을 본심으로 여겨도 되겠는가.

릴리아나의 대답을 들을 때까지 프리실라는 틀림없이 살의를 저울에 올렸을 터다. 릴리아나가 살아난 건 우연히 저울이 나쁜 쪽으로 기울지 않았을 뿐이 아닌가.

"하지만 나도 좀 뜻밖이더라. 프리실라는 원한다고 생각한 건 한사코 수중에 두고 싶어 하는 사람이려니 싶었거든."

스바루가 밟는 것을 참아낸 지뢰를 생각도 못한 에밀리아가 당당히 밟았다.

그 직설적인 에밀리아의 인상에 프리실라는 언짢게 탄식했다.

"당치 않은 소리 지껄이지 마라, 반마 나부랭이가. 네 흐려진 눈으로 소녀의 무엇을 아는 척 이야기하지? 무례함이든 모욕이든 한도가 있거늘."

"주둥이만 잘난 계집애구나. 타인의 어떻게 할 수도 없는 출신을 들먹이며 흐뭇해할 겨를이 있다면, 자기 언동을 돌아보는 편이 의미 있는 것이야."

"베아트리스……."

프리실라의 인정사정없는 말에 난처한 표정을 짓는 에밀리아의 손을 베아트리스가 잡았다. 에밀리아를 대신해 베아트리스가 반론하자 프리실라는 비로소 그 존재를 알아챈 표정을 지었다.

"어린 여아가 말도 잘하는군. 말해 두겠지만 소녀가 관대함을 내비치느냐 마느냐에 연령은 관계없다. 자신의 어린 나이가 무례를 넘어가 줄 이유가 된다고 우쭐대지 마라."

"쓸데없고 지나친 오지랖이야. 말해 주지, 계집애. 너야말로 베티를 겉모습대로 귀엽기만 한 베티라고 생각하지 마는 것이야."

한순간, 짜릿한 적개심이 베아트리스와 프리실라 사이에서 터졌다.

두 소녀는 똑같이 드레스를 걸쳤으나 그 궁합은 최악이었다. 당연히 스바루는 베아트리스 편이지만 애당초 왕선 후보자란 으르렁거리기만 해도 문제가 있는 관계다.

"베아트리스, 난 괜찮으니까."

"말리지 마. 그토록 바보 취급당하고 가만히 넘어갈 수 있을 리 없어."

문제가 커지는 것을 우려해 에밀리아가 말리려 하자 베아트리스가 대들었다. 그 논조에 에밀리아는 퍼뜩 정신 차린 표정을 지었다. 그리고 그건 스바루도 마찬가지였다.

베아트리스가 화내는 것은 프리실라의 태도를 참을 수 없었기 때문이 아니다. 에밀리아가 깔보였기 때문이다. 자신에 대한 매도를 뒤로 미루고 그녀는 그 사실에 화내고 있다.

그 사실이, 스바루는 물론 에밀리아로서도 감개 깊은 것이라.

"베아트리스, 정말로 괜찮아. 엄—청 고마워."

잡힌 쪽과 반대 손으로 에밀리아가 베아트리스의 머리를 자상하게 쓰다듬었다. 그 손놀림에 베아트리스는 한순간 울 것만 같은 표정을 스바루와 에밀리아에게 보였다.

단지 그것도 정말로 순간뿐. 바로 베아트리스는 평소 표정으로 프리실라를 노려보고 입을 열었다.

"에밀리아 얼굴을 봐서 넘어가겠어. 감사하도록 해."

"그건 네 쪽이겠지. 자신의 사랑스러운 용모에 감사하도록."

베아트리스가 콧김 씩씩대며 전의를 거두고 프리실라도 그에 응해 귀기를 눌렀다.

솔직히 프리실라의 마지막 대사는 베아트리스의 용모를 칭찬하는 느낌이다. 요는 귀여워서 봐줬다는 해석이면 되는 것일까. 프리실라의 생각은 알아먹을 수 없다.

"너도 꼬박꼬박 못 알아먹을 여자군……."

"당연하지. 여자를, 개중에서도 소녀를 제멋대로 이해하겠다니 오만이 과하다."

"내가 잘못했나……? 원래 네가 릴리아나를 원하던 게 발단이었는데."

결국 프리실라가 릴리아나를 수중에 두지 않는 걸 용납한 진의도 불명이다.

그런 스바루의 의문을 표정에서 읽어냈는지 프리실라는 부채로 자기 입가를 가리고 말했다.

"이 세상의 모든 것은 소녀의 것이니라. 하면 아름다운 것, 고상한 것, 가치 있는 모든 것을 수중에 두고 감상할 필요 따위 없지. 그것들은 그저 그곳에 있는 대로 있으면 되는 것이야."

"————."

"이 세상 모든 것이 소녀의 앞마당에 있다면 지저귀는 작은 새가 어디서 노래하는지는 문제가 아니다. 새장에 넣는 추태, 외적으로부터 지켜 주는 추태, 모두 다 번잡해."

그것은 프리실라가 처음으로 자신의 미학을 하나하나 전해 준 순간이었다.

달리 범접할 수 없는, 압도적으로 고고한 사상. 그 스케일에 스바루는 할 말을 찾지 못했다.

의미는, 이치는 모르는 게 아니다. 하지만 사물을 보는 방식이 근본부터 다른 것이다.

그 차이, 아니면 크기를 스바루는 무섭다고까지 생각했다. 그러나 동시에 그 무섭다는 감정을, 압도적인 존재를 올려다보는 것을 동경하는 이도 있을 것이다.

알이 프리실라를 따르는 것도 어쩌면 그게 이유일지 모른다.

"자, 자, 자! 여기선 한 번! 여러분도 진정하신 차에, 친목을 겸해 제가 한 곡 선보일까요! 아아뇨오! 한 곡이 아니라 두 곡이든 세 곡이든!"

그때까지 팽팽하던 분위기를 쪼개듯 릴리아나가 느닷없이 그렇게 제안했다.

그녀는 류리레의 현을 빠르게 치며 열렬하게 전원의 시선을 모으더니 빙글빙글 돌았다.

"이번만은 프리실라 님도 춤추며 끼지 말고 즐겨 주시어요! 에밀리아 님도 조금 전에는 노래 끝날 때 도착하신 눈치! 이번에야말로 재회의 기쁨을 축하하며 이 릴리아나의 유례없는 노랫소리가 거리에서 푼돈을 마구 벌던 사실을 보여드리겠시다!"

"호오."

"와, 진짜로?"

"전혀 성과가 화려하지 못한데, 넌 그걸로 만족하냐?"

릴리아나의 주장은 어쨌든 그녀의 노래가 이 자리의 조화를 낳는 유일한 열쇠인 건 사실.

실제로 에밀리아와 프리실라는 거리감이 미묘한데도 어깨 맞대고 릴리아나의 연주를 들을 준비에 들어갔다. 그런 입장에서 릴리아나는 스바루를 까닥까닥 손짓했다.

그리고 다가간 스바루에게 살짝 작은 목소리로 속삭였다.

"혹시, 에밀리아 님과 프리실라 님은 별로 사이가 안 좋으신 게?"

"혹시고 자시고 둘의 입장 알면 당연하잖아. 덩달아 프리실라랑 궁합 좋은 캐릭터는 기본적으로 없거든. 에밀리아땅도 저 모양이다."

"그건 매우매우 중대사!"

릴리아나가 깜짝 놀라고 그녀의 머리카락이 경계하는 개의 꼬리처럼 거세게 펄떡거렸다. 신경이라도 깔려 있는 것일까. 붙잡고 마구 잡아당겨 보고 싶다.

"그럼 있죠. 이 자리는 제가 발 벗고 두 분을 노래 세상으로 홀려드리죠! 아, 지금, 발 벗는다는 부분에서 엉큼한 상상 안 했어요? 안 되죠오, 행실 나쁘게."

"진이 쏙 빠지니까 한 가지 대사로 감탄과 경멸을 동시에 하지 말아 줄래?"

릴리아나의 배려할 줄 아는 광인 짓에 스바루는 감탄과 함께 한숨을 쉬었다.

그녀의 노림수인, 안 좋은 분위기를 노래로 일소한다는 건 알 만하다. 실제로 릴리아나의 노랫소리라면 그게 불가능하지 않다는 점이 실로 밉살스럽다.

"노래 다음은 환담, 나츠키 님은 그 시간을 향해서 간식이라도 준비하시지그래요? 아마 단 과자 준비하면 마음도 들떠서 서로 거리가 가까워질 것 같지 않아요?"

"같지 않은데요."

"노래 다음은 환담, 나츠키 님은 그 시간을 향해서 간식이라도 준비하시죠? 맛있는 과자를 준비하면 마음도 들떠서 서로 거리가 가까워질 것 같지 않아요?"

"이거 뭐야. '네' 라고 말 안 하면 진행되지 않는 타입의 짜고 치는 선택지?"

감정이든 대사든 일언일구 변하지 않는 릴리아나의 막무가내에 스바루도 체념하고 '네' 를 선택. 활짝 릴리아나의 얼굴이 밝아지지만 의외로 나쁘지 않은 제안이다.

분위기가 나빠지지 않으면 릴리아나나 프리실라와도 대화가 성립할지도 모른다.

"그런 이유로, 나는 릴리아나가 노래하는 틈에 마실 거라도 사 올게. 에밀리아땅은 싸우지 말고 얌전히 날 기다려 줘."

"나도 프리실라랑 싸우고 싶은 건 아닌걸. 걱정 안 해도 끄떡없어."

노파심에 말해 두는 스바루에게 에밀리아는 명랑하게 웃으며 대꾸했다. 물론 그녀가 싸움을 걸지 않아도 프리실라 쪽에서 걸 가능성은 부정할 수 없지만.

"베아코, 무슨 일이 생기면 에밀리아땅을 부탁한다."

"알고 있어. 다음에 또 무슨 말 한다면 이번은 숯덩이로 만들어 줄 것이야."

"너도 싸우면 안 되거든?"

에밀리아보다 훨씬 성질이 급한 베아트리스에게 뒷일을 맡기고 스바루는 일단 공원을 벗어나려고 했다. 그 전에——.

"프리실라, 너, 못 먹는 거라도 있어?"

"뜻밖이로고. 네놈 같은 범속한 것에게 배려라는 기능이 존재할 줄이야. 뭐 됐다. 소녀에게 헌상할 거면 응당한 것을 준비해라. 시답잖은 것을 헌상하면 바친 손바닥에는 네놈 자신의 목이 올라올 줄 알라."

"가위바위보에 져서 빵셔틀 노릇 하는 것도 아닌데 그런 말까지 들을 이유는 없어!"

도전적인 진미라도 팔고 있으면 그걸 헌상해 주겠다고 스바루는 결심했다.

프리실라는 프리실라대로 그 대답에 고운 눈썹을 찌푸리고.

"가위바위보…… 가바보?"

갸우뚱하고 있었다.

스바루를 잊고 있던 만큼, 어쩌면 가위바위보의 존재마저 잊고 있을지도 모른다. 정말 뭐라고나 할까, 여러 의미로 사귈 보람이 없는 여자다.

"스바루, 조심해."

"무슨 일이 있으면 바로 베티를 부르는 것이야."

에밀리아와 베아트리스 둘의 배웅을 받으며 스바루는 손을 흔들고 달리기 시작했다.

릴리아나가 윙크하려다가 두 눈 다 감은 것은 언급하지 않아줬다.

"오……."

그리고 잠시 뒤에 공원 입구에 접어들었을 즈음에서 류리레의 선율이 들렸다.

그 음색을 등에 들으면서 스바루는 발길을 서둘러 상점가 쪽으로 달려갔다.

3

——그리고 스바루가 공원에서 출발하고 10분 뒤.

"난 허당이란 말이지, 정말로."

쇼핑을 마친 가게를 나선 스바루는 종이봉투 안의 물건을 보고 어깨를 떨어뜨렸다.

과자 준비라는 명목으로 심부름한 스바루는 적당한 가게를 찾아내자 이내 쇼핑을 마쳤다. 도중에 프리스텔라 명물『자어 젤리』라는 진기한 음식에 흥미가 가는 한 장면이 있었지만 그걸 프리실라에게 사 갈 용기는 솟지 않았다.

양쪽 진영의 관계 악화를 두려워했다고 하면 듣기엔 좋지만, 단순히 겁쟁이일 뿐이다.

"그나저나 장어 젤리하고 비슷해 보였는데……. 맛볼 용기가 없는 내가 한심하지만 좋아라."

복잡한 자기 평가를 하면서 스바루는 달음박질로 공원으로 돌아가는 길을 따라갔다.

다행히 떨어진 시간은 10분 안팎. 계약 관계에 있는 베아트리스로부터 공원에서 모종의 이변이 일어난 것을 알리는 감각은 오지 않았다. 무사히 공연 도중이리라.

그렇다고 알고 있어도 일찍 돌아가고 싶은 건 남자 마음. 하지만——.

"이크, 미안."

급한 걸음으로 모퉁이를 돌아 광장에 나온 순간에 누군가와 부딪힐 뻔했다. 당황해서 피하긴 했으나 순간적으로 사과한 스바루에게 상대는 "아앙?" 하고 질 나쁜 소리를 질렀다.

"이보셔, 형씨. 그게 사과하는 태도야? 더 성의란 게…… 으엑!"

태도가 거친 남자가 트집을 잡는 도중에 스바루를 알아채고 얼어붙었다. 동시에 스바루 쪽도 얼어붙는 남자의 내력에 어이없는 표정을 지었다.

"뭐냐, 친이냐. 너, 펠트 밑에서도 아직도 그런 양아치 비슷한 짓 하냐?"

"시끄럼마! 그러니까 친이 아니라고! 왜 니가 이런 데 있는데!"

그렇게 말하며 침을 튀기는 것은 어제도 실컷 깡패 역할을 하던 라친스였다. 펠트 이야기로는 용무를 지시해 도시에서 별도 행동 중이라고 했는데.

"톤과 칸은 같이 없어? 혼자서 있다니 희한하군."

"희한하고 자시고, 니가 나에 대해 뭘 안다고. 희한하다 느낄 만한 관계도 없잖아. 시꺼, 시꺼. 어디 꺼져."

"그렇게 차갑게 대하지 말고. 생사를 주고받은 사이잖아."

"그런 기억 없거든?!"

허물없이 접하는 스바루에게 라친스는 꽤 진절머리 난 표정이었다.

스바루로서도 그에게 이렇게나 친근감이 있는 게 신기했다. 아마 스바루 안의 일반인 센서가 톤친칸을 일반인 동료로서 검출한 것이리라.

이 세계, 만나는 사람이 대단한 사람뿐이라 이따금 그들을 보면 안도하는 것이다.

——한 번은 살해당한 상대건만, 간이 두둑해지기도 했다.

"아무튼! 붙지 마! 난 지금 일하는 중이야!"

"정규직에 취직하지 못해 폐나 끼치던 아가가 일이라니…… 내는 기쁘단다."

"누구 흉내야!!"

우는 시늉을 하는 스바루의 헛소리에 혀를 찬 라친스는 스바루를 뿌리치고 인파 속으로 사라졌다. 그 야멸찬 대응에 왠지 안도하는 자신이 있어서 스바루는 반성.

요즘, 어디 가든 직함에 걸맞은 대우를 받을 때가 많아서 가끔 이렇게 자신의 그릇을 실감하지 않으면 어디선가 착각하지 않을지 걱정이 든다.

물론 라친스에게는 여간 민폐가 아니었으리라 생각하니 다음 기회에는 사과하고 싶은 바지만.

"음음?"

인파 속으로 사라진 라친스에게서 뒤돌아서 걸어가려던 스바루의 발길이 멈추었다.

——아니, 멈춘 것은 스바루만이 아니다. 시야에 보이는 광장의 많은 이들이 일제히 발길을 멈추고 있었다.

"뭐야, 이놈이고 저놈이고! 뭘 보고 앉았어!"

그렇게 말하며 발길을 멈춘 군중 속에서 라친스가 비어져 나왔다. 짜증스럽게 내뱉는 그의 말마따나 멈춰 선 사람들은 다들 머리 위를—— 키 큰 건물을 올려다보고 있다.

——그것은 광장 안쪽에 서 있는, 도시 안에서도 유달리 두드러진 첨탑이다.

탑 상부에 마각결정이 박혀 시계탑 같은 역할을 하는 『시각탑』이었다.

큰 거리나 도시에는 당연한 듯이 있는 시각탑은 이 프리스텔라 안에도 여러 곳 존재했다. 저 시각탑도 그런 수많은 시각탑 중 하나에 불과하다.

하지만 그 또한 지금 이 순간까지였다.

"——환담 중이신 분들, 바쁘신 분들. 미안해요. 잠시 귀를 빌릴게요."

시각탑 상부의 개방된 창문을 통해 밖으로 나와 위태위태한 가장자리에 우뚝 선 인영이 있었다.

그 인물은 기묘한 행색으로 군중의 눈길을 한 몸에 모으면서 그 눈길을 받는 데에 감격한 듯 목소리를 떨고 있었다.

"아주 잠깐만, 이렇게 여러분의 시간을 빌려주세요. 고마워요."

사과와 감사를 입에 담으면서 사과의 뜻보다 자기 의사를 우선하는 독선적인 음성.

그 목소리는 뒤집히고 갈라져 듣는 이의 마음을 서슴없이 쥐어뜯는 불쾌감을 띠고 있었다.

그러한 부정적인 감각에는 아마도 그 인물의 기괴한 외견의 영향도 다분히 있으리라.

——그자는 엉성하게 두른 붕대로 얼굴을 가리고 번들거리는 왼쪽 눈으로 세상을 오시하는 괴인이었다.

검은 로브를 낙낙하게 걸치고, 가는 두 팔에 길고 일그러진 금색 사슬을 휘감아 그 끝부분에 달린 갈고리를 바닥에 스치면서 조마조마하게 탑 위를 오른쪽 왼쪽 디디고 있다.

그 기괴한 작태에서 눈을 떼지 못하는 군중에게 그것은 웃음을——아마도 웃음을 띠었으리라고 여겨지도록, 붕대로 가린 입가를 음침하게 일그러뜨렸다.

"고마워요, 미안해요. 저는 마녀교 대죄주교 『분노』 담당."

그렇게, 무시무시한 직함을 입에 담고서 괴인이 이름을 밝혔다.

그 이름은——.

"——시리우스 로마네콩티라고 해요."

4

허물없이 다가서는 것 같기도 하고 산뜻하고 정중하기도 한 듯한, 모순된 음성이었다.

붕대를 감은 인물, 괴인의 대사에 탑을 올려다보는 누구나 말문이 막혔다.

그건 그 괴인의 외견에 현실감을 상실했다는 이유도 있지만 그 이상으로 귀에 닿은 말의 이해를 뇌가 거부했다는 이유가 크다.

다만 그것들은 어느 것이나 부차적인 이유에 불과하다. 더, 근본적인 이유가 있다.

——생명을 위협하는 외적을 앞두고, 도대체 누가 거기서 등을 돌릴 수 있을까.

"어, 아?"

"방금, 저 사람, 뭐라고?"

"농담이지? 마녀교라니, 이런 데……."

앞서 찾아든 동요보다 뒤늦게 이해와 혼란이 서서히 군중에 퍼지기 시작했다.

하지만 그 자리에서 즉각 최선의 대응을 취할 수 있는 이는 한 명도 없다. 누구나 들린 내용에 귀를 의심하며 주위 사람과 그 의문을 나누려고 할 뿐이다.

"방금 저 자식 뭐라고 지껄였어?! 들렸었냐?"

그건 스바루를 알아채고 달려온 라친스도 마찬가지였다.

인파를 지나 머리 위를 신경 쓰면서 라친스는 스바루에게 접근했다. 그러나 스바루는 스바루대로 군중에서 떨어진 위치에 서면서 역시 괴인에게서 눈을 떼지 못했다.

지금, 눈을 떼면 돌이킬 수 없어진다. 상대의 내력 따위 의심할 필요도 없다.

——저건 페텔기우스와 같은 종류의 악의 그 자체다.

"게다가, 로마네콩티라고……?"

붕대의 괴인이 밝힌 성—— 로마네콩티는 페텔기우스와 동일하다.

당연히 사정령(邪精靈)인 페텔기우스에게 같은 성을 가진 육친 같은 게 있을 턱이 없지만——.

"설마, 대죄주교 전원이 다 똑같은 패밀리 네임을 쓰는 건 아니겠지."

대대로 대죄주교를 배출하는 마녀교의 명문, 로마네콩티 일족. 조잡하고 일그러진 설정의 악취에 코가 삐뚤어질 정도의 추악함을 스바루는 느꼈다.

그렇게 시답잖은 생각에 빠지지 않으면 스바루는 폭발해 버릴지도 모른다.

대죄주교가, 있는 것이다. 한없이 찾아 헤매던 『폭식』과는 다르지만 저곳에 대죄주교가.

"——붙잡아다가 죄다 실토하게 해 주마."

『폭식』으로 이어지는 길을, 억지로라도 열어젖힌다.

결단한 스바루는 즉각 타오르는 마음의 표층을 가라앉혔다.

동시에, 가슴속에 있는 베아트리스와의 연결고리를 의식했다. 부르면 베아트리스에게는 스바루의 이변이 전해진다.

그것이 계약자와 계약정령 사이에 연결된 쌍방을 맺는 강고한 유대다.

몸속 깊숙한 곳에 있는 연결고리, 그것을 붙잡고 단숨에 끌어당겨——.

"——네, 이제 그만!"

"——윽?!"

하지만 베아트리스를 부르는 신호는 갑자기 작렬한 메마른 파열음으로 지워졌다.

그것은 붕대의 괴인이 세게 손뼉을 친 소리다. 그 소리는 마치 온 도시에 닿은 게 아닐까 착각할 만큼 커서, 폭발적으로 광장을 휩싸며 스바루의 숨을 막히게 했다.

괴인은 그렇게 경악에 경직된 군중을 내려다보며 부릅뜬 눈을 희번덕거렸다.

"여러분이 조용해질 때까지 22초나 걸렸어요. 하지만 조용해져서 고마워요, 미안해요. 저는 무척 기쁘답니다. 그리고……."

비꼬는 말을 섞으면서 감사를 표한 괴인—— 시리우스는 손을 붙인 채로 몸을 흔들었다. 실로 즐거운 기색이지만 그 두 팔에서 흘러내리는 투박한 사슬이 인상을 계속 배신한다. 갈고리는 탑의 바닥에, 벽에 스치며 그 불협화음이 몹시 성질을 긁었다.

"거기 당신하고 당신, 그리고 그쪽 오빠들. 미안해요. 그렇게 화내지 마요. 여러분의 소중한 시간을 받아가는 걸 저는 무척 죄송하다고 진심으로 생각해요. 그러니까 미안해요, 고마워요."

"윽……."

꾸불꾸불 몸을 뒤틀며 시리우스는 진지하게 호소하듯이 그리 읊었다.

그 말을 순간적으로 '웃기지 마' 하고 찍어 누르지 못한 이유는 다른 게 아니다. 시리우스가 방금 '화내지 마' 하고 손가락으로 지적한 게 스바루를 포함한 사람들이었기 때문이다.

쳐다보니 시리우스에게 지적된 다른 세 명—— 아마도 조금은 실력에 자신이 있는 사람들일까. 허리에 검을 찬 수인과 안대를 한 여성, 그리고 라친스는 얼굴이 파랗게 질렸다.

그건 틀림없는 경고다. 적대할 뜻은 다 보인다고, 미리 못을 박았다.

이마에 땀이 흐르는 것을 느끼면서 스바루는 교착 상태에 빠진 것을 후회했다.

마녀교에게 선수를 빼앗긴 것의 실책은 헤아릴 수 없다. 주위, 시리우스의 시야에 들어간 광장에는 스바루를 포함해 최소 서른 명은 될 인원이 메우고 있었다.

섣불리 움직이면 피해는 초 단위로 가속한다.

그 사실을 시리우스에게 지명을 당한 전원이 이해해 움직임이 봉인되었다. 단 한 명, 라친스만이 씁쓸한 표정으로 판단을 망설이는 표정을 짓고 있었다.

아마도 라친스에게는 으뜸패가 있다. ——라인하르트를, 불러낼 으뜸패가.

만약 그게 제때 맞으면 무슨 적이더라도 라인하르트에게는 못 당한다. 확실하게 걷어치울 수 있다. ——단, 그가 도착하기 전까지 생길 희생은 돌이킬 수 없다.

희생만 고려하지 않으면 시리우스를 배제할 수 있다. 그렇다 해도 말이다.

"네, 고마워요. 아무래도 여러분, 조금 진정해 주신 모양이네요. 불안한 건 알아요. 마녀교라는 말에도 별로 좋은 인상은 없겠죠. 그렇기에 저도 그걸 어쩌니 마니 하고 싶다고는 안 해요. 단지 오늘은 꼭 확인하고 싶은 게 있어서, 이렇게 여러분의 시간을 받았을 뿐이죠."

"확인하고 싶은, 것……?"

"미안해요. 술렁대지 마세요. 여러분이 한 번에 말씀하시면 저는 별로 머리가 좋지 않아서 곤란해요. 슬퍼져요. 그건 좋지 않죠? 무슨 일 있으면 꼭 이야기해 봐요? 저, 여러분을 위해서면 비교적 뭐든지 이야기한답니다?"

한사코 친근함을 가장하는 자세와 뭔가 이성적인 말투가 도리어 섬뜩하게 했다.

왼쪽 눈과 입술. 그 외의 곳을 붕대로 덮어쓴 패션으로 상식이 있는 사람처럼 행세해 봤자 당연한 듯 혐오만이 느껴질 뿐. 누구나 그렇게, 그 경계 때문에 움직이지 못한다면——.

"호의에 따라서 질문해도 될까."

누구나 솔선해서 손을 들 수 없는 분위기. 그 와중에 구태여 손을 드는 게 나츠키 스바루다.

놀라는 기척이 자신을 중심으로 퍼지는 것을 느끼면서 스바루는 머리 위에 선 시리우스로부터 눈을 피하지 않았다. 그런 스바루를 내려다본 시리우스는 남보랏빛 눈을 크게 뜨고는 외쳤다.

"네! 얼마든지요. 거기 당신, 고마워요. 아까는 그렇게 화내던데 지금은 저랑 대화할 마음을 먹어 주다니. 기뻐요. 뭐든지 물어보세요."

"무슨 용무인지 모르겠지만 나는 여자애를 기다리게 하고 있어. 그것도 네 명. 그러니 되도록 일찍 용무를 마치고 놔줬으면 싶은데."

"어머! 그건 큰일이네요. 미안해요. 하지만 여간내기가 아니네요, 오빠. 네 명이나 여자애를 거느리다니, 몹쓸 사람. 분명히 여자애를 곤란케 하고 울리고 슬프게 하고 괴롭게 하는 게 아닌가요? 그건 못써요 안 돼요 있어선 안 돼 용서 못 해."

"이, 이봐?"

떠드는 중에 시리우스의 들뜬 것 같은 어조가 작아지며 눈빛이 불온해지기 시작했다. 하지만 당혹해하는 스바루의 목소리에 괴인은 퍼뜩 숨을 죽였다.

"안 되지, 안 돼. 감정적이 될 뻔했어요. 미안해요. 조심하고는 있지만 무심코 흥분하기 쉬워서. 걱정해 줘서 고마워요."

"……아니, 괜찮아. 진정하고 온건히 이야기를 진행해 주는 편이 고맙고."

“마음을 쓰게 해서 미안해요, 고마워요. 하지만 괜찮아요. 저, 마녀교에서는 온건파로서 유명하거든요. 다른 사람은 좀 문제아뿐이라 죄송하지만요.”

상상 이상으로 정상적으로 대화가 성립되는 시리우스에게 스바루는 경탄을 느끼고 있었다.

부드러운 언행. 어디까지나 대화를 우선하는 자세. 그 등장과 직함의 임팩트에 지워졌지만 탑 위에 선 시리우스는 여성이다.

마녀교의 소속을 뜻하는 검은 로브 속에도 얼굴에 감은 것과 같은 하얀 천이 언뜻 비치니, 아마도 전신에 두루 붕대를 감고 있으리라. 그런데도 훤칠한 팔다리와 가슴의 둔덕 등은 확인할 수 있으며 그 말투도 포함해 확실하게 여성적이긴 하다.

“――――.”

사실 성별을 빼더라도 현재 시리우스의 언동에 위험성은 없다.

처음이야 스바루도 크게 경계를 품었지만 이렇게 대화가 성립하는 만큼, 프리실라보다 훨씬 사람이 됐다고 할 수 있다. 주위 사람들의 표정에서도 처음의 긴장은 사라지고 있으며 지금은 불안이나 공포보다 시리우스의 말에 어린 진의에 흥미가 기우는 사람이 태반이다.

그것은 대죄주교와 마주하며 증오를 품고 있었을 터인 스바루도 예외가 아니었다.

“고마워요. 미안해요. 정말로 여러분을 놀라게 할 생각은 없었어요. 하지만 그걸 뛰어넘어 지금 제 이야기에 귀를 기울여 주는 것이 진심으로 기뻐요."

"인정한 것도 용서한 것도 아니야. 하지만 일단 이야기는 듣지. 그게 시작이다."

"그러네요. 그럼 본론으로 들어가죠. 제가 이렇게 이곳에 나타난 그 이유를."

몸을 흔들고 두 팔의 사슬을 부비며 날카로운 마찰음이 주위의 대기를 쥐어뜯었다.

곰곰이 뜯어보니 그 모습도 섬뜩하다기보다 코믹하단 생각이 없지도 않다. 광대나 예능인 부류라고 생각하면 릴리아나와 그리 먼 인종도 아니지 않을까.

스바루는 얼굴을 펴고 마음속으로 세우던 경계의 요새를 천천히 무너뜨렸다.

베아트리스를 부를 필요성도 느끼지 않는다. 이야기를 듣고 시리우스에게는 철수를 바라자.

——온건하게, 온당하게. 아무런 풍파를 일으키지 말고, 그러면 되지 않는가.

"그래서, 무슨 말을 하고 싶다고?"

"그래그래. 그걸 빨리 말해!"

"맞아, 맞아. 빨리 안 하면 일하는데 늦는다고."

스바루가 뒷말을 재촉하자 주위 사람들도 부산스레 부추기는 소리를 터트렸다.

마지막 남성이 시리우스의 머리 위, 마각결정을 손가락으로 가리키고 말한 뒤에는 와락 웃음이 솟구칠 정도다. 번지는 웃음의 소용돌이에 스바루도 무심코 입매에 웃음을 띠었다.
그 분위기에 시리우스는 쑥스럽게 웃고 난처한 몸짓으로 자신의 뺨을 두 손 사이에 끼었다.
"미안해요, 미안해요. 정말 미안해요. 바쁜 건 알아요. 금방 이야기를 마칠 테니까 조금만 더 있어 줘요."
"그러니까, 그걸 빨리 하라니깐—!"
"네! 그럼 그러죠. 저기 말이죠. 저는 확인하고 싶은 게 있어요. 그건 요컨대……『사랑』에 대해서, 말이에요. 와아, 창피해."
붕대 때문에 안색은 모르겠지만 시리우스는 손바닥으로 얼굴을 가리고 자신의 부끄러움을 숨기려 했다. 그 시늉에 스바루는 무심코 웃고 말았다. 주위도 능글능글 뜨뜻미지근한 분위기가 만연하고 더욱더 창피한 듯 시리우스는 몸서리쳤다.
"우, 웃을 줄은 알았지만 이렇게 생각과 같은 반응이면 볼 낯이 없어요. 하지만 들어줘서 고마워요. 고마운 김에 부탁이 있어요."
"부탁이라면?"
"미안해요. 제『사랑』의 확인 작업에, 부디 어울려 줄 수 있을까요?"
우물쭈물 시리우스가 두 손의 사슬을 부대끼면서 그렇게 요청했다.
참으로 갸륵한 모습에 '뭐야 그런 거냐' 같은 분위기가 군중에 감돌았다. 실제로 스바루도 딱히 이견은 없다. 흐뭇한 것을 보는 기분으로 순순히 끄덕였다.

그러자 시리우스는 활짝 눈을 빛내고 손뼉을 쳤다.

"정말인가요! 고마워요, 고마워요, 미안해요. 역시 세상은 다정해라. 다정함과 사랑으로 가득해. 그걸 실감할 때마다 저는 감사하고 싶어져요. 서로 용서하는 것, 서로 양보할 수 있어요. 그래서 저는 '고마워', '미안해'를 겹치는 거죠."

"알았어, 알았다고! 시리우스, 그래서 어쩔 건데—?"

"아아, 미안해요!"

감격한 모습의 시리우스를 한쪽 눈에 안대를 찬 여검사가 보챘다. 10년 만의 친구거나 여학교의 동급생 같이 스스럼없는 목소리에 시리우스와 여성은 동시에 입술에 미소를 띠었다.

그 뒤로 시리우스는 겨우 떠올린 것처럼 자신이 몸을 내밀던 시각탑의 창문에 걸어가 건물 안에 팔을 넣었다.

그리고——.

"오래 기다리게 해서 미안해요. 자, 이리 온."

"~~~~~읍!"

자상하게 위로하는 말을 걸고 시리우스는 창문 안에서 뭔가를 끄집어냈다.

시리우스의 품속에 날뛰며 몸을 틀면서 신음성을 지르는 작은 인영—— 사슬로 온몸이 꽁꽁 묶인 아직 어린 남자아이였다.

열 살 안팎의 그 소년은 발끝부터 어깨까지 사슬로 구속되고 입에 사슬이 물려서 피를 뚝뚝 흘리고 있었다. 자유로운 목 위쪽을 필사적으로 움직여 눈물을 흘리며 뭔가를 애원하고 있었다.

"답답해서 미안해요. 하지만 남자애니까 그렇게 울면 안 되죠. 비밀로 해 주고 싶지만 오줌까지 싸 버리긴. 모두가 다 알면 창피하다고요."

"읍—!! 으음!!"

"그래—! 창피하지—!"

"남자잖아. 울지 마, 울지 마!"

"남자가 울어도 될 때는 인생에 세 번밖에 없다고! 하하하!"

흐느끼는 소년을 위로하는 시리우스에 편승해 군중에게서도 소년에게 성원이 날아갔다.

누구든 저런 식으로 사소한 일로 울고 겁먹고 하며 극복하기 마련이다. 악의는 없겠지만 살짝 섬세함이 부족한 목소리가 여럿 터져 나왔다.

"네, 네. 여러분도 그런 식으로 말하지 말아 주세요. 확실히 지금은 조금 위축했지만 이 아이는 무척 용기가 있는 애예요. 그쵸? 루스벨 군."

온몸을 사슬로 구속당해 상당한 무게일 터인 소년을 시리우스는 한 팔로 가뿐히 걸머졌다. 그리고 소년의 밤색 머리를 부드럽게 매만지고 군중을 향해 그는 용감하다고 극찬했다.

열심히 몸을 틀며 시리우스의 손에서 벗어나려는 소년——루스벨. 그 갈등도 어딘가 해학적이라 유머러스하게 보여서 웃으면 가엾은데도 웃어 버릴 것만 같다.

"자! 그럼 여러분, 주목하세요. 그의 이름은 루스벨 칼라드 군. 이 프리스텔라에 사는 아직 아홉 살짜리 남자애예요. 와아,

장래가 유망하네요."

"읍~~~! 읍읍~~~!!"

"아빠는 무슬란 칼라드 씨. 도시의 수로의 관측원을 하고 있죠. 엄마 이나 칼라드 씨는 임신 중. 지금은 배도 부풀어 루스벨 군의 동생…… 남녀 어느 쪽이 태어날지 기대되는 바네요. 그런 루스벨 군에게는 사이좋은 소꿉친구가 있어서, 금발 곱슬머리가 귀여운 티나 양이라고 해요. 둘은 서로를 소중히 생각하는 이상적인 관계로, 여기에 오는 것도 어느 쪽이 좋을지 저는 무척 고민했답니다. 처음에는 티나 양일까 싶었는데, 루스벨 군이 너무 열심히 부탁하는 바람에 저는 감명을 받아서……. 그래서 이 자리는 루스벨 군의 기개를 사서 이 애에게 협력받기로 했어요. 그러니 루스벨 군은 지금은 조금 마음 꺾여서 울고는 있는데, 무척 용기가 있는 애예요. 여러분도 알아주시겠죠?"

꽁꽁 묶인 소년, 루스벨의 용기의 이야기를 듣고 한순간 광장이 쥐 죽은 듯이 고요해졌다.

하지만 다음 순간 광장에 퍼진 것은 우레 같은 박수였다. 루스벨의 용기를 칭송하며 군중은 그의 눈물에 웃은 것을 후회했다. 그야말로 진짜배기 용사라고.

——아니, 그렇지 않다. 지금은 자신의 짧은 생각을 자조하는 것이 아니라 용사를 칭송할 때다.

"루스벨, 울지 마! 너는 최고다!"

그렇기에 스바루는 목청 높여 눈물을 흘리는 소년의 용감함을 칭찬했다.

"맞아. 울 것 없어! 남자답게 굴었으면 그대로 나가라, 꼬마!"

스바루 옆에서 그 눈꼬리에 눈물이 맺힌 라친스가 난폭한 어조로 격려하고 있었다.

"그래, 멋지다, 루스벨! 너는 프리스텔라의 자랑이다!"

"루스벨―! 멋져―! 너 틀림없이 멋진 남자가 될 거야!"

환성이 터진다. 루스벨을, 용사를 칭송하는 목소리가, 박수가, 갈채가 광장을 휩싼다.

그것은 한 소년의 헌신과 용기가 초래한, 인간의 선심이 만들어낸 아름다운 광경이다.

설혹 실로 비참할 모습을 드러내더라도, 진정한 빛은 진짜배기 용기 아래에서 태어나는 것이다.

"아아, 아아…… 고마워요, 고마워요, 고마워요! 아아, 역시 멋져! 다들 알아줘어. 루스벨 군의 용기를 믿어 줄 거라고 믿었어! 그의 자세에는 『사랑』이 있으니까! 그를 알면 그를 사랑해 줄 거라고 생각했어요! 서로 이해하는 것이, 깊게 아는 것이, 마음을 하나로 하는 것이야말로 『사랑』이니까!"

"시리우스―! 고마워! 고마워!"

루스벨을 두 손으로 바로 위에 쳐든 시리우스의 얼굴에 감긴 붕대가 눈물로 축축하게 젖기 시작했다. 그 광경을 목격한 스바루 또한 어느덧 뜨거운 눈물을 참지 못했다.

어깨가 쿡 찔렸다. 옆에서 라친스가 눈물을 흘린 스바루를 손가락질하며 웃고 있다. 그러는 그의 뺨에도 눈물이 흐르고 곧 그것은 광장에 있는 전원의 감정을 하나로 만들었다.

지금 바로, 사람들의 마음은 하나가 되었다. 거기에는 확고한 정이, 유대감이 있었다.

"서로 모르기 때문에 도랑은 생긴다. 서로 마음을 알지 못하기에 대립은 생긴다. 서로가 다르다고 포기하니까 유대는 생기지 않는다. 지금 여러분의 마음은? 어떤가요?"

"그렇지 않아! 우리는 아무도 포기 안 해! 마음은 하나다!"

"고마워요! 고마워요! 그럼 지금, 여러분은 행복을 느끼고 있나요?"

"당연하지! 이런 기분은 처음이야! 고마워, 시리우스! 루스벨!"

와락 감사와 박수를 받아 시각탑의 가장 높은 곳에서 루스벨이 눈물을 흘렸다. 끝내는 입 끝이 찢어짐에도 개의치 않고 소년은 피를 흘리면서 필사적으로 소리를 질렀다.

"그, 익! 아우릅! 사, 사으…… 사으……줘…… 살려……."

"네 용기를, 사랑을 칭송해요, 루스벨 군! 아래를 보세요. 많은 분들이 당신을 긍정하고 있어요. 아아, 고마워요! 미안해요, 루스벨 군. 당신은 바라지 않았을지도 몰라요. 하지만 전 이걸 알고 싶었어요. 세상은, 자상하구나!"

쳐들고 있던 루스벨을 껴안고 시리우스는 하늘을 우러르며 목청 높여 말을 이었다.

"역시 있었어. 『사랑』은 있었어. 있었어요. 모두의 마음이 하나로, 기쁨의 감정으로 하나가 된다. 비극은 필요 없어. 누군가가 울어야만 하는 세상일랑 지긋지긋해. 사람의 마음을 맺어 주는 것은 선한 감정! 비극도! 『분노』도! 필요 없는 거예요!"

“맞아! 비극 따위 필요 없어!”

“아아, 마음을 뒤흔드는 가증스러운 『분노』! 노여움! 다시 말해 격한 감정! 그것이야말로 사람의 마음을 그르치는 큰 죄라면, 아무리 해도 뗄 수 없는 업보라면, 격렬한 기쁨이야말로 마음을 채워야 마땅한 것이에요! 지금 이 순간, 모두의 마음이 하나가 된 것처럼!”

시리우스는 하늘의 결정에 침을 뱉고 이 순간의 『사랑』의 결론을 드높이 노래했다.

그리고 쳐든 그 팔에서 모두의 선망을 한 몸에 받은 용사를 공중에 내던졌다.

“우레와 같은! 박수를!”

내던져진 루스벨의 모습에 시리우스가 선사한 최고의 무대.

태양을 향해 날아가는 소년을 보고 누구나 손뼉을 쳤다. 스바루도 있는 힘껏 손을 마주쳤다.

천둥 소리처럼 울려 퍼지는 박수가 공중을 나는 루스벨을 축복한다.

그 작은 몸은 빙글빙글 돌다가 이윽고 투척의 정점에 이르더니, 그대로 일직선으로 지면으로 낙하한다. 머리부터 광장의 포석을 향해 거꾸로.

군중이 낙하지점을 개방했다. ——용사의 개선을 끊임없는 박수가 기다린다.

“으으으읍~~~!”

목을 쳐들고 육박하는 지면을 노려보며 루스벨이 절규했다.

힘이 다했을 터인 몸을 열심히 뒤틀어 마지막의 마지막까지 필사적으로 발버둥 친다. 바로 그 모습에서 진정으로 존귀한 인간의 자세를 엿본 느낌이 들어 군중은 눈물지었다.

그리고——.

"——아아, 자상한 세상아!!"

격돌 직전, 시리우스가 외쳤다.

그 목소리를 듣고 유달리 한 덩어리로 뭉친 군중의 박수가 높게, 드높게 울려 퍼지고.

——바닥에 달걀을 떨어뜨린 듯한, 딱딱하고 약한 것이 깨지는 소리가 나고 시야가 새빨갛게 물들었다.

머리부터 딱딱한 지면에 온몸이 박살 나 루스벨이었던 것이 새빨간 살덩이로 변모하고 핏덩이가 광장 사방에 튀어 용사는 화려하게 뿌려졌다.

그리고 그 모습을 지켜본 직후——.

"——푸."

달걀이 깨지는 소리가 그치지 않는 박수처럼 무수히 온 광장에 울려 퍼졌다.

광장은 새빨간 피 웅덩이가 되었다.

그것이 마지막이었다.

5

"노래 다음은 환담, 나츠키 님은 그 시간을 향해서 간식이라도 준비하시지그래요? 아마 단 과자 준비하면 마음도 들떠서 서로 거리가 가까워질 것 같지 않아요?"

눈을 깜빡였다고 생각한 직후, 눈앞에는 갈색 피부의 소녀의 허접한 윙크가 있었다.

"────."

혀를 내밀고 아양 떠는 포즈를 잡는 소녀 앞에서 나츠키 스바루는 호흡을 잊었다.

비틀비틀 시선을 움직이니 바로 옆에는 부드럽게 미소 짓는 은발 소녀와 불손한 표정으로 팔짱을 낀 붉은 여자가 서 있다.

그 뒤로 자상하게 손을 잡아 주고 있는 드레스 차림의 어린 소녀가 있어서──.

"얼라라, 왜 그러세요? 무시? 무시예요? 그, 그러지 마세영. 고런 음습한 짓……. 아아, 아아, 그러지 마, 그러지 마……. 노, 노래를 듣고 한숨을 쉬지 마요……. 실망한 표정 짓지 말아요, 용서해 줘요……!"

입을 다문 스바루의 모습에 눈앞의 소녀── 릴리아나가 트라우마라도 일깨운 기색으로 덜덜 떨기 시작했다.

그 모습을 보면서 스바루는 굳은 입술을 달싹거렸다.

"……역겨워."

"무엇?! 세상에─ 이게 뭐래요! 여자애 얼굴을 보면서 나오는 말이 역겨워?! 이 릴리아나, 이런 굴욕 처음이야! 정말이지 나츠키 님의 어머님을 대신해 부끄럽기 짜기 엄써! 짜기짝짜짝!"

흑흑 우는 시늉을 하며 요란하게 혀를 깨문 릴리아나의 입에서 혀가 피로 물들었다. 그 장렬하고 속 보이게 딴죽을 기다리는 자세에 지금은 상관해 줄 여유가 없다.

머리가 무겁고 시야가 깜박거린다. 서 있을 수 없어 그 자리에 쭈그려 앉고 말았다.

“스바루?! 갑자기 왜 그래?”

“잠깐, 무슨 일인 것이야! 스바루, 스바루?”

손을 잡은 베아트리스가, 옆에 있던 에밀리아가, 쭈그린 스바루의 얼굴을 들여다보았다.

그리고 둘이 무심코 숨을 집어삼킬 만큼 얼굴이 창백해지면서 스바루는——.

“——역겨워.”

1년 만의 『죽음』의 루프보다 그 『죽음』에 이른 사건을 받아들이지 못해 치미는 토악질에 무릎을 후들거렸다.

“역겨워.”

견디기 어려운 충격. 내장 전부가 뒤집힌 것만 같은 악덕에 대한 혐오. 육체와 정신에 엄습하는 상실감의 거친 파도에 희롱당해 나츠키 스바루는 『죽음』을 웃도는 『혐오』에 지배당했다.

직전의 기억, 눈 깜빡일 만큼 찰나의 과거. 스바루의 정신을 덧칠한 영혼의 오염. 비정상을 비정상으로 인식하지 못하고 죽는 순간까지 추악의 종으로서 행동하게 한 해괴망측한 사태——.

——대죄주교, 『분노』 담당, 시리우스 로마네콩티.

틀림없이 그 존재는 『나태』로 시작된 인연, 『탐욕』과 『폭식』의 대죄주교에 이어지는 악덕과 파멸의 사자이자 있어선 안 될 악몽의 상징.

자신이 자신으로 남지 못한 감각을, 자기 자신을 잃고 되돌아와서야 비로소 아는 감각.

"역겨워."

그 끔찍한 체험에 떨었다. 소름이 돋고 오한을 느끼며 스바루는 떨었다.

『죽음』은 흡사 옛 친구와의 재회를 축복하듯이 나츠키 스바루를 헤집었다.

그리고 스바루는 아직 깨닫지 못했다.

자신이 되돌아온 장면이, 자신이 『죽음』을 맞이한 불과 십여 분 전이란 사실을.

일어나 이를 악물고 싸워야 하는 제한시간이 다시 임박하고 있음을.

이리하여 또다시 『죽음』의 나선이 나츠키 스바루를 에워싼다.

그리하여 시작된다, 시작된다, 시작되는 것이다.

——수문도시 프리스텔라를 무대로 삼은, 최악의 하루를 극복하기 위한 루프가.

(계속)

후기

누구야? 저번에 1페이지짜리 후기 끝낼 거라고 한 녀석은!
접니다!
그런 이유로 나가츠키 탓페이이자 네즈미이로네코입니다. 어김없이 조그만 감각과 함께 여어, 안녕하세요.
아무튼 후기 말인데요. 이 꼬라지입니다! 저번에 4장 대부분이 지면 문제 때문에 빽빽해졌다고 반성한 판국인데, 반성한 기색이 없다는 게 바로 이 꼴이네요. 가능하다면 15권 후기 봐 주세요. 메이비라고 보험 걸었거든!
그런 이유로 리제로도 권수가 쌓여 16권입니다. 4장이 일단락 지어져 작중 캐릭터 입장에서는 1년 뒤, 약간 시간이 경과해 5장의 막이 열렸습니다.
이미 본문을 읽으신 분은 아시겠지만, 그래요. 이번에는 메인 캐릭터가 대집결! 물의 도시를 무대로 좌충우돌 대활약한다는 이야기입니다. 왕선 후보자든 마녀교도든 4장에서는 거의 조용했으니 오랜만에 글 속에서 활극을 펼칠 캐릭터들을 모쪼록 즐겨 주시길. 스바루는 죽어 버려!
또한 작중에서 1년이 경과한 까닭에, 작가 입장으론 간신히 스바루 일행의 평화로운 시간을 그릴 수 있는 턴이 늘어서 안심(지금까지 2장과 3장 사이밖에 없었음)했습니다. 그쪽 1년도 어디서 쓰고 싶으니 기대하세요!

그런 이유로 벌써부터 이별할 시간이 다가와 늘상 하는 인사를 시작하겠습니다!

담당자 I님, 4장의 괴로운 싸움이 끝나고 안도한 것도 잠시, 5장도 문제가 쌓였지만 앞으로도 계속 갑니다! 같이 힘내 보죠! 감사합니다!

일러스트의 오츠카 선생님, 이번은 뭐니 뭐니 해도 표지 일러스트의 임팩트가 끝장이죠! 이미 알지만 오츠카 선생님은 정말 대단하셔! 감사합니다!

디자인 쿠사노 선생님, 이 박력 넘치게 뽑힌 책 표지에서 디자인의 진수를 봤습니다! 솔직히 매번 겪는 일러스트와 디자인의 다툼에 재미가 들렸어요! 감사합니다!

그리고 만화판 3장도 고비에 접어든 마츠세 선생님, 저자 근영에 찍힌 구운 바나나를 같이 먹으러 간 후게츠 선생님도 앞으로 더 함께해 주시길!

그 밖에도 MF 문고 J 편집부 여러분, 교열 담당자님에 각 서점, 영업 담당자님 등 많은 분들께 신세를 졌습니다. 여러분, 정말로 항상 감사합니다!

그리고 이 권의 띠지로도 발표되었지만 드디어 리제로 OVA도 고지되고, 애니메이션 스태프 여러분께도 본격적으로 신세를 집니다! 잘 부탁합니다!

끝으로 늘 응원해 주시는 독자 여러분, 신장에도 함께해 주셔서 감사합니다! 5장도 신나게 즐겨 주세요!

그럼 또, 다음 이야기에서 만나 뵐 수 있으면 좋겠습니다! 또 봐요!

2018년 3월

《갑자기 따뜻해져서 발열 내복을 벗을까 망설이면서》

클린드
&
안네로제
@ 15권 삽화에도 나오니까
한번 찾아보세요!
짧은 눈썹
아래 속눈썹
바싹
프리스텔라
전체 이미지
탑
중앙에 공원
탑
탑
정문
탑
정문에서 본 풍경
물
중앙분리대
물
단면도

“자, 여러분이 여기 이를 때까지 시간이 셀 수도 없게 걸렸어요. 하지만 읽어 줘서 고마워요. 미안해요.”

“아아, 아아, 아아…… 이야기에 대한 그 실로 굳건한 집착! 독서에 임하는 자세! 실로 실로 실로오…… 근면, 합니다!”

“이 자리는 다음 회 예고…… 다음 권까지 이어지는 사이에 관련 정보를 전달하는 곳이죠? 와아, 틀렸으면 어쩌죠? 창피해라.”

“괜찮습니다. 하는 겁니다. 당신의 근면한 자세에! 저 또한 근면으로 응답해야만 하는 겁니다! 그러지 않아서야 너무나 나태! 나태 나태 나태애!”

“그, 그럼 시작하죠. 우선은 다음 권 소식인데요……. 어머? 다음은 17권이 아닌가 보네요.”

“다음 회, 6월에 발매되는 건 『검귀연담』 입니다! 16권에서도 재등장한, 근면하고 용맹한 검사 빌헬름의 젊은 시절 아내와의 이야기! 사랑이, 사랑이 넘치는 겁니다!”

“『검귀연담』 은 전에 발매된 『검귀연가』 와 달리 장애물을 넘어선 둘이 맺어지고 그 뒤로 어떤 결혼생활을 보냈는지가…… 어머, 어머머머머! 어머나, 어쩜. 이렇게나 열렬하게 사랑을 나누고…… 얼굴에 불나겠네!”

“그뿐만이 아닌 겁니다! 리제로 애니 신작 에피소드 속보! 이쪽 작품은 극장 상영이 결정되어 대형 스크린으로 수많은 눈길 앞에 드러남이 확정된 겁니다! 그 질리지 않는 도전심, 정녕 정녕 정녕코오! 뇌가, 떨린다다다다다!”

"극장 공개가 결정된 OVA 말인데요. 신작 에피소드의 제목은 『Re:제로부터 시작하는 이세계 생활 Memory Snow』…… 전 눈은 질색이에요. 그게, 그게 말이죠. 몸이 식으면 마음까지 얼거든요. 그렇게 안 되게 뜨겁게 뜨겁게 뜨겁게, 마음의 불길이 솟는 대로!"

"눈! 좋군요! 자연의 맹위는 좋습니다! 인간의 근면함을 따집니다! 아무리 차가운 눈이 쌓일지언정 사람은 그 아래 숨은 봄을 추구합니다! 이를 추구하는 마음이야말로, 행동이야말로 근면! 아아, 아아, 아아! 사랑이 이룩하는 위업입니다!"

"여기까지 함께해 줘서 고마워요, 미안해요. 하지만 리제로는 앞으로도 멈추지 않고 더 전개되니 계속 함께…… 알았죠?"

"자, 가는 겁니다! 멈추지 않고 가는 겁니다! 걸음을 멈추지 않는 것이야말로 이 몸에 넘치는 총애에! 선사받은 사랑에! 보답하는 유일한 방법이니까요!"

"네! 정말로, 정말로…… 그렇……죠, 페텔기우스……."

"가 버렸네요, 페텔기우스. ……하아. 또 말 걸어 주지 않았어. 훌쩍."

※일본어판 발매 당시 내용입니다.

Re : 제로부터 시작하는 이세계 생활 <16>

2018년 10월 25일 제1판 인쇄
2018년 11월 01일 제1판 발행

지음 나가츠키 탓페이 | **일러스트** 오츠카 신이치로 | **옮김** 정홍식

펴낸이 임광순
제작 디자인팀장 오태철
편집부 황건수 · 신채윤 · 이병건 · 이홍재 · 김호민
디자인팀 한혜빈 · 김태원
국제팀 노석진 · 엄태진

펴낸곳 영상출판미디어(주)
등록번호 제 2002-000003호
주소 21311 인천광역시 부평구 평천로 132 (청천동)
전화 032-505-2973(代) | **FAX** 032-505-2982

ISBN 979-11-319-9046-9
ISBN 979-11-319-0097-0 (세트)

노블엔진(NOVEL ENGINE)은 영상출판미디어(주)의 라이트노벨 및 관련서적 브랜드입니다.

나가츠키 탓페이 작품리스트

Re : 제로부터 시작하는 이세계 생활 1~16

Re : 제로부터 시작하는 이세계 생활 단편집 1~3

Re : 제로부터 시작하는 이세계 생활 Ex 1~2

Re : 제로부터 시작하는 이세계 생활 Re:zeropedia

[코믹스]

Re : 제로부터 시작하는 이세계 생활 제1장 왕도의 하루 1~2 (완)

· 만화 : 마츠세 다이치 (원작 :나가츠키 탓페이/캐릭터 원안 : 오츠카 신이치로)

Re : 제로부터 시작하는 이세계 생활 제2장 저택의 일주일 1~3

· 만화 : 후게츠 마코토 (원작 :나가츠키 탓페이/캐릭터 원안 : 오츠카 신이치로)

[단행본]

Re : 제로부터 시작하는 이세계 생활
오츠카 신이치로 Art Works Re:BOX

· 오츠카 신이치로 (원작 :나가츠키 탓페이 / KADOKAWA)

앙상블 스타즈
Ensemble Stars
빛나라! 나의별!
앙상블스타즈 에서
나의 별을 만나 보세요!